随身读经典

观 照 经 典 与 自 我

宋诗
赏读

赵山林 潘裕民 ◎ 编著

上海社会科学院出版社

图书在版编目(CIP)数据

宋诗赏读 / 赵山林,潘裕民编著. -- 上海 : 上海社会科学院出版社,2025. -- ISBN 978-7-5520-4472-0

Ⅰ. I207.227.44

中国国家版本馆 CIP 数据核字第 2024Y7U556 号

宋诗赏读

策　　划:	邱爱园　包纯睿
编　　著:	赵山林　潘裕民
责任编辑:	邱爱园
封面设计:	周清华
出版发行:	上海社会科学院出版社
	上海顺昌路 622 号　邮编 200025
	电话总机 021-63315947　销售热线 021-53063735
	https://cbs.sass.org.cn　E-mail:sassp@sassp.cn
照　　排:	南京理工出版信息技术有限公司
印　　刷:	苏州市越洋印刷有限公司
开　　本:	787 毫米×1092 毫米　1/32
印　　张:	11.5
插　　页:	4
字　　数:	238 千
版　　次:	2025 年 6 月第 1 版　2025 年 6 月第 1 次印刷

ISBN 978-7-5520-4472-0/I·544　　　　　定价:58.00 元

版权所有　翻印必究

前　言

在两宋特定的时代精神和文化氛围的熏染下,在唐诗的光辉榜样映照下,宋代的诗歌创作又有很大的发展。我们有理由认为,宋诗是继唐诗之后,我国诗歌发展史上又一座艺术高峰,虽然它没有唐诗那样夺目的光彩,但仍以其鲜明的时代特色和独创的艺术风格,开辟了诗歌创作的新天地,其总体成就是元、明、清三代诗歌所难以超越的。

宋诗为中国诗坛带来了"再盛"的局面,也堪称一代大观。先就作家、作品数量说,仅清人厉鹗《宋诗纪事》一书所录,宋代诗人即有三千八百余家,已超出《全唐诗》所载唐代诗人二千三百余家之数,而据北京大学古文献研究所所编《全宋诗》的统计,诗人已达八千九百余名;诗篇数量也较唐代多出数倍,譬如陆游一人的创作就多达近万首,这在唐宋诗歌发展史上也是绝无仅有的。再就名家看,有王禹偁、苏舜钦、梅尧臣、欧阳修、王安石、苏轼、黄庭坚、陈师道、陈与义、陆游、杨万里、范成大、刘克庄、文天祥等。再看诗歌流派,北宋有西昆体、江西派,南宋有江湖派、四灵派等。

宋代诗歌的成就和价值,不仅表现在作者的众多、作品数量的巨大以及名家辈出、众派纷呈,而且表现在诗歌特质的"新变"上。在唐诗取得前无古人的成就之后,宋代诗人面临的一个尖锐问题是如何别开生面,闯出一条自己的路。诚如清人蒋士铨

《辨诗》所云："宋人生唐后,开辟真难为。"而其开辟,亦正如清人吴之振在《宋诗钞·序》中所说:"宋人之诗,变化于唐,而出其所自得,皮毛落尽,而精神独存。"这就指出了宋诗有其"变化"和"自得"的特点。宋人在继承唐诗的基础上,又努力另辟蹊径,以谋发展,终于形成了宋诗自己的面目,形成了与"唐音"迥然不同的"宋调"。

说到宋诗的特色,人们自然要提到"以文字为诗,以议论为诗,以才学为诗"(严羽《沧浪诗话》)。"以文字为诗"就是诗的散文化,唐代杜甫已肇其端,到韩愈更加发扬光大。宋代诗人尤其喜欢将散文的手法和章法、句法、字法引入诗中。"以议论为诗"与宋代社会矛盾多端有关,也与宋人思维能力的增强有关。不少诗作专论社会问题,甚至触及具体政事,哲理诗与禅理诗也很兴盛,其中不乏富于理趣,又有诗味的佳作。"以才学为诗"表现为爱好使事用典。这三条,可以说是宋诗在艺术表现上的特色。另一方面,我们应该注意,宋诗的特征,是以唐诗为参照系的。诗史研究上的唐宋诗之争,从南宋延续到近代,人们几乎无法离开唐诗来单独评价宋诗。尽管有的争论也触及了宋诗的一些特点,但所论未必中肯。就唐宋诗之别而言,则以钱锺书、缪钺的论述最为公允精辟。如钱锺书先生在《谈艺录》中指出:"唐诗、宋诗,亦非仅朝代之别,乃体格性分之殊。天下有两种人,斯分两种诗。唐诗多以丰神情韵擅长,宋诗多以筋骨思理见胜。"缪钺先生的论述更为具体细致。他在《论宋诗》一文中说:"唐诗以韵胜,故浑雅,而贵蕴藉空灵;宋诗以意胜,故精能,而贵深折透辟。唐诗之美在情辞,故丰腴;宋诗之美在气骨,故瘦劲。唐诗如芍药海棠,秾华繁采;宋诗如寒梅秋菊,幽韵冷香。唐诗如啖荔枝,一颗入口,则甘芳盈颊;宋诗如食橄榄,初觉生涩,而回味隽永。"关于宋诗的评价问题,虽然至今还存在着争议,但钱、缪两位前辈学者的看法,却已大致得到公认。因此,我们不宜简单地去品评二者的优劣,更不可一概尊唐轻宋。

就诗歌艺术而言,唐代以及唐以前历代诗人积累了丰富的艺术经验,包括抒情艺术、写景艺术、叙事艺术,以及这些艺术的综合运用等,其中尤以赋、比、兴的概括最为精当,所产生的影响也最为深远。正是宋人朱熹,在《诗集传》中对赋、比、兴作了言简意赅的概括:"赋者,敷陈其事而直言之也";"比者,以彼物比此物也";"兴者,先言他物以引起所咏之辞也"。而宋代诗人在创作实践中,对于赋、比、兴特别是比兴传统也是有着自觉继承的。

朱熹对比、兴的概括,符合《诗经》的实际。这种比、兴区别比较明显的情况,在后世乃至今日的民歌中,是一直沿用下来的。但在文人的诗歌创作中,可能从屈原"依《诗》制《骚》,讽兼比兴"(《文心雕龙·比兴》)开始,比和兴便更多地相互渗透、相互补充,以至于后来常常二者连用,称为"比兴"或"比体"了。用今天的话说,可以说屈原创立了一种包含整体象征意义的美人香草的比兴传统,对后代产生了深远的影响。近代学者朱自清先生在《诗言志辨》中,将比体诗概括为四大类:(一)咏史,以古比今,创始于左思。(二)游仙,以仙比俗,创始于郭璞。(三)艳情,以男女比主臣,所谓遇不遇之感。如中唐张籍《节妇吟》、王建《新嫁娘》、朱庆余《近试上张水部》(一题《闺意献张水部》),都是众口传诵的。李商隐有些无题诗也属此类。(四)咏物,以物比人,起于六朝。而这四体的源头,都可以在《楚辞》里找到。朱自清先生的概括非常精当,当然也可以作部分的补充。比如艳情一类,除以男女比主臣外,还可以男女比师友,比同命运者。咏物一类,如果说以自然现象比社会现象,那就更加完善一些。但无论如何,朱自清先生的概括,已经大体反映了古代诗歌创作中运用比兴的基本情况,对我们从比兴角度认识古代诗歌有着极大的帮助。

从这一角度考察宋诗,可以看出朱自清先生概括的比体诗的四大类,在宋诗中都不乏佳作。咏史一体,宋代创作相当活跃,如王安石的《明妃曲二首》独出机杼,于传统见解中翻出新意,此诗一出,欧阳修、司马光、曾巩等人纷纷创作和诗,黄庭坚至评为"辞意深尽,无遗恨矣"。女诗人李清照的《夏日绝句》亦是不可多得的咏史杰作。游仙一体,郭祥正、陆游等人均有佳作。陆游的游仙诗,常以醉、梦作为依托,有时又与咏史水乳交融,极富特色。艳情一体,如陈师道的《妾薄命二首》,据诗人自注,是为悼念其亡师曾巩而作。诗以一位侍妾悲悼主人的口吻,表达了自己对老师的沉痛悼念之情。以男女之情写师生之谊,是对《离骚》以男女之事喻君臣之义传统手法的继承和发展,得到了历代评论家的赞赏,如宋人洪迈《容斋随笔》云:"薄命自拟,盖不忍师死而遂背之,忠厚之至也。"明代郎瑛《七修类稿》亦云:"二篇曲尽相知不信之义,形于言外,诚《骚》《雅》意也。"咏物一体,终两宋而不衰,宋初如石延年《古松》"直气森森耻屈盘,铁衣生涩紫鳞干。影摇千尺龙蛇动,声撼半天风雨寒",以松喻人,表彰了栋梁之材的高风亮节。宋末如郑思肖《寒菊》"宁可枝头抱香死,何曾吹落北风中",撇开菊花的外表形貌不写,而专从它的性格与精神着笔,用意全在借菊言志,表现自己的情怀。与诗人在宋亡后坐卧不向北、画兰不画土一样,正是他"宁可玉碎,不作瓦全"的坚贞气节的写照。以上四类比体诗,与唐人之作相比也不逊色,而且在不少方面有所创新,我们讲宋诗的艺术感染力,对此是不可不细加体味的。

关于宋诗的发展演变过程,由于篇幅所限,这里只能勾勒出一个大致的轮廓。

北宋初期,诗坛上流行的主要是三个诗歌流派,即白体诗派、晚唐体诗派、西昆体诗派。"白体"诗人主要有李昉、徐铉、王禹偁等,尤以王禹偁为其突出代表。这派诗人主张学习和继承杜甫、白居易的现实主义传统,写下了一些揭示民生疾苦,暴露社会弊端的诗篇,而且风格比较朴质清新,为宋诗的发展开辟了一条健康的道路。如王禹偁的《对雪》《感流亡》等诗,都是与白居易的"讽喻诗"精神相通的。

大约与王禹偁同时的另一批诗人以学习贾岛、姚合为主,其诗被称为晚唐体。这派诗人有"九僧"和林逋、魏野、寇准、潘阆诸人。其中除了寇准是高官外,大多是隐逸山林的处士和僧人,他们诗作的题材比较狭窄,不能广泛反映现实生活,在诗坛上的影响也不大。

比白体、晚唐体的流行稍后一点的一个重要支派是西昆体。这一诗派的形成以《西昆酬唱集》为标志,正如欧阳修在《六一诗话》中所说:"盖自杨、刘唱和,《西昆集》行,后进学者争效之,风雅一变,谓之昆体。"《西昆酬唱集》共收杨亿、刘筠、钱惟演、李宗谔、陈越、李维、丁谓等十七人相互酬唱的近体诗二百五十首,其中杨、刘、钱的诗占全集的五分之四以上,因而三人被推为西昆体的领袖人物和代表作家。他们刻意学习晚唐诗人李商隐,注重音节铿锵,喜欢以典故与辞藻装点律诗,作品雍容典雅,精整工切,颇有矫正诗界平弱浅露之习的作用,然而雕采过甚,失之浮艳,有时又忽视内容上的开拓,使作品失去活力。由于杨亿、刘筠等人位高名显,西昆体诗风笼罩诗坛数十年,稍后的晏殊、宋祁等人,都属此派。应当指出,西昆体作家也写了一些好诗,具体作品需要具体分析,不可一概而论。

北宋中期,随着社会政治危机的日益加深,统治阶级内部一些有识之士纷纷提出政治改革的要求,导致了仁宗朝的庆历新政。与此相应,在文学上也掀起了一个声势浩大的诗文革新运动,欧阳修是这场运动的领袖人物,在他周围聚集了梅尧臣、苏舜钦、石延年等一批作家。他们不满于诗坛尚流行的西昆体诗风,主张文学应当反映现实,"务为有补于世",从理论到创作上为宋诗的健康发展开辟了道路。继起的王安石、苏轼等北宋诗大家,在广泛而深入地反映现实生活,展现人的心灵世界方面,在丰富诗歌的表现艺术方面都作出了杰出的贡献,进一步巩固了诗文革新运动的成果,创造了文学史上又一个繁盛时期。尤其是苏轼,他的诗与词、散文,在宋代无疑是第一流的。

北宋后期的作家几乎无不直接或间接地受到苏轼的文学影响。如黄庭坚、晁补之、秦观、张耒,号称"苏门四学士",再加上陈师道、李廌,合称"苏门六君子"。此外,如苏轼之弟苏辙,与苏氏兄弟并称为"二苏三孔"的孔文仲、孔武仲、孔平仲三兄弟,以及苏轼的小同乡、人称"眉山先生"的唐庚等,皆受其熏染。在苏门人物中,成就最高、影响最大的是黄庭坚。他虽说是"苏门四学士"之一,却又与苏轼并称"苏黄",成为宋代最大诗派的开山领袖。北宋末吕本中作《江西诗社宗派图》,尊黄庭坚为诗派之祖,下列陈师道等二十五人为法嗣,于是"江西诗派"这个名称正式出现,江西诗派正式产生了。在吕本中之后,也有人把吕本中归到江西诗派中去。至宋末元初,方回在《瀛奎律髓》中又提出了"一祖三宗"之说,以杜甫为江西诗派之"祖",黄庭坚、陈师道、陈与义为江西派的"三宗",这便确立了江西诗派的整体概念。尽管吕本中所列举的诗人,理论主张和创作实践并不完全一致,但作为一个诗歌流派,他们的作品鲜明地体现了宋诗的某些特色,对当时和后世许多诗人都产生过重要的影响。宋诗发展到"苏黄",才真正出现了继唐诗之后又一个新的诗歌高峰。

"靖康之难"是宋代社会最大的历史转折点,北宋王朝的沦亡,徽、钦二帝的被掳,广大人民遭受的深重灾难,无不给爱国的士大夫以极大的刺激。这一巨变也反映到诗歌领域。南宋之初的诗坛,一些受江西派影响的诗人,如吕本中、陈与义、曾几等,开始面向现实,写出了不少反映时事、抒发感愤的作品。而当时诗坛更为重要的方面和走向,当属因"靖康之变"引起的强烈的爱国诗潮。其时一批著名的抗金英雄,如岳飞、宗泽、李纲等,以他们慷慨悲歌、壮怀激烈的爱国之作,使宋诗闪耀出前所未有的光彩。

稍后,号称"中兴四大诗人"的尤袤、杨万里、范成大、陆游等步入诗坛,形成了宋诗的第二个高峰。陆游是宋代最伟大的爱国诗人,集中存诗九千三百多首,除描写山村风光与日常生活外,大多以恢复中原、抗敌御侮为主题,唱出了那个时代的最强音。范成大在爱国诗作之外还有一些描写田园风物的诗,因融入了中唐新乐府精神,"使脱离现实的田园诗有了泥土和血汗的气息"(钱锺书《宋诗选注》)。杨万里的诗在思想内容方面不及陆、范深刻,而他那以描写自然景物见长的"诚斋体",却写得活泼轻巧,幽默诙谐,令人耳目一新。

南宋后期,宋金对峙的局面比较稳定,诗坛上爱国主义呼声日渐微弱,代之而起的是所谓"永嘉四灵"(翁卷、赵师秀、徐玑、徐照)和"江湖派"(姜夔、刘克庄、戴复古等)。这两派诗人在创作上的一个共同倾向为扬弃"江西",复归唐风,富有革新之意味,但由于他们或刻意雕琢,取径太狭,或嘲弄风月,气格纤弱,大多成就不高。

南宋灭亡前后,在抗战的斗争中又涌现出一批爱国诗人,著名的有文天祥、汪元量、林景熙、郑思肖等。文天祥是抗战将领,伟大的民族英雄,曾奉使被拘,后兵败被俘,始终不屈,从容就义。他的许多诗歌都是战斗生活的真实记录,表现出坚贞的民族气节和昂扬的斗争精神。特别是他的《正气歌》,就是一首用生命和热血谱写的"浩然正气"的颂歌,千百年来不知感动过多少读者。汪元量曾以亡国俘虏的身份随三宫北上,他把沿途所见的情况写成诗篇,有"宋亡之诗史"之称。谢翱、林景熙等人,追随文天祥之后,以其各种样式的激动人心的爱国诗篇,为宋代诗歌史画上一个光辉的句号。

综上所述,正如傅璇琮先生所说:"宋诗是唐诗的发展,而不是停滞或后退。"(《关于编辑〈全宋诗〉〈全宋文〉的建议》,载《光明日报》"文学遗产"第567期)尽管它没有唐诗那样耀眼的辉煌,在宋代文学发展史上的成就和地位也未必比得上宋词,但是作为宋代文化的重要组成部分,宋诗自有其独特的艺术魅力和审美价值。宋诗的精华部分,特别是那些动人的爱国诗章,对于我们今天,同样是宝贵的文化遗产,应当引起足够的重视。

本书所收近百位诗人的约二百五十首作品,大多从《宋诗钞》《宋诗纪事》及诸家诗集中筛选,同时参考了近年出版的各种宋诗选本。选诗标准,注意思想性与艺术性的统一,艺术性不高的不选。作家的排列,大致以生年先后为序,生年不详者则参考有关资料而定。作品原文有异出者,择善而从,未作校记。限于篇幅和体例,书中对古今学者有关研究成果的参考援引,未能一一注明出处,特此说明。由于我们学识水平有限,书中疏漏不足之处定所难免,恳望专家和读者有以教之。

目 录

徐　铉　送王四十五归东都/1
张　咏　新市驿别郭同年/3
柳　开　塞上/5
郑文宝　柳枝词/7
王禹偁　村行/9
　　　　春居杂兴二首(其一)/10
惠　崇　访杨云卿淮上别墅/12
魏　野　书友人屋壁/14
寇　准　春日登楼怀归/16
　　　　江南春/17
林　逋　山园小梅/19
杨　亿　汉武/22
范仲淹　江上渔者/25
　　　　野色/26

晏　殊	寓意/27
潘　阆	九华山/29
宋　祁	落花二首(其一)/31
曾公亮	宿甘露僧舍/33
梅尧臣	田家/34
	陶者/35
	鲁山山行/35
	东溪/36
	汝坟贫女/38
柳　永	煮海歌/41
文彦博	清明后同秦帅端明会饮李氏园池偶作/44
欧阳修	戏答元珍/45
	别滁/47
	丰乐亭游春三首/48
	画眉鸟/49
	晚泊岳阳/51
	秋怀/52
	宿云梦馆/53
	梦中作/54
	和王介甫明妃曲二首/55
苏舜钦	过苏州/58
	初晴游沧浪亭/59

	淮中晚泊犊头/60
赵 抃	次韵孔宪蓬莱阁/61
李 觏	忆钱塘江/63
	读长恨辞/64
	乡思/64
张 俞	蚕妇/66
陶 弼	碧湘门/67
文 同	新晴山月/68
	北斋雨后/69
曾 巩	西楼/71
	城南/72
	咏柳/72
司马光	居洛初夏作/74
	鸡/75
王安石	河北民/76
	思王逢原三首(其二)/77
	示长安君/78
	泊船瓜洲/79
	江上/81
	半山春晚即事/82
	题西太一宫壁二首/82
	明妃曲二首/83

	北陂杏花/85
	书湖阴先生壁二首(其一)/86
	北山/87
郑 獬	春尽/88
刘 攽	新晴/89
	雨后池上/90
晁端友	宿济州西门外旅馆/91
王 令	暑旱苦热/92
	读老杜诗集/93
张舜民	村居/95
苏 轼	和子由渑池怀旧/96
	游金山寺/98
	六月二十七日望湖楼醉书五绝(其一)/99
	望海楼晚景五绝(其二)/100
	饮湖上初晴后雨二首(其二)/101
	新城道中二首(其一)/101
	有美堂暴雨/102
	中秋月/104
	白步洪二首(其一)/104
	月夜与客饮杏花下/108
	舟中夜起/109
	初到黄州/110

	正月二十日与潘、郭二生出郊寻春,忽记去年是日同至女王城作诗,乃和前韵/111
	海棠/112
	题西林壁/113
	惠崇春江晚景二首(其一)/113
	赠刘景文/114
	六月二十日夜渡海/115
郭祥正	凤凰台次李太白韵/117
	西村/118
苏　辙	逍遥堂会宿二首/120
陈　烈	题灯/122
道　潜	临平道中/123
黄庭坚	寄黄几复/124
	戏呈孔毅父/125
	题郑防画夹五首(其一)/127
	雨中登岳阳楼望君山二首/128
	武昌松风阁/129
	鄂州南楼书事四首(其一)/131
	次元明韵寄子由/133
	登快阁/134
	夜发分宁寄杜涧叟/136
秦　观	春日五首(其二)/137

|||秋日三首(其一)/138
|||泗州东城晚望/139
|||金山晚眺/140
米 芾	垂虹亭/141
陈师道	妾薄命二首/143
	示三子/145
	十七日观潮/146
	春怀示邻里/148
晁补之	流民/150
晁冲之	夜行/152
张 耒	怀金陵三首(其三)/154
	夏日三首(其一)/155
晁说之	明皇打球图/157
孔平仲	禾熟/159
贺 铸	野步/161
唐 庚	春日郊外/162
惠 洪	崇胜寺后,有竹千余竿,独一根秀出,人呼为竹尊者,因赋诗/164
	题李愬画像/166
徐 俯	春游湖/170
汪 藻	即事二首/173

赵　佶	在北题壁/175	
李　纲	病牛/176	
吕本中	春日即事二首(其二)/178	
李清照	夏日绝句/180	
曾　幾	三衢道中/182	
	寓居吴兴/184	
陈与义	襄邑道中/186	
	雨/187	
	登岳阳楼二首(其一)/188	
	伤春/189	
朱淑真	元夜三首(其三)/191	
	东马塍/192	
刘子翚	汴京纪事/193	
岳　飞	池州翠微亭/196	
陆　游	游山西村/198	
	剑门道中遇微雨/199	
	金错刀行/201	
	长歌行/203	
	病起书怀/205	
	关山月/207	
	夜泊水村/208	

　　　　　　书愤/210

　　　　　　临安春雨初霁/212

　　　　　　秋夜将晓,出篱门迎凉有感二首(其二)/213

　　　　　　十一月四日风雨大作二首(其二)/214

　　　　　　小舟游近村,舍舟步归四首(其四)/215

　　　　　　沈园二首/216

　　　　　　示儿/218

范成大　　后催租行/220

　　　　　　横塘/222

　　　　　　州桥/223

　　　　　　四时田园杂兴/224

周必大　　入直召对选德殿,赐茶而退/227

尤　袤　　题米元晖潇湘图二首/229

杨万里　　闲居初夏午睡起二绝句(其一)/231

　　　　　　夏夜追凉/233

　　　　　　小池/234

　　　　　　插秧歌/235

　　　　　　初入淮河四绝句(其一、其三)/236

　　　　　　过松源晨炊漆公店/237

萧德藻　　登岳阳楼/239

　　　　　　樵夫/240

　　　　　　古梅二首(其一)/241

王　质	山行即事 / 243
朱　熹	春日 / 245
	观书有感二首 / 246
林　升	题临安邸 / 248
章　甫	湖上吟 / 250
刘　过	夜思中原 / 252
姜　夔	除夜自石湖归苕溪 / 254
	过垂虹 / 256
	湖上寓居杂咏 / 257
路德章	盱眙旅舍 / 260
叶绍翁	游园不值 / 262
	夜书所见 / 263
徐　玑	新凉 / 265
赵师秀	雁荡宝冠寺 / 266
	约客 / 267
翁　卷	野望 / 269
	乡村四月 / 270
华　岳	骤雨 / 271
	田家 / 272
戴复古	夜宿田家 / 275
	江阴浮远堂 / 276

	淮村兵后 / 278
高翥	秋日 / 280
杜耒	寒夜 / 282
利登	田家即事 / 283
吴惟信	苏堤清明即事 / 284
陈起	夜过西湖 / 286
刘克庄	北来人二首 / 288
	戊辰即事 / 290
	苦寒行 / 291
	军中乐 / 292
	落梅 / 293
方岳	农谣 / 296
	春思 / 298
严羽	临川逢郑遐之之云梦 / 299
罗与之	寄衣曲 / 301
	商歌 / 302
谢枋得	武夷山中 / 304
许棐	秋斋即事 / 307
周密	夜归 / 308
文天祥	扬子江 / 309
	过零丁洋 / 310

|||金陵驿二首(其一)/312

正气歌/314

汪元量　醉歌/322

湖州歌/324

萧立之　第四桥/327

郑思肖　德祐二年岁旦二首(其二)/330

寒菊/331

林景熙　山窗新糊有故朝封事稿,阅之有感/333

题陆放翁诗卷后/334

谢　翱　西台哭所思/337

过杭州故宫二首(其一)/339

徐 铉

徐铉(916—991),字鼎臣,广陵(今江苏扬州)人。十岁能属文,与韩熙载齐名,江东谓之"韩徐"。历仕南唐三主,累官翰林学士。归宋,为太子率更令,历给事中、散骑常侍。淳化初(990),因事贬静难军行军司马,卒于邠州(治今陕西彬州)。铉文思敏速,凡所撰述,往往执笔立就。精小学,篆隶尤工。诗多唱和赠答之作,风格遒丽。有《骑省集》。

送王四十五归东都

海内兵方起,离筵泪易垂。
怜君负米去,惜此落花时。
想忆看来信,相宽指后期。
殷勤手中柳,此是向南枝。

注释

〔王四十五〕名不详,"四十五"是在兄弟(包括从兄弟)中的排行。 〔东都〕指江都府(今江苏扬州)。五代南唐都江宁府(今江苏南京),称西都,遂称五代吴的旧都江都府为东都。〔负米〕《孔子家语·致思》:"子路见孔子曰:'由也,事二亲之时,常食藜藿之实,为亲负米百里之外。'"后遂以"负米"作为孝养父母的故实。 〔殷勤〕情意恳切。 〔手中柳〕古代朋友分别时折柳相赠。《三辅黄图·桥》:"霸桥在长安东,跨水作桥,汉人送客至此桥,折柳赠别。"

解读

此诗写于徐铉入宋之前,地点在五代南唐都城江宁府(今江苏南京)。诗的首联,先写送别时的环境和气氛。当时赵匡胤已经夺取后周政权,建立宋朝,正在抓紧进行统一全国的战争,偏安江南的南唐已经有"山雨欲来风满楼"之感。朋友相别,本易生愁,现在又值兵乱不绝,自然更令人伤心垂泪。颔联正面写王四十五,离开相对安全的江宁,前往江北的东都,为了回家尽孝,不辞艰险,令人敬重;但在这样的暮春时节离别,好朋友不能在一起赏花饮酒,诗人为此深感惋惜。诗歌至此,送别的气氛,朋友的情谊,已经抒写得淋漓尽致,于是颈联语气一转,由伤离而劝慰:一别之后,鱼雁往来,可以聊慰思念之情;后会有期,也给人带来希望。末联以"折柳"回应诗题中的"送"字,意谓你此次北去,思念朋友之时,就请想一想南方朋友对你的一片深情厚谊吧,我们的心是永远连在一起的。借物点染,余情不尽。

张　咏

张咏(946—1015),字复之,自号乖崖,鄄城(今属山东)人。宋太宗太平兴国五年(980)进士。历官枢密直学士,出知益州。真宗时,入为御史中丞,出知杭州,再知益州。官至礼部尚书。后遭排挤,出知陈州。卒谥忠定。其诗列名《西昆酬唱集》,然雄健古淡,自然谐婉,与杨亿、刘筠诸人诗风格有所不同。有《乖崖集》。

新市驿别郭同年

驿亭门外叙分携,酒尽扬鞭泪湿衣。
莫讶临歧再回首,江山重叠故人稀。

注释

〔新市〕地名,在今河北新乐西南,宋时属中山府。 〔驿〕驿站,古代在交通大道上设驿站,供传递公文的人和来往官员歇宿之用。 〔郭同年〕不详。同年,是指同一年中进士的人。〔驿亭〕即驿站。 〔分携〕分手,离别。 〔讶〕惊。 〔临歧〕临别。歧,岔路口。

解读

这首写朋友间惜别之情的诗,当作于作者任相州通判或离任之际。其时,他尚未登台阁,未与西昆诗人杨亿等唱和,故此诗语言自然明净,并无纤巧雕琢之态。诗的前两句,点出与友人分别的地点与气氛。分手之处,是在"驿亭门外",客中别离,又添几分愁绪。"酒尽",不是写酒少,而是言"叙分携"之际语多时长。"扬鞭泪湿衣",更见惜别深情,凄切动人。后两句承前再作渲染,以突出其对友人的依依不舍之情。诗人"临歧再回首",是因"江山重叠故人稀",其手法与唐人王昌龄"平明送客楚山孤"(《芙蓉楼送辛渐》)诗句相同。

柳 开

柳开(947—1000),字仲涂,号东郊野夫、补亡先生,大名(今属河北)人。初慕韩愈、柳宗元为古文,曾更名肩愈,字绍元。宋太祖开宝六年(973)进士,历任州、军长官,殿中侍御史。他反对宋初弥漫一时的华靡文风,成为北宋古文运动的先驱。诗仅存五六首。有《河东先生集》。

塞　　上

鸣骹直上一千尺,天静无风声更干。
碧眼胡儿三百骑,尽提金勒向云看。

注释

〔鸣骹(xiāo)〕一种响箭,又叫鸣镝。　〔干〕清脆响亮。〔碧眼胡儿〕指当时北方少数民族。　〔骑(jì)〕一人一马的合称。　〔金勒〕一种金属制的有嚼口的马络头。

解读

题又作"塞上曲"。此诗可能是柳开在雍熙中(984—987)"使河北""知宁边军"时所作,在当时即广为传诵,曾有人取其诗意绘成图画,但其《河东先生集》竟未收录。诗写塞上的空旷和北方少数民族善于骑射的情景,犹如一幅生动的边塞风情画,声色俱佳,别具一格。全诗以"鸣骹"起笔,写响箭带着响声直上云天。"一千尺",一本作"几千尺",这里是泛指,极言其高。次句所写的是听觉形象。"天静无风",因而那响箭的呼啸之声在寥廓无边的塞外草原上显得格外尖峭响亮;"干"字本是形容诉诸感觉的状态,这里借用来形容鸣骹的响声,无意中运用了通感的表现手法,构思巧妙,耐人寻味。三四句写听箭声后的反应,不仅表现出北方游牧民族的剽悍性格和尚武精神,而且给读者留下了想象的余地。

郑文宝

郑文宝(952—1012),字仲贤,汀州宁化(今属福建)人。初师事徐铉,仕南唐为校书郎。宋太宗太平兴国八年(983)进士,历官陕西转运副使、兵部员外郎等。以诗名世,善篆书,工鼓琴。诗风格轻盈清丽,为欧阳修、司马光所称赏。有文集二十卷,已失传。

柳 枝 词

亭亭画舸系春潭,直到行人酒半酣。
不管烟波与风雨,载将离恨过江南。

注释

〔亭亭〕高耸的样子。 〔画舸〕雕饰华丽的船。 〔直到〕一作"只待"。 〔行人〕外出远行的人。 〔载〕指船载。

解读

《柳枝词》即《杨柳枝词》,乃乐府歌词中的曲名。《苕溪渔隐丛话·前集》引《蔡宽夫诗话》云:"尝有人客舍壁间见此诗,莫知谁作,或云郑兵部仲贤也,然集中无有,好事者或填入乐府。"可见当时已广泛传唱。这是一首抒写离愁别恨的诗,素以情致深婉、构思巧妙而深受广大读者喜爱。诗从侧面着笔,没有正面写柳,但"系"字暗扣题意,指"画舸"系在春潭边的"柳枝"上。古代有折柳赠别的风俗,因此,诗的首句所描绘的系舟杨柳岸的画面,已寓行人将别之意。次句转而描写船舱里面,"行人"正在与送行的朋友饮酒饯别,酒到半酣,兴犹未尽,惜别的话没有说完,便"兰舟催发",不得不别了。后二句不说人有情而怨别,却怪"画舸"无情,不管一川烟波和满天风雨,直载着离恨驶向江南,真是无理而妙,极富意象。此诗对后来的诗词曲创作影响很大,仿作者屡见不鲜。

王禹偁

王禹偁(954—1001),济州巨野(今属山东)人。宋太宗太平兴国八年(983)进士,历任右拾遗、翰林学士、知制诰等职。遇事敢言,屡次被贬官。晚年贬知黄州,故又称"王黄州"。最后死于蕲州。其文学韩愈、柳宗元,诗崇杜甫、白居易,内容充实,风格简练朴素,开北宋诗文革新运动的先声。有《小畜集》。

村　　行

马穿山径菊初黄,信马悠悠野兴长。
万壑有声含晚籁,数峰无语立斜阳。
棠梨叶落胭脂色,荞麦花开白雪香。
何事吟余忽惆怅?村桥原树似吾乡!

注释

〔信马〕任马随意行走。　〔野兴〕因山野景物而引起的兴致。　〔壑(hè)〕山沟。　〔晚籁〕傍晚时从空穴里发出的声音。　〔棠梨〕即杜梨,一种落叶乔木,枝有针刺。　〔原树〕原野上的树木。

解读

此诗是诗人于淳化二年(991)被贬为商州团练副使任上写

的。他在"商山五百五十日"(《量移自解》)写了不少借景抒情的诗,此为其中具有代表性的一首。诗篇写村行所见之景,流露出诗人对家乡的怀念之情。作为山行即景之作,此诗写得亲切而不吃力。诗一开始,以"马穿山径"紧扣题中"村行"二字,以"菊初黄"点明"村行"的时令是在早秋。诗人骑马穿过菊花夹道的山间小路,游兴正浓,任马随意而行。颔联两句是传诵的名句。诗人从远处落笔,以万壑晚籁与数峰夕照这样一闹一静的境界相互映衬,凸显出大地的寂静。特别是对句,以拟人手法写自然景物,使之带有生动的趣味。颈联从近处着墨,写原野上的风光。红的果,白的花,一浓一淡,有色有香,两相辉映。尾联以一问一答,平起波澜,悠悠不尽的野兴顿时转为不可遏止的思乡之念了。不念京城而念家乡,正暗示出诗人政治上的失意之感。全诗语言浅切,含意深厚,深得白居易七律的精神。

春居杂兴二首(其一)

两株桃杏映篱斜,妆点商山副使家。
何事春风容不得?和莺吹折数枝花。

注释

〔商山〕代指商州,商州即因商山而得名。 〔副使〕指团练副使,是宋王朝给逐臣的虚衔,俸禄微薄。 〔何事〕为什么。 〔"和莺"句〕指黄莺连同数枝花。

解读

此诗作于淳化三年(992)三月,时王禹偁谪居商州。原诗二首,此为其一,抒写作者被贬闲居中的孤寂心情。全诗从写景入手。首句"桃杏""篱"是实写,而着一"映"字和一"斜"字,便显得境界全出,春意非凡。"两株",表示桃杏之少。次句"妆点"二字,表明诗人居处的简陋,因为商山副使的家已别无精美珍贵的东西,全靠"两株桃杏"来装饰点缀。第三句似承实转,写春色难得而短暂。车马冷落的团练副使之家,才有一点春色、春意,然而无情的春风竟容不得这一点装饰,不但吹断了几根花枝,连正在枝头啼鸣的黄莺也被惊飞了。诗人责问春风,看似无理,然而却于无理中巧妙地表达出诗人受压遭贬的怨恨。此诗后二句与杜甫《绝句漫兴九首》之二"恰似春风相欺得,夜来吹折数枝花"语近,禹偁之子嘉祐乃提议改写,禹偁欣然说:"吾诗精诣,遂能暗合子美邪?"更为七律云:"本与乐天为后进,敢期子美是前身。"卒不复改易(见《蔡宽夫诗话》)。于此可见诗人对后两句十分得意。全诗篇幅虽小,却写得婉丽动人,曲折有致。

惠　崇

惠崇(？—1017?)，宋初僧人。建阳(今属福建)人，一说淮南人。喜绘画，诗亦有名。与保暹(xiān)、支兆、希昼等合称"九诗僧"。作品入《九僧诗集》，已佚。

访杨云卿淮上别墅

地近得频到，相携向野亭。
河分冈势断，春入烧痕青。
望久人收钓，吟余鹤振翎。
不愁归路晚，明月上前汀。

注释
〔杨云卿〕不详。　〔淮上别墅〕淮河边的别墅。　〔河〕淮河。　〔冈势〕山冈的起伏连绵之势。　〔烧痕〕火烧草地留下的痕迹。　〔翎(líng)〕羽毛。　〔汀(tīng)〕水边平地。

解读
此诗为惠崇至淮上别墅访杨云卿时所作，写两人同游的情景。这是一首五言律诗。首联点题，写过访。"相携"二字，写诗人与友人携手共去那郊外的小亭，见出安闲自得的神态。颔联描写郊野之景,虽取唐司空曙、刘长卿二人的诗句合成,但用得自然妥帖,与上下句也协调,仍不失为佳句。颈联以"人收钓"衬时间之久、兴致之高,以"鹤振翎"状吟诗抒怀,雅兴浓厚。尾联写月照前汀,亦景亦情。全诗以大河、山冈、芳草、仙鹤、明月、寒汀等构成画意,写得潇洒自如,含有悠然适意的情致,令人玩味不已。

魏 野

魏野(960—1019),字仲先,号草堂居士,陕州(今河南三门峡市陕州区)人。性嗜吟咏,不求闻达。宋真宗西祀时曾遣使召之,他闭户踰垣而遁。卒赠秘书省著作郎。与寇准、王旦往来酬唱。其诗冲淡闲逸,格调清苦,近于晚唐体。原有《草堂集》十卷,其子重编为《巨鹿东观集》。

书友人屋壁

达人轻禄位,居处傍林泉。
洗砚鱼吞墨,烹茶鹤避烟。
闲惟歌圣代,老不恨流年。
静想闲来者,还应我最偏。

注释

〔达人〕通达知命的人。此指友人俞太中。〔圣代〕封建时代称当代为圣代。〔流年〕光阴,年华。〔偏〕指心境偏远,即淡于功名利禄,远离尘嚣世俗,其意略同于陶渊明《饮酒》其五中的"心远地自偏"。

解读

诗题一作"书逸人俞太中屋壁"。友人即隐士俞太中。诗写友人幽居林下脱离尘俗的隐居生活，也是作者自己孤高出尘、超然物外的闲淡心境的写照。首联写友人淡于名利，归隐的茅庐依山傍水而结，具有统摄全诗的作用。颔联写幽居者的生活，刻画入微，语极工炼，传为名句。贺裳评："惟善写坞壁间事，如'妻喜栽花活，儿夸斗草赢'，'洗砚鱼吞墨，烹茶鹤避烟'，田园隐沦之趣，宛然如见也。"（《载酒园诗话》）但颈联却说闲来不忘歌咏当朝的恩泽，老去未曾怅恨年华的流逝，可见这位友人还不能完全与世隔绝。末联从自身着笔，代为友人设想道：静心细想，往来的幽人，还应当算我最心淡意远。诗人以潇洒之笔，写幽居之趣，意象清奇，境界高远。全诗风格冲淡，笔致空灵，富有诗情画意。

寇 准

寇准(961—1023),字平仲,华州下邽(今陕西渭南)人,太平兴国五年(980)进士,知巴东县。淳化五年(994)除参知政事,累官至同中书门下平章事,封莱国公。后为丁谓构陷,贬雷州(今属广东)司户参军,卒于贬所。仁宗朝追谥忠愍。能诗,七绝尤清丽可诵。有《寇忠愍公诗集》三卷。

春日登楼怀归

高楼聊引望,杳杳一川平。
野水无人渡,孤舟尽日横。
荒村生断霭,古寺语流莺。
旧业遥清渭,沉思忽自惊。

注释

〔聊〕姑且。 〔引望〕远望。引,长,引申为"远"。 〔杳杳〕深远貌。 〔断霭〕时起时没的烟雾。 〔旧业〕故业,故乡的家业。作者老家下邽远在渭水南岸,故称"旧业遥清渭"。

解读

这是一首怀乡诗,是作者二十岁左右初官巴东(今属湖北)

时所作。起句即写春日登楼"引望",以抚慰思归心情。但映入诗人眼帘的却是"野水""孤舟""荒村""古寺",这一派萧条的景色,更加深了诗人的怅惘与愁闷。前三联写"引望"之景色,暗淡中透出生机,生活气息浓郁。尤其是"野水"一联,虽语出唐人韦应物《滁州西涧》"野渡无人舟自横"句,但点化得巧妙自然,与全诗所表达的情致、意境浑然一体,颇为时人传诵。文莹《湘山野录》称其"深入唐人风格"。因为这两句诗属对工稳,写景如画,北宋翰林图画院曾以此联为试题来评定考生成绩高低。尾联点出怀归之旨,与诗题相合。

江 南 春

杳杳烟波隔千里,白蘋香散东风起。
日落汀洲一望时,柔情不断如春水。

注释

〔杳杳〕深远貌。 〔白蘋〕多年生浅水草本植物,开白花。〔汀洲〕水边的小洲。

解读

此诗为怀人忆远之作,题下原注"追思柳恽'汀洲'之咏,尚有余妍,因书一绝"。柳恽"汀洲"之咏指南朝诗人柳恽所作《江南曲》,其中有"日落江南春"之句,后来的拟作遂题作《江南春》。寇准另有一首《江南春》云:"波渺渺,柳依依。孤村芳草远,斜日杏花飞。江南春尽离肠断,蘋满汀洲人未归。"一般归入宋词。唐代杜牧的《江南春》"千里莺啼绿映红,水村山郭酒旗风。南朝四百八十寺,多少楼台烟雨中",极为具体而生动地描绘出一幅江南水乡春色图。这首同题之作,虽不染秾景丽情,却刻画出一个江边伫望之人的无限柔情蜜意。两篇诗都写得气象开阔,风神秀逸,难怪连明代"前七子"中力主"诗必盛唐"的何景明,也误把这首《江南春》当作唐人诗了(见《升庵诗话》)。

林 逋

林逋(967—1028),字君复,钱塘(今浙江杭州)人。早年放游江淮间,后归隐杭州西湖之孤山。终身不仕不娶,唯喜种梅养鹤,人称"梅妻鹤子"。卒谥和靖先生。其诗多写幽静的隐居生活,风格清隽淡远。有《林和靖先生诗集》。

山 园 小 梅

众芳摇落独暄妍,占尽风情向小园。
疏影横斜水清浅,暗香浮动月黄昏。
霜禽欲下先偷眼,粉蝶如知合断魂。
幸有微吟可相狎,不须檀板共金尊。

注释

〔众芳〕百花。 〔暄妍〕鲜艳明丽。 〔占尽风情〕犹言独占春光。 〔霜禽〕寒鸟。亦可解为羽毛白色的鸟儿。 〔偷眼〕偷看。 〔合〕应当。 〔断魂〕犹言销魂。 〔相狎(xiá)〕相亲近。 〔檀板〕用檀木做的拍板,此泛指乐器。〔金尊〕泛指酒杯。尊,同"樽"。

解读

此诗亦题作"梅花"。作者虽是咏梅,实则是他孤高绝俗之

疏影横斜水清浅，暗香浮动月黄昏。

人格的真实写照。故苏轼在《书林逋诗后》中说:"先生可是绝伦人,神清骨冷无尘俗。"《四库全书总目提要》也说:"其诗澄澹高逸,如其为人。"首联直赞梅花的品格,得力于"独""尽"二字。诗人以简洁的笔触,形象地写出了梅花凌寒开放的独特环境和卓然不群的风韵。颔联虽本于五代南唐江为二句"竹影横斜水清浅,桂香浮动月黄昏",然作者把"竹""桂"两字改成"疏""暗"两字,不仅写出了梅花不同于牡丹、芍药的独特形态,而且写出了它异于桃李浓郁的独有芬芳,遂成传诵千古的咏梅绝唱,"暗香""疏影"也就成了梅的代名词。南宋词人姜夔咏梅的两首著名自度曲,即以《暗香》《疏影》为调名。颈联从侧面着笔,以"霜禽""粉蝶"对梅的爱慕,进一步烘托梅花的风姿神态之美。一虚一实,极具风韵。尾联以如何赏梅收结,见出诗人孤芳自赏的情怀。全诗咏物抒怀,水乳交融。

杨 亿

杨亿(974—1020),字大年,建州浦城(今属福建)人。十一岁时,太宗召试,授秘书省正字。淳化三年(992),进士及第。真宗景德二年(1005)入翰林。天禧中(1017—1020),官工部侍郎、翰林学士,兼史馆修撰、判馆事,权景灵宫副使。是宋初西昆诗派的领袖人物与代表作家。与刘筠齐名,时称"杨刘"。与刘筠、钱惟演等十七人相唱和,其作编为《西昆酬唱集》。有《武夷新集》。

汉 武

蓬莱银阙浪漫漫,弱水回风欲到难。
光照竹宫劳夜拜,露漙金掌费朝餐。
力通青海求龙种,死讳文成食马肝。
待诏先生齿编贝,那教索米向长安。

注释

〔汉武〕指汉武帝刘彻,晚年好祀神求仙。 〔蓬莱〕传说中的仙山。《史记·封禅书》:"自威、宣、燕昭使人入海求蓬莱、方丈、瀛洲,此三神山者,其传在渤海之中,去人不远,患且至,则船风引而去。盖尝有至者,诸仙人及不死之药皆在焉。其物禽兽尽白,而黄金银为宫阙。未至,望之如云,及到,三神山反居水下。临之风辄引去,终莫能至云。"〔漫漫〕无边无垠之态。〔弱水〕《十洲记》:凤麟洲在西海之中央,"洲四面有弱水绕之,鸿毛不浮,不可越也"。 〔竹宫〕指汉武帝甘泉宫中的祠宫。《汉书·礼乐志》:"以正月上辛用事甘泉圜丘,使童男女七十人俱歌,昏祠至明,夜常有神光如流星,正集于祠坛,天子自竹宫而望拜。"颜师古注:"《汉旧仪》云:竹宫去坛三里。"〔露溥(tuán)〕露水聚集。 〔金掌〕李善注引《三辅故事》:"武帝作铜露盘,承天露,和玉屑饮之,得以求仙。"《汉武故事》等书中记载武帝于建章宫中建金茎,高三十丈,上有金铜仙人舒手掌托铜盘以承露。 〔"力通"句〕指汉武帝西伐大宛得良马三千之事。《周礼》载:"马八尺以上为龙马。"《隋书·炀帝纪》:"置马牧于青海渚中,以求龙种。" 〔"死讳"句〕武帝时方士少翁事。《史记·封禅书》:"于是乃拜少翁为文成将军……居岁余,其方益衰,神不至,乃为帛书以饭牛,详不知,言曰:此牛腹中有奇。杀视得书,书言甚怪,天子识其手书,问其人,果是伪书,于是诛文成将军。隐之,后悔其早死,惜其方不尽,及见栾大,大言曰:'臣恐效文成,则方士皆奄口。'上曰:'文成食马肝死耳。'"〔"待诏"两句〕《汉书·东方朔传》记东方朔对汉武帝说:"臣朔年二十二,长九尺三寸,目若悬珠,齿若编贝……""上伟之,令待诏公车,奉禄薄,未得省见。"于是东方朔又对武帝说:"臣言可用,幸异其礼;不可用,罢之,无令但索米长安。""上大笑,因使待诏金马门,稍得亲近。"

解 读

　　景德末年,宋真宗赵恒信用王钦若,王荐引丁谓,迎合真宗求仙学道的旨意,伪造天书,争献符瑞。真宗因于景德五年(1008),改元大中祥符,东封泰山,西祀汾阳,广建宫观,希求长生,耗费国力民财。正在内廷秘阁修《册府元龟》的杨亿等人十分不满,借汉武帝晚年求仙之事互相唱和,以讽谏真宗,杨亿的《汉武》排为第一。从诗歌艺术来说,西昆派宗法李商隐,熔铸事典,精选词采的艺术特征,在此诗中得到充分展现。

　　首联写求仙之说渺无边际,欲登天而实无路,指出汉武求仙之无稽。颔联写武帝为了与仙接近而劳师动众,费心耗神。颈联写汉武求龙马及忌讳处死方士之事,可谓自欺欺人。前六句历历尽数汉武求仙的种种可笑之处,指出这种行为的徒劳无益。尾联以东方朔自嘲索米长安之典,点出有才之人却被闲置的情况,与上文形成鲜明的对比。借古讽今,具有较强的现实针对性。

范仲淹

范仲淹(989—1052),字希文,吴县(今江苏苏州)人。大中祥符八年(1015)进士。宝元三年(1040)任陕西招讨副使,兼知延州,抵御西夏。庆历三年(1043)任枢密副使、参知政事。卒谥文正。有《范文正公集》。

江上渔者

江上往来人,但爱鲈鱼美。
君看一叶舟,出没风波里。

注释
〔但爱〕只爱。 〔鲈鱼〕一种体形扁狭、头大鳞细、味道鲜美的鱼,多产于苏州一带。

解读
此诗对渔人的艰苦劳动表示同情与关怀,体现了以民为念,关怀民瘼的感情。作者就两种人的不同处境发出感叹:江上来来往往的人们,只知道鲈鱼的味美,而渔人出没风波辛苦劳作又有谁能够体谅呢。短短四句,营造出两幅场景:江边酒楼中人们觥筹交错,共享美食,而江上险风恶浪中一叶扁舟若隐若现,上下浮沉,其间对照发人深省。

野　色

非烟亦非雾,幂幂映楼台。
白鸟忽点破,残阳还照开。
肯随芳草歇,疑逐远帆来。
谁会山公意,登高醉始回。

注释

〔幂幂〕浓而深的样子。　〔肯〕岂肯,哪肯。　〔山公〕晋山涛之子山简,镇守襄阳时,时常至名园习家池饮酒,不醉不归。

解读

此诗以虚写实,描写郊野景色。野色,在诗人笔下已非单纯的郊野景色,而仿佛成了一种富有灵性的山岚,气韵流动,弥漫四方。首联写出野色非烟非雾,浓浓密密地围绕楼台,掩映台阁,仿佛极是有情。颔联写三两白鸟飞过,在浑然一体的野色中穿点出罅隙,调皮的举动如同在水波中投下涟漪,为野色增添灵动。夕阳金红的光辉,则为野色更添一层奇异的色彩。颈联写野色随芳草而不歇,逐江帆而远来,处处与人相依,更显灵性。尾联以山公为典,写出这般曼妙景致,令人流连忘返,不到畅饮一醉,不足以尽兴。诗人以空灵的笔触写空灵的景色,表达与自然交会的心灵感受。

晏 殊

晏殊(991—1055),字同叔,临川(今属江西)人。景德初年(1004),张知白以神童荐之,真宗召试,赐同进士出身,除秘书省正字。累官至同中书门下平章事兼枢密使,卒谥元献。以知人好贤著称,名臣范仲淹、欧阳修、韩琦、富弼皆出其门。他是宋初重要词人。其诗风近西昆,以典雅华美为长。有《珠玉词》及清人所辑《晏元献遗文》。

寓 意

油壁香车不再逢,峡云无迹任西东。
梨花院落溶溶月,柳絮池塘淡淡风。
几日寂寥伤酒后,一番萧索禁烟中。
鱼书欲寄何由达,水远山长处处同。

注释
〔寓意〕寄托心意。一作"无题"。 〔油壁香车〕古代女子所乘的车,车壁涂油装饰。此处代指女子。 〔峡云〕峡指巫峡,此为巫山云雨之省称。 〔溶溶〕水流貌。此处用来形容流泻的月光。 〔禁烟〕指寒食节,清明前一二天,禁火,吃冷食,故名。〔鱼书〕指书信。古乐府《饮马长城窟行》:"呼儿烹鲤鱼,中有尺素书。"

解 读

晏殊之诗有西昆之华丽而并不浓艳,清雅之中包含风韵,此诗可为一例。诗所寓为爱意,而含蓄清丽,冯班赞之"无粉腻气"、为"艳体之甲科也"。首联写情人分别,各自西东的伤感。"香车"显美人之风姿,"峡云"写美人之行迹,虚无缥缈,寻觅无着。颔联回忆往昔伊人在侧时疏朗的风致。寂静院落中梨花与朗月相映,一片洁白光辉。微风飘举轻盈柳絮,塘中水波静谧中泛起微漪,是何等一幅云淡风轻的画面,令人时时相忆,难以忘怀。颈联写佳人离去之后,抒情主人公独自苦饮,百无聊赖。寒食的清冷,衬出心中的萧索。尾联写欲投书信,但山水处处相同,显示出投递无门的苦楚。诗人之词《蝶恋花》中语"欲寄彩笺兼尺素,山长水阔知何处",与此句有异曲同工之妙。此诗意重情深,令人读来生怅惘之感。

潘阆

潘阆,自号逍遥子,人称潘逍遥,大名(今属河北)人。与武臣王继恩相交,因其被捕下狱而连累被拘,后遇真宗大赦,任以滁州参军。在宋代有诗名,慕贾岛孤峭之风。宋代画家许道宁作过《潘阆倒骑驴图》,收于郭若虚的《图画见闻志》。其诗录为《逍遥集》。

九 华 山

将齐华岳犹多六,若并巫山又欠三。
好是雨余江上望,白云堆里泼浓蓝。

注释

〔九华山〕在安徽青阳西南。山有九峰,原名九子山,李白见九峰其形若莲,更名为九华(花)。 〔华岳〕华山,世称西岳,在陕西华阴南,以莲花峰、仙人掌峰、落雁峰知名。 〔巫山〕位于重庆巫山县东,即巫峡,有望霞、翠屏、朝云等十二峰。 〔好是〕最好的是。

解读

此诗表达了对九华山之景的喜爱。前两句将九华山之九峰与华山之三峰、巫山之十二峰从数量上作比,构思巧妙。第三句点出观景之最佳时机与最佳地点。最后一句以一个"泼"字画龙点睛,突出雪白与浓蓝两种色彩的鲜明对比,并赋予原本沉重的山岳以轻灵之感,将人间的山峰化为天上的胜景,美轮美奂,仙气氤氲。

宋 祁

宋祁(998—1061),字子京,安州安陆(今属湖北)人。宋仁宗天圣年间进士,累官至龙图阁学士,史馆修撰,与欧阳修共撰《新唐书》,官至工部尚书,拜翰林学士承旨,卒谥景文。与其兄宋庠并称"二宋",为西昆之余绪,其诗语言工丽。词如《玉楼春》之"红杏枝头春意闹"堪称名句,传诵至今。有清人所辑《宋景文集》。

落花二首(其一)

坠素翻红各自伤,青楼烟雨忍相忘。
将飞更作回风舞,已落犹成半面妆。
沧海客归珠迸泪,章台人去骨遗香。
可能无意传双蝶,尽付芳心与蜜房。

注释

〔坠素翻红〕形容落花飘摇之态。素、红,借代花。 〔青楼〕贵人居处。王昌龄《青楼曲》:"驰道杨花满御沟,红妆缦绾上青楼。" 〔回风舞〕《洞冥记》:"武帝所幸宫人名丽娟,于芝生殿唱《回风》之曲,庭中花皆翻落。"此处即写落花风中回旋之姿,又说明不忘恩幸之意。 〔半面妆〕《南史·梁元帝徐妃传》:

"妃以帝眇一目,每知帝将至,必为半面妆以俟,帝见则大怒而出。"此处描绘落花犹余丽姿。 〔"沧海"句〕《博物志》:"南海外有鲛人,水居如鱼,不废织绩,其眼能泣珠。"李商隐《锦瑟》:"沧海月明珠有泪,蓝田日暖玉生烟。" 〔"章台"句〕用唐代韩翃之典,韩与柳氏情深,遇安史之乱而离散。韩使人寄柳诗:"章台柳,章台柳,昔日青青今在否?纵使长条似旧垂,也应攀折他人手。" 〔可能〕岂能。 〔传〕招。 〔蜜房〕蜂藏蜜之处。

解读

真宗天禧五年(1021),宋祁与其兄宋庠游学安州(今湖北安陆)时,投诗于知州夏竦。方回云:"夏英公竦守安州,兄弟以布衣游学,席上赋此二诗,英公以为有台辅器。"(《瀛奎律髓》)此诗刻画了虽飘落尘埃而风骨仍在的落花形象,以花喻人,表达了矢志不移的报国之心。首联写出空中翻飞的红白花瓣,对于不得不离开的昔日画楼烟雨的依恋。颔联颇为著名,落花已注定了其凋零的命运,仍努力最后回风一舞。已落入尘埃,仍保持那昔日艳妆几分,于无奈之中显出铮铮风骨。颈联承上句之意,赞花落而香遗,与李商隐《和张秀才落花诗》"落时犹自舞,扫后更闻香"有相通之处。尾联表达落花已将全身心化为花蜜,表明诗人为报效国家粉身碎骨而无憾的赤诚之心。全诗柔中含刚,令人咀嚼不尽。

曾公亮

曾公亮(999—1078),字明仲,泉州晋江(今属福建)人。仁宗天圣二年(1024)进士,曾任翰林学士、枢密使、同中书门下平章事,并曾与丁度共同编撰《武经总要》。

宿甘露僧舍

枕中云气千峰近,床底松声万壑哀。
要看银山拍天浪,开窗放入大江来。

注释

〔甘露僧舍〕甘露寺的僧舍。甘露寺位于江苏镇江北固山上。

解读

夜色中山与水的气息无孔不入地侵入僧舍,触动诗人灵敏的感官,诗人仿佛感到千峰云气、万壑松涛围绕在自己身边,因而顿生观赏长江拍天浪峰之想,以进一步感受自然的神工鬼斧。开窗的结果是夜色带着寒意扑面而来,目中满是奔腾怒涛,一时声势宛若大江涌流入室;而一个"放"字显出诗人迎接自然灵气的热情,仿佛可以看到诗人忘情地投入那破窗而入的"江流"之中,与之融为一体。全诗意境开阔,有一种荡气回肠的美感。

梅尧臣

梅尧臣(1002—1060),字圣俞,宣城(今属安徽)人,宣城在汉代时名为宛陵,故又称"宛陵先生"。以恩荫任主簿、县令。仁宗皇祐三年(1051),赐同进士出身,累官至尚书都官员外郎,故世称"梅都官"。曾预修《新唐书》。与苏舜钦齐名,世称"苏梅"。诗风古朴平淡,在宋代很有影响。有《宛陵集》。

田　　家

南山尝种豆,碎荚落风雨。
空收一束萁,无物充煎釜。

注释

〔萁〕豆茎。　〔釜(fǔ)〕古代的一种锅。

解读

此诗作于嘉祐三年(1058),诗中反映劳动人民的苦难。汉代杨恽《报孙会宗书》:"田彼南山,芜秽不治;种一顷豆,落而为萁。"三国时曹植《七步诗》云:"萁向釜下燃,豆在釜中泣。本是同根生,相煎何太急。"前者讥朝廷昏昧,后者比兄弟相残。梅尧臣合二者而生新意,感叹农民生活无着,辛苦劳作而颗粒无收,连"煮豆燃豆萁"都无法办到的惨状,表达了对人民的深切同情。

陶　　者

陶尽门前土，屋上无片瓦。
十指不沾泥，鳞鳞居大厦。

注释

〔陶者〕用陶土烧制砖瓦的人。　〔鳞鳞〕细密整齐有如鱼鳞，指屋上瓦。

解读

此诗作于嘉祐三年（1058），表达了诗人对于社会不合理现象的愤慨。钱锺书在《宋诗选注》中指出，汉刘安《淮南子》卷十七《说林训》中有言："屠者藿羹，车者步行，陶人用缺盆，匠人处狭庐——为者不得用，用者不肯为。"唐代有谚曰："赤脚人趁兔，著靴人吃肉。"（《五灯会元》卷十一《延沼语录》）唐孟郊有诗《织妇词》："如何织纨素，自著蓝缕衣。"都与此诗一样采用鲜明对照的方法。梅尧臣前二句写陶者辛勤劳作，自家屋顶却无片瓦，后二句写富贵者不花力气而安居广厦。不加评说而其理昭然，辛辣而深刻，表明了作者为之鸣不平的态度。

鲁 山 山 行

适与野情惬，千山高复低。

好峰随处改,幽径独行迷。

霜落熊升树,林空鹿饮溪。

人家在何许?云外一声鸡。

注释

〔"适与"句〕同我爱好自然风物的情趣恰好相合。惬(qiè),恰当,合乎。 〔升树〕爬上树。

解读

仁宗康定元年(1040),梅尧臣知襄城县时所作。鲁山,又名露山,在今河南鲁山县东北,接近襄城县西南边境。首联即点明"性本爱丘山","千山高复低"写出动景,照应"山行"。颔联写出独行于幽径的惬意。颈联为互文,刻画了疏林清溪中野生动物自由自在的情态,特别是鹿之优雅于饮溪时得到最完美的体现。前六句为山景,尾联一转而设问人家在何处,云外一声鸡啼作为答案,悠远而显出山居人家的写意。全诗洋溢着一种欣喜,从首至尾诗人情不自禁地流露出对山中景色的喜好。方回称第二联"幽而有味","尾句自然"(《瀛奎律髓》)。

东　　溪

行到东溪看水时,坐临孤屿发船迟。

野凫眠岸有闲意,老树着花无丑枝。

好峰随处改,幽径独行迷。

短短蒲茸齐似剪,平平沙石净于筛。

情虽不厌住不得,薄暮归来车马疲。

注释

〔东溪〕即宛溪,位于诗人故乡宣城。 〔孤屿〕孤岛。〔野凫〕即野鸭。 〔蒲茸〕初长出的蒲草。

解读

至和二年(1055),作者居乡时期所作。首联写行至东溪,为其清丽景色所动,面对丽水孤屿流连不已,以至发船为迟。颔联为人称誉最多。方回《瀛奎律髓》云:"三四为当世名句,众所脍炙。"野鸭在岸上悠然入睡,悠闲自在,令人羡慕,老树着花无丑枝则主要反映作者心情。所谓"一切景语皆情语",诗人为东溪而意醉神怡,目中自然再无半点丑物。进一层说,"老树着花无丑枝"亦可以视为诗人所追求的一种艺术美。欧阳修《水谷夜行》诗说梅尧臣"文词愈清新,心意难老大。有如妖娆女,老自有余态",与"老树着花无丑枝"句正可相互印证。颈联描写齐齐蒲茸,平平沙石,写出水之清澈与诗人对自然的喜爱。尾联写诗人依依不舍地离去时已是日暮时分,说明滞留东溪时间之长。此诗貌似平淡而饶有新意,正是梅尧臣诗的典型风格。

汝坟贫女

汝坟贫家女,行哭音凄怆。

自言有老父,孤独无丁壮。
郡吏来何暴,县官不敢抗。
督遣勿稽留,龙钟去携杖。
勤勤嘱四邻,辛愿相依傍。
适闻闾里归,问讯疑犹强。
果然寒雨中,僵死壤河上。
弱质无以托,横尸无以葬。
生女不如男,虽存何所当!
拊膺呼苍天,生死将奈向?

注释

〔汝坟〕《诗·周南·汝坟》毛传:"汝,水名也。坟,大防也。"坟即水边高地。汝河又叫北汝河,出于河南嵩县,至商水县入颍河。 〔何暴〕多么凶恶。 〔督遣〕督促派遣。 〔稽留〕停留,延滞。 〔龙钟〕老而行动不便。 〔携杖〕拄着拐杖。 〔依傍〕照顾关怀。 〔闾里〕乡里,即同乡人。 〔弱质〕柔弱的体质,指女子。 〔何所当〕有何用。 〔拊膺〕手抚胸口,形容极度悲痛。 〔奈向〕奈何。

解读

此诗作于仁宗康定元年(1040)。诗的小序说:"时再点弓手,老幼俱集。大雨甚寒,道死者百余人,自壤河至昆阳老牛陂,僵尸相继。"当时诗人正出任河南襄城县令,目睹人民处于水深火热之中,感而赋诗。此诗与《田家语》为姊妹篇。诗歌借用《诗经》之诗题,却描绘了比《诗经·周南·汝坟》中女子更苦的境遇。那女子虽丈夫远役在外,附近还有家人,而梅尧臣笔下的汝坟贫女则失去了相依为命的老父,从此宛若漂萍,无依无靠,所受的痛苦数倍于前者。梅尧臣用贫女自述的口吻,倾吐出满腹苦水。贫女的老父根据"三丁抽一"的法则本可免役,却由于官吏威逼,只得以老迈之年,拄着拐杖出征。贫女殷殷嘱咐同行的乡人多加关照,但内心中却是万分痛苦,担心老父难以生还。听说有乡人回转,急于问讯却欲言又止。对老父的牵挂催动她开口,得到的果然是老父的死讯。贫女无力安葬父亲尸骨,不由痛心自责身为女儿,不能代父服役,眼睁睁看着父亲去送死。贫女仰天长叹,不知应苟活于世间,抑或随父亲于九泉。此诗深刻反映了北宋康定、庆历年间与西夏的战争中,官吏胡作非为,造成民间骨肉离散、家破人亡的社会现实。对于贫女的心理描绘也能深刻细腻,入木三分,可谓字字血泪,感人肺腑。

柳 永

柳永(987?—1055后),初名三变,字耆卿,崇安(今属福建)人。流连于汴京,久试不中,宋仁宗景祐元年(1034)始进士及第,为睦州(今浙江建德)掾官,官至屯田员外郎。性风流,多出入歌楼舞榭,吟唱"晓风残月",是北宋初著名的词人,亦能诗。有《乐章集》。

煮 海 歌

煮海之民何所营?妇无蚕织夫无耕。
衣食之源何寥落,牢盆煮就汝输征。
年年春夏潮盈浦,潮退刮泥成岛屿;
风干日曝盐味加,始灌潮波溜成卤。
卤浓盐淡未得闲,采樵深入无穷山;
豹踪虎迹不敢避,朝阳出去夕阳还。
船载肩擎未遑歇,投入巨灶炎炎热;
晨烧暮烁堆积高,才得波涛变为雪。
自从潴卤至飞霜,无非假贷充糇粮;
秤入官中充微直,一缗往往十缗偿。
周而复始无休息,官租未了私租逼;

驱妻逐子课工程，虽作人形俱菜色。

煮海之民何苦辛，安得母富子不贫！

本朝一物不失所，愿广皇仁到海滨。

甲兵净洗征输辍，君有余财罢盐铁。

太平相业尔惟盐，化作夏商周时节。

注释

〔营〕营生，谋生。 〔"牢盆"句〕说盐民将煮成的盐来抵税。牢盆，煮盐的器具。输征，交税。 〔潮盈浦〕海潮上涨淹没海边滩地。 〔"风干"二句〕指经过风吹日晒，盐味加重时再灌进潮水使之成为盐卤。溜，同"溜"，流动貌。 〔未遑〕没有闲暇。 〔雪〕指盐。 〔潴（zhū）卤〕指蓄积盐卤。潴，积水。〔飞霜〕指盐。张融《海赋》："漉沙构白，熬波出素，飞霜暑路。"〔假贷充糇（hóu）粮〕依靠借贷来度日。糇粮，干粮。 〔微直〕低价。直，通"值"。 〔一缗（mín）句〕指十倍偿还借款。缗，串钱的绳子。 〔课工程〕徭役。课，古代一种徭役。 〔菜色〕饥民的脸色。《汉书·元帝纪》："岁比灾害，民有菜色。"颜师古注："五谷不收，人但食菜，故其颜色变恶。"〔母、子〕喻朝廷与百姓。 〔"本朝"二句〕希望各项政令处置适宜，百姓各得其所，皇上的仁爱推及海滨的盐民。 〔甲兵〕盔甲和兵械。"甲兵净洗"即停止战争。杜甫《洗兵马》："安得壮士挽天河，净洗甲兵长不用。"〔辍〕停止。 〔罢盐铁〕废除盐铁之税。 〔"太平"二句〕《书·说命》:"若作和羹,尔惟盐梅。"将宰相比作盐梅那样的调味品,谓其辅佐朝政,使"三代之治"重现。

解读

此诗见元代冯福京等人编的《昌国州图志》卷六,题下原注:"悯亭户也,为晓峰盐场官作。"亭户即盐民,亭场即熬盐处。昌国在今浙江定海。此诗描写了盐民的艰苦生活,寄以深切同情,表达了国泰民安的愿望,为作者少数洞察民情、反映社会现实的作品之一。全诗层层铺叙,步步推进,诉说盐民无边苦难。首四句总写,勾勒出盐民依靠盐来生存,而收入微薄的情况。然后描绘盐民艰苦生活的具体情况,从海水变为盐的过程中凝聚盐民无数血汗,在其间又不得空闲,仍须冒着葬身虎豹的危险上山伐柴来作煮盐之用,因没有生活的资用又不得不借贷为生,以至官税私租交相催逼,只得去赴徭役,其生活之艰苦,一般人难以想象。结尾希望天下太平,停止征战,而不必受苛税之苦,使人民得以安居乐业。诗中塑造了不畏大海波涛、不畏虎狼凶残却被横征暴敛压榨得贫苦潦倒的煮海人形象,为历来诗歌所少见,具有独特的价值。

文彦博

文彦博（1006—1097），字宽夫，介休（今属山西）人。天圣年间进士及第，先后为将相五十年。其诗学西昆，爱用典故，亦重词采。有《文潞公集》。

清明后同秦帅端明会饮李氏园池偶作

洛浦林塘春暮时，暂同游赏莫相违。
风光不要人传语，一任花前尽醉归。

注释

〔秦帅端明〕其人复姓司马，为文彦博老友。　〔洛浦〕洛水边。　〔传语〕寄语。

解读

杜甫《曲江二首》（其二）有语："传语风光共流转，暂时相赏莫相违。"文彦博化之而生新意，从恳请风光让人观赏，变而为恳请友人共赏风光，从寄语风光稍停流转让人欣赏，变而为不须传语风光，自可尽醉花前。首句点明时间地点，虽不明言，却启发读者去想象那春暮时分洛水之侧的树林与池塘是如何一番景致。下句写这般美景不可错过。最后二句写出风光尽赏的快意。全诗流畅圆转，宛如清风拂面，表达出诗人轻松自得的心态。

欧阳修

欧阳修(1007—1072),字永叔,号醉翁,又号六一居士,庐陵(今江西吉安)人。仁宗天圣八年(1030)进士,官至枢密副使、参知政事,是诗、词、文、赋均擅的大家。善识人,爱提携后进,苏洵父子、王安石、曾巩都是他的门下。曾助范仲淹推行"庆历新政",晚年因与王安石政见不合,退居颍州。卒谥文忠。诗学韩愈、李白,是北宋诗文革新运动的领袖,唐宋八大家之一。与宋祁合修《新唐书》,独修《新五代史》。有《欧阳文忠公集》《六一词》《六一诗话》等。

戏 答 元 珍

春风疑不到天涯,二月山城未见花。
残雪压枝犹有橘,冻雷惊笋欲抽芽。
夜闻归雁生乡思,病入新年感物华。
曾是洛阳花下客,野芳虽晚不须嗟。

注 释

〔元珍〕丁宝臣,字元珍,常州晋陵(今江苏常州)人,宋仁宗景祐元年(1034)进士,时为峡州(宜昌)军事判官,与欧阳修交好。〔"曾是"二句〕欧阳修曾任西京留守钱惟演幕下推官,洛阳在北宋时称西京,以牡丹著名。诗人写有《洛阳牡丹记》,丁宝臣也曾住洛阳。野芳,野花。嗟,叹息。

解读

仁宗景祐三年(1036)五月,欧阳修贬官为夷陵(今湖北宜昌)令,次年早春,丁元珍作诗相赠,欧阳修作此诗以答。方回说:"此夷陵作,欧公自谓得意。盖'春风疑不到天涯'一句未见其妙,若可惊异;第二句云:'二月山城未见花。'即先问后答,明言其所谓也。以后句句有味。"(《瀛奎律髓》)全诗跌宕起伏,圆润流畅。起句便设置悬念,下句作为应答,相得益彰,暗藏被贬的失意。颔联一转而呈暖色,橘子透过残雪映出艳红,春雷乍响,虽天气仍寒冷,地下的新笋却已然从沉沉睡眠中被惊醒,探头向大地张望,真是"状难写之景如在目前"。富有动感与生命的活力,反映出作者虽被贬而并不就此沉沦,处逆境而并不气短的心态。颈联再一转,牵动无限思乡之情,夜闻归雁又是一番伤感。病中看新年之热闹,春色之美好,更是添加愁思,反衬出自家的凄凉。然尾联再一次以乐观的态度开解愁怀,既然已然同赏过洛阳牡丹,山城野花迟开又有什么可以嗟叹的呢。全诗情绪大幅度转换,峰回路转,但终以柳暗花明收尾,见得诗人的大度与达观。

别　　滁

花光浓烂柳轻明,酌酒花前送我行。
我亦只如常日醉,莫教弦管作离声。

注释

〔滁〕滁州(今属安徽)。　〔浓烂〕浓丽烂漫。　〔只〕一作"且"。

解读

欧阳修于庆历八年(1048)离开滁州,改任扬州知州时所作。诗人于庆历五年(1045)被贬滁州知州。在任关注民情,与民同乐,著名的《醉翁亭记》便为此间所作。一旦要离开,别愁自是难免,但本诗对此作了富于个性特色的表现。诗篇开头便描绘一派花光缭乱、柳色轻明的灿烂春色,以美景隐藏别绪。当父老乡亲酌酒相送,诗人只愿如往日一般沉醉,而不愿流露出将要分离的感伤,更不愿丝竹奏出别离之声来牵动愁肠。其中表达出诗人对往日的缅怀,与高高兴兴地作别的希望,体现欧阳修乐观的性格。但是从另一面也可以看出诗人与父老乡亲感情之深,若不醉而加以歌声,怕是欧阳修也控制不住离情别绪了。黄庭坚《夜发分宁寄杜涧叟》末二句"我自只如常日醉,满川风月替人愁",便是脱化于此,但欧诗之轻快自然自与"满川风月替人愁"的沉重又有所不同。

丰乐亭游春三首

绿树交加山鸟啼,晴风荡漾落花飞。
鸟歌花舞太守醉,明日酒醒春已归。

春云淡淡日辉辉,草惹行襟絮拂衣。
行到亭西逢太守,篮舆酩酊插花归。

红树青山日欲斜,长郊草色绿无涯。
游人不管春将老,来往亭前踏落花。

注释

〔丰乐亭〕位于滁州(今属安徽)西南丰山北麓,琅琊山幽谷泉上。 〔太守〕借用汉唐时的称谓,宋代称为知州,此自指。〔篮舆〕竹轿。

解读

丰乐亭为欧阳修任滁州知州时所建,其时为庆历六年(1046)。他还写有《丰乐亭记》,由苏轼书后刻石,美景,美文,美书,相得益彰。与《丰乐亭记》相比,这组诗也不逊色。全组诗三首,情感逐层深入。第一首写惜春之意。绿树婆娑,交相叠映,山鸟啁啾,杂花乱飞,春风荡漾在山林,也荡漾在人的心头,诗人沉醉了。次日酒醒，春无踪迹，原来已经悄然归去，使诗人感到分外惋惜。第二首摹醉春之态。首联写景，春日里淡云飘飘，日色烂漫，嫩草飞絮仿佛有意在招惹行人。春景醉人，特别是人们行到亭西看见欧阳知州，悠闲自得地醉倒在竹轿之中，还插戴着春花，那醉态酡颜，唇边浅笑，宛若眼前。诗人笔下春色如酒，芳香四散，还在不停地从醉太守的笑意中外溢着，叫人读来也添三分快意。诗人视角独特，仿佛灵魂醉出体外，笑看自身，可谓翻新出奇，其人之洒脱，其诗之空灵，可见一斑。第三首抒恋春之情。青山红树，白日西斜，萋萋芳草，一碧无际。天已暮，春将归，然而多情的游人全然不管这些，仍然踏着落花，来往于丰乐亭前。游人中自然有诗人自己在内，因为诗人正是以"醉能同其乐，醒能述以文"（《醉翁亭记》）而自豪的。

画 眉 鸟

百啭千声随意移，山花红紫树高低。
始知锁向金笼听，不及林间自在啼。

注释

〔画眉鸟〕一种善鸣的鸟类，又名百舌。 〔啭（zhuàn）〕鸣声宛转。

解读

借画眉鸟在笼中的拘束与在天地间的自在作比，显示出自

百啭千声随意移，山花红紫树高低。

由的可贵。首联描摹画眉在大自然的广阔天地间自由歌唱的情景之美,鸣声宛转动听,随着画眉的移动,远远近近,高高低低,在美丽的花朵之间,在参差的绿树之中,无数画眉互相唱和,空谷鸟啭,是怎样一幅动人的画面。然而笼中鸟啼却大不一样,虽风雨无忧,但羁绊之身又怎能唱出自在的歌声。两相对照,金笼中鸟儿命运之可悲昭然若揭。自由是可贵的——这一主旨便从这两幅画面的对比中得到了形象的表现。

晚 泊 岳 阳

卧闻岳阳城里钟,系舟岳阳城下树。
正见空江明月来,云水茫茫失江路。
夜深江月弄清辉,水上人歌月下归。
一阕声长听不尽,轻舟短楫去如飞。

注释
〔岳阳〕今属湖南,位于洞庭湖与长江交汇处。 〔阕(què)〕乐曲终了。歌曲或词,一首为一阕。 〔楫(jí)〕划船用具。

解读
此为七言古诗。方东树《昭昧詹言》曰:"欧公情韵幽折,往反咏唱,令人低回欲绝,一唱三叹而有遗音,如啖橄榄,时有余味。"此诗可为一例。诗言含蓄,寄托思乡情结而不明言,只是在诗句中飘荡一种惆怅的情绪。首二句看来字字平易,却表现出作者对家的思念。羁旅之人闻得悠悠钟声,感受到城中黄昏人归的气氛,那种家的气氛不禁牵引着小船驻留树下,诗人静静地谛听着,感触着。不久,江上月出,洞庭湖一片苍茫,令人生起一种前途未卜之感。夜深明月焕发光彩,舟人吟着歌回转,那一曲回家的歌儿又令作者听而不厌,只是轻舟转眼已如飞而去,留下的只有诗人独自面对江月江涛,漂泊他乡的思绪怎能不如潮翻涌。此诗粗读似乎无甚好处,而细细品味,则愈觉其情韵动人。"江""水""月"几个词回环往复,也增添了古朴的韵致。

秋　怀

节物岂不好,秋怀何黯然!
西风酒旗市,细雨菊花天。
感事悲双鬓,包羞食万钱。
鹿车何日驾?归去颍东田。

注　释
〔节物〕应季节的景物。　〔"包羞"句〕国事不济,不能济国平天下,因而以食厚禄为羞。　〔鹿车〕佛家语,喻归隐山林。

解　读
此诗表达了作者感叹国事,希望退隐的心情。全诗结构井然。首联发问：秋天到了，风景美好，却为何难以展露欢颜？颔联不直接回答问题，却承首句，描绘美好的"节物"，写西风细雨之中，酒旗招展，菊花飘香。寥寥十字，既突出了秋日景物特征，又渗透着文人雅趣。颈联应第二句，写作者因感念国事而双鬓苍苍，恨不能奋一己之力，令万民安居乐业。尾联总结以上诗句，作出驾鹿车归隐的结论。这就是欧阳修的秋怀，体现对丑恶世事的憎厌，对身居高位而无所作为的遗憾，对山林间幽静生活的向往。《乐府纪闻》云："欧阳永叔中岁居颖日，自以集古一千卷，藏书一万卷，琴一张，棋一局，酒一壶，一老翁于五物间，称六一居士。"其中情趣，与本诗正可相参。

宿云梦馆

北雁来时岁欲昏，私书归梦杳难分。
井桐叶落池荷尽，一夜西窗雨不闻。

注释

〔私书〕隐秘不公开的书信。这里指夫妻之间的信件。
〔西窗〕李商隐《夜雨寄北》诗云："君问归期未有期，巴山夜雨涨秋池。何当共剪西窗烛，却话巴山夜雨时。"

解读

此诗为作者坐"朋党"之罪出放外任时，途经云梦（今属湖北）驿馆所作，表达了对妻子的思念。古有鸿雁传书之说，故睹雁而思人，岁暮乃团圆之时，外放的诗人更生怀妻之念。日有所思，夜有所梦，故而梦中一时家书来到，一时身已归家，迷离恍惚，亦真亦幻。第二天发现桐叶凋零，池荷落尽，却原来梦中与妻共话西窗，全不知窗外雨打芭蕉，显现着一场美梦酣眠，对妻的思念尽在其中。诗中巧妙化用李商隐诗意，表达自己的情感。人说酒后吐真言，而梦中亦少有虚语，以梦写情，正是思念亲人刻骨铭心的表现。心理活动描绘细致，在古代诗歌中极为难得。

梦 中 作

夜凉吹笛千山月，路暗迷人百种花。
棋罢不知人换世，酒阑无奈客思家。

注释

〔"棋罢"句〕《述异记》："信安郡石室山，晋时王质伐木，至见童子数人棋而歌，质因听之……俄顷，童子谓曰：何不去？质起视，斧柯烂尽。既归，无复时人。"〔酒阑〕酒尽。

解读

可能作于皇祐元年(1049)，诗人时在颍州，未得重用。诗以对梦境的描写抒发对仙缘的向往，希望能脱离尘世的烦恼，然终是摆脱不了尘缘。陈衍说："此诗当真是梦中作，如有神助。"(《宋诗精华录》)四句诗各自营造境界而浑成一体。首句清冷而悠扬，月光流转千峰，万籁俱静，只有一曲笛音，袅袅不绝。第二句野径幽暗,花影憧憧,空中弥漫浅香,散发出迷人的魅力。第三句遇仙不知世事变革,恍惚中万事迷离。尾句客游仙境而知返,思家之情是一股强大的力量,纵到仙境也无法淡忘,诗人终还是要回到尘世,那出尘清丽的景致,只能在梦中经历。诗句前后两联字字相对,对仗极为工丽,意境幽美,是宋人绝句中的佳作。

和王介甫明妃曲二首

胡人以鞍马为家,射猎为俗。
泉甘草美无常处,鸟惊兽骇争驰逐。
谁将汉女嫁胡儿?风沙无情面如玉。
身行不遇中国人,马上自作思归曲。
推手为琵却手琶,胡人共听亦咨嗟。
玉颜流落死天涯,琵琶却传来汉家。
汉宫争按新声谱,遗恨已深声更苦。
纤纤女手生洞房,学得琵琶不下堂。
不识黄云出塞路,岂知此声能断肠?

汉宫有佳人,天子初未识。
一朝随汉使,远嫁单于国。
绝色天下无,一失难再得。

虽能杀画工，于事竟何益？
耳目所及尚如此，万里安能制夷狄？
汉计诚已拙，女色难自夸。
明妃去时泪，洒向枝上花。
狂风日暮起，飘泊落谁家。
红颜胜人多薄命，莫怨春风当自嗟。

注释

〔王介甫〕王安石，字介甫。 〔明妃〕即王嫱，字昭君。晋时因避司马昭讳，改称明君。 〔中国〕指中原地区。 〔"推手"句〕推手、却手，即一挥一拨，一推一放。琵、琶为象声词。 〔咨嗟(zī jiē)〕叹息。 〔新声谱〕新曲谱，指昭君所弹的琵琶曲。 〔纤纤〕细小貌。 〔洞房〕犹深闺。 〔黄云〕沙漠上空的云，因黄沙弥漫，连云色也变黄了。 〔单(chán)于国〕指匈奴。单于，匈奴的首领。 〔画工〕传说汉元帝后宫既多，不得常见，乃使画工图形，案图召幸之。诸宫人皆赂画工，独王嫱不肯，遂不得见。后匈奴入朝，求美人为阏氏，上案图以昭君行。及去召见，貌为后宫第一。帝悔之，而名籍已定。乃穷案其事，画工毛延寿等皆同日弃市。见晋葛洪《西京杂记》。 〔夷狄〕古称东方部族为夷，北方部族为狄。常用以泛称中原以外的各族。

解读

这两首诗，欧阳修本人甚为得意。叶梦得《石林诗话》引其子欧阳棐语曰:"先公平生未尝夸大所为文,一日被酒,语棐曰:'吾诗《庐山高》,今人莫能为,惟李太白能之;《明妃曲》后篇,太白不能为,惟杜子美能之;至于前篇,则子美亦不能为,惟吾能之也。'"前篇开卷,便凸现欧阳修"以文为诗"的特点,诗句如同散文。其后描绘王昭君出塞之苦,胡人漂泊成性,泉甘草美也留不住胡儿身影,他们习惯的是奔驰草原逐鸟惊兽。"谁将汉女嫁胡儿?"明知故问,透出深深的惋惜。明妃如玉的脸庞遭受风沙的折磨,而心中更是满怀思乡之苦,乡情融入琵琶曲,便是粗蛮的胡人也听得扼腕长叹。明妃积思乡之怨而成之曲传至汉宫,仅仅成为争相演奏的新声,根本无人能够理解其中包含的心意。明妃遗恨已深,曲中仿佛附着了昭君之芳魂,其声更苦。人们以优美的琵琶曲获得恩宠,全不知此曲凝聚了明妃柔肠寸断的怨苦,真可谓买其椟而还其珠。后篇围绕"耳目所及尚如此"二句,写出汉元帝之无识无能与王昭君之悲剧命运。元帝对于身边之人犹不能洞察,更何力于万里之外的边疆,一个小小画工犹贪心不足,朝中官员又如何可信。一个皇帝昏聩、群臣碌碌的朝廷,如何能制服塞外虎视眈眈的强敌。计拙之下只得出和亲这招,此时女子已难以自夸美色,美貌成了负累,成了祸根。明妃只得挥泪而去,漂泊无方。末二句幽怨委婉,更添凄楚。苏轼《五禽言》之五云:"姑恶!姑恶!姑不恶,妾命薄!"与此有异曲同工之妙。范成大称"姑不恶,妾命薄""此句可以泣鬼"(《姑恶序》),移评欧阳修此诗亦颇恰当。

苏舜钦

苏舜钦(1008—1048),字子美,原籍梓州铜山(今四川中江),出生于开封,仁宗景祐元年(1034)进士,任大理评事、集贤校理等职。曾知亳州(今属安徽),性刚正,疾恶如仇,曾上书直指仁宗燕乐过度,欧阳修《苏学士文集序》谓之"为于举世不为之时"。庆历四年(1044)被弹劾削职为民,退居苏州,幽居沧浪亭,以自然山水相伴。后复官湖州长吏,未赴任即亡。他与梅尧臣齐名,而诗风劲健雄放,与梅不同。有《苏学士集》。

过 苏 州

东出盘门刮眼明,萧萧疏雨更阴晴。
绿杨白鹭俱自得,近水远山皆有情。
万物盛衰天意在,一身羁苦俗人轻。
无穷好景无缘住,旅棹区区暮亦行。

注释

〔盘门〕苏州西南方向的门。 〔刮眼〕犹言刮目,意谓另眼相看。 〔疏雨〕时续时断的雨。 〔旅棹(zhào)〕客船。 〔区区〕劳顿疲累貌。

解读

诗人途经苏州，为一派美丽风光所吸引，空中雨丝疏落，云气空蒙，山水树鸟都一副悠然模样。作者觉得万物盛衰自有天意，对于个人的得失进退不要过于看重，应当尽情享受大自然的恩赐，将身心融入山水之中。只叹无缘久留，不得不依依荡桨而去。首句"刮"字出新，别开生面。"绿杨"二句，陈衍《宋诗精华录》评曰："三四是苏州风景。"全诗一片清淡气，将失意之苦淡淡然一挥而去，透出诗人的洒脱，但细细体味，终究还是可以感觉到一丝无奈与遗憾。

初晴游沧浪亭

夜雨连明春水生，娇云浓暖弄阴晴。
帘虚日薄花竹静，时有乳鸠相对鸣。

注释

〔虚〕疏朗。　〔乳鸠〕初生的鸠。

解读

此诗作于诗人居苏州一年之后，即庆历六年（1046）春。沧浪亭位于苏州城内，原为五代时吴越广陵王钱元璙的花园，苏舜钦以四万钱买得，并著《沧浪亭记》。欧阳修"清风明月本无价，可惜只卖四万钱"之句即指此事。雨后初晴景致的清新，在诗人笔下细细呈现。首句应"初晴"之题，听一夜之雨，看塘中水涨。

二句写雨后云朵,在几缕阳光穿透中,显得又软又浓,现出暖意,透着娇媚。三句写园中静景,帘空,日淡,花竹静谧。尾句乳鸠稚嫩的鸣声具"鸟鸣山更幽"之效果,勃发出融融生命力。这一番清雅景色,可谓消愁胜境。

淮中晚泊犊头

春阴垂野草青青,时有幽花一树明。
晚泊孤舟古祠下,满川风雨看潮生。

注释

〔犊头〕淮河边的一个小镇。

解读

此为作者经淮河时所作。诗以气势胜。首句"春阴垂野"已显天气,仿佛天幕席卷,云层涌动,荫蔽四野,而青草与花儿反而更有活力一般努力焕发自己的光彩,一树繁花成为乌云笼罩下的亮点。诗人顶着漫天风雨,要看汹涌翻腾的怒潮,其心潮之澎湃可想而知。这样的力量,这样的气魄,浓缩在一句之中,因此虽为尾句,却又预示着一个新的开始。后两句使人想起韦应物《滁州西涧》中的"春潮带雨晚来急,野渡无人舟自横",陈衍《宋诗精华录》更进而认为:"视'春潮带雨晚来急',气势过之。"

赵 抃

赵抃(1008—1084),字阅道,衢州(今属浙江)人,景祐中进士及第。任殿中侍御史时,以刚正不阿、不畏权贵著称,被京中誉为"铁面御史"。两度知成都,晚年又为越州知州,官至太子少保。

次韵孔宪蓬莱阁

山巅危构傍蓬莱,水阁长风此快哉。
天地涵容百川入,晨昏浮动两潮来。
遥思坐上游观远,愈觉胸中度量开。
忆我去年曾望海,杭州东向亦楼台。

注释

〔次韵〕即所押的韵与原作完全相同。 〔宪〕御史的省称。〔山〕指卧龙山,清时名为兴隆。 〔危构〕指高楼。 〔坐上〕用孔融"坐上客常满"之典,指孔延之与一堂宾客共赏胜景。〔"杭州"句〕作者原注:"杭有望海楼。"

解读

作者的朋友孔延之登镜湖之滨的越州(今浙江绍兴)蓬莱阁

时作有诗篇,作者次韵和之。前四句想象蓬莱阁景色,高楼依山,长风满阁,令人有神清气爽之感。百川会聚,潮水翻波,又是一番壮丽景观。"水阁长风此快哉"一句,直白而有气贯长虹之势。颈联想象友人携佳朋观景的感受,定是心胸开阔。尾联回忆自己曾在望海楼观海潮的情景,这正是驰骋想象的基础,而此时作者的思绪怕也是从蓬莱阁飘向遥远的海滨了。全诗看似随意,而语气亲切,联想丰富,其情其景足以动人。清人吴之振等《宋诗钞》说赵抃写诗"触口而成,工拙随意,而清苍郁律之气,出于肺肝",观此诗可见。

李 觏

李觏(gòu)(1009—1059),字泰伯,南城(今属江西)人。范仲淹赞其有孟轲、扬雄之风,荐于朝廷,为太学助教、海门主簿,后升任直讲。主要是学者、思想家,讥孔孟儒学,有"非孟子"之称。文学创作受韩愈影响,力求新奇。有《直讲李先生文集》。

忆钱塘江

当年乘醉举归帆,隐隐前山日半衔。
好是满江涵返照,水仙齐著淡红衫。

注释

〔举〕高挂。 〔好是〕最好是。

解读

此诗追忆过去游钱塘江的经历,描绘了薄暮时分的美丽江景。回忆往事本来就是十分美好而朦胧,更何况当年醉眼观景,如今写来便更是以丰富的想象为主了。影影绰绰的连绵远山上一轮红艳艳的落日半露,在诗人眼中成了山吞日的景象。一江碧水饱含星星点点的金色夕照,水中白帆在醉眼中成了翩翩起舞的凌波仙子,被夕阳罩上浅红纱衣,更添一种风韵。诗意清新,妙喻天成,具备一种与众不同的美感。

读长恨辞

蜀道如天夜雨淫,乱铃声里倍沾襟。
当时更有军中死,自是君王不动心。

注释

〔淫〕过度,过分,即久雨不止。 〔乱铃〕《明皇杂录》载,唐明皇奔蜀时,经斜谷口,当时霖雨不住,栈道中夜闻铃声与雨声两相回应,思忆杨妃,悲痛中制成《雨淋铃》之曲。

解读

作者读白居易的长诗《长恨歌》后而生发的感慨,录而为诗。前二句发挥《长恨歌》"夜雨闻铃断肠声"之句,描绘唐皇痛失爱侣的悲伤,然此后辞锋一转,不再如白居易那样歌颂唐皇与杨妃的爱情,而是转到苍生百姓身上,指出军中当时死去多少战士,而皇帝从不动心,不曾为了护他出逃的将士落过一滴泪,如今却为了爱妃泪如泉涌,真是何厚此而薄彼。辞锋犀利,发人深思。

乡思

人言落日是天涯,望极天涯不见家。
已恨碧山相阻隔,碧山还被暮云遮。

解读

　　此为日暮怀乡之作,表现了一种故乡遥不可及的感叹。首联以落日为中介,将家推至天涯之外,可见其远。人们都说日落之处已是天边,而夕阳可见家未见,足见家比天边还远,远方的家乡如此牵动游子的心怀!下二句自李商隐《无题》"刘郎已恨蓬山远,更隔蓬山一万重"化得,诉说自己与家之间阻隔重重。碧山已然高大,巍然挡住视线,可是暮云连碧山也要遮住,此可谓更进一层,将思乡之情刻画得入木三分。钱锺书《宋诗选注》引李觏同时人石延年《高楼》诗:"水尽天不尽,人在天尽头",范仲淹《苏幕遮》词:"山映斜阳天接水,芳草无情,更在斜阳外",欧阳修《踏莎行》词:"楼高莫近危栏倚,平芜尽处是春山,行人更在春山外",《千秋岁·春恨》词:"夜长春梦短,人远天涯近",认为与李觏此诗"词意相类"。但李觏此诗先以"人言"铺垫,再写自己"望极天涯"之恨,亦有独到的艺术匠心。

张　俞

张俞,字少愚,益州郫(pí,今四川成都郫都区)人。屡试不中,荐为秘书省校书郎,不受,转授其父显忠。隐居青城山,自号白云先生。有《白云集》。

蚕　妇

昨日到城郭,归来泪满巾。
遍身罗绮者,不是养蚕人!

注释
〔到城郭〕郭为外城。一作"入城市"。

解读
此诗以蚕妇自述口吻,写入城所见而产生的痛苦,非设身处地者不能道。此类诗篇很多,如梅尧臣的《陶者》等,然一般都是旁观者为劳动者鸣不平,而劳动者大多已无可奈何地接受了这一不公平的社会现实,而这一蚕妇却不同。平日连城中都没有去过,并不了解社会,一旦目睹,便十分想不开,以至涕泪满巾。封建社会的强制,令人民有苦水只能往肚中咽,而这一蚕妇之言,如同儿童般直率而不加掩饰,大有喝破"皇帝新衣"之感。

陶 弼

陶弼(1015—1078),字商翁,祁阳(今属湖南)人。通晓军事,其《兵器》诗在宋时很有名。为诗擅长表现阔大意境和悲壮气概。有《邕州小集》。

碧 湘 门

城中烟树绿波漫,几万楼台树影间。
天阔鸟行疑没草,地卑江势欲沉山。

注释
〔行(háng)〕行列。 〔卑〕低。

解读
碧湘门是长沙的城门。此诗写诗人于城楼远望之所见。前二句以树为描写对象,写城中之树绵延如海涛,郁郁葱葱,几万楼台俱为树影所掩,这一片烟树的海洋实在蔚为壮观。后二句写远景,不提"远"字,而远态自生。天阔既远,飞鸟之行伍几欲没入草中,远鸟翩翩,又有一种悠然美感。尾句之想象则十分大气,远处湘江浩渺,不但平地视其气势而显卑微低下,就连山峦也仿佛低它一头,羞惭得要沉入地下。"沉山"一语给人以强烈的震撼感,可谓惊人之语。诗人的《公安县》诗亦有语云"远山欲沉城",意境有相似之处。

文 同

文同(1018—1079),字与可,梓州梓潼(今属四川)人。宋仁宗皇祐间进士,迁太常博士,集贤校理,曾知洋州(今陕西洋县)与湖州(今属浙江),自号笑笑先生,是苏轼表亲与好友,又是著名画家,尤以画竹著称,"成竹在胸"之语即出于他。其诗风朴素,有《丹渊集》。吴之振等《宋诗钞》称其诗"清苍萧散,无俗学补缀气,有孟襄阳、韦苏州之致"。

新 晴 山 月

高松漏疏月,落影如画地。
徘徊爱其下,及久不能寐。
怯风池荷卷,病雨山果坠。
谁伴余苦吟,满林啼络纬。

注释
〔病雨〕遭到雨水的打击。 〔络纬〕一名络丝娘,草虫。

解读
此诗描绘雨后初晴时分山中夜色。首联用十字勾勒出一番潇洒出尘的景象。松树高大而幽黑,但密密层层的松针之间,闪烁着月光,如同妙笔分割着松的阴影,创造出一幅光与影的杰作,令作者沉醉于她的美丽灵幻之中,感受着新晴山中清凉的夜色。颈联照应新晴,写出风雨过后荷叶翻卷,果实坠地的景象,加以拟人化的笔墨,显得更为生动。尾联写林中此起彼伏的虫鸣伴着诗人领略山风月色。置身于这样一个万物有灵的境界中,怎不叫人陶醉?文彦博致文同信称其"襟韵洒落,如晴云秋月,尘埃不到",其人如此,其诗亦复如此。

北斋雨后

小庭幽圃绝清佳,爱此常教放吏衙。
雨后双禽来占竹,秋深一蝶下寻花。
唤人扫壁开吴画,留客临轩试越茶。
野兴渐多公事少,宛如当日在山家。

注释

〔"爱此"句〕旧时属吏每天早晚两次参见长官,叫"衙参",也省为"衙"。此句指经常免去属吏的参见,而流连于园中。
〔吴画〕吴道子之画。吴道子为唐代大画家,被尊为"画圣"。
〔越茶〕越地所产之茶,名贵而途远难得。

解读

此诗作于熙宁七年(1074),作者任兴元府(今陕西汉中)知府时,北斋为其府衙内的书斋。诗中表达了一种闲适安然之情。此诗表现的情趣正是"清佳",诗人优哉游哉的生活令人称羡。幽幽的小庭园为一片清静之地,吏员的滋扰已免去大多。雨后飞禽与蝴蝶在园中穿梭翻飞,生意盎然,又有朋自远方来,可相对品茗赏画,享受知音相聚的愉悦。诗人过着亦官亦隐的生活,在公事之暇体味着野兴。虽然如此,诗人仍怀念山家,可见诗人对于山间闲适悠游生活的向往。颔联对仗工整,写鸟、蝶情态如画,陈衍评曰:"'占'字、'寻'字下得切。"(《宋诗精华录》)

曾　巩

曾巩(1019—1083),字子固,建昌军南丰(今属江西)人。仁宗嘉祐二年(1057)进士,曾任史馆修撰、集贤校理,并多年任知州,官至中书舍人,卒于江宁府。为唐宋八大家之一,以文章著称。其学生陈师道称其不会作诗,实际上,是文名压住诗名,本人亦重视文章之故。其实曾巩亦能诗,七绝颇具风致。有《元丰类稿》。

西　楼

海浪如云去却回,北风吹起数声雷。
朱楼四面钩疏箔,卧看千山急雨来。

注释
〔钩疏箔〕用钩挂卷起帘子。箔,指用苇或秫秸编成的帘子。

解读
此诗描写了诗人欣赏雷雨海潮的情景。前二句描绘了一番"山雨欲来风满楼"的景象。海浪翻涌着,层层叠叠,而天上的乌云也同样翻滚不息。北风劲吹,雷声隆隆,天地间奏响壮美的序曲。诗人卷起四面疏帘,要让风雨来得更近,在此感受风的急,雨的劲,天空中的凉意,完全置身于风、雷、云、雨之间,欣赏自然的伟力。此诗境界开阔,笔锋劲健,隐隐透出一股豪气。

城　　南

雨过横塘水满堤,乱山高下路东西。
一番桃李花开尽,惟有青青草色齐。

注释

〔横塘〕此指南京城南秦淮河南岸的横塘。

解读

此诗写雨后之景,其中也蕴含着哲理。开头写出雨势之大,横塘充溢,河水满堤,可见一夜暴雨肆虐。接着写雨后之景,山上、路边的桃李由于脆弱娇嫩而被雨打下枝头,陷入泥泞,而不起眼的小草却表现出顽强的生命力,经过一番雨水的冲刷更显得青翠可爱。朴素平凡之中常常蕴含着勃勃生机。这一深刻的哲理通过桃李与小草的对比鲜明地显现出来。辛弃疾《鹧鸪天》词云"城中桃李愁风雨,春在溪头荠菜花",其情趣似之。

咏　　柳

乱条犹未变初黄,倚得东风势便狂。
解把飞花蒙日月,不知天地有清霜。

注释

〔解〕懂得。

解读

此诗以柳为喻,尖刻地讥刺了趋炎附势的轻狂小人。首二句描摹柳之轻狂,春日初至,枝条还未改变冬日的衰黄,已然在春风中舒展枝条,借风势作长袖善舞状。末二句写柳纵然善于以飞扬的柳絮蒙蔽日月,但当霜花飘扬之时,便是它的末日来临。日月的光明毕竟是遮蔽不了的,小人的得志猖狂也不能长久。读此诗,当能得到这方面的启示。

司马光

司马光(1019—1086),字君实,陕州夏县(今山西闻喜)涑水乡人,世称涑水先生。仁宗宝元元年(1038)进士。神宗即位,擢其为翰林学士。后因反对王安石变法,退居洛阳。哲宗即位,高太后掌权,司马光复出拜相,尽废新法。卒赠温国公,谥文正。历时十九年著成编年史巨著《资治通鉴》。长于散文,亦能诗。有《司马文正公集》。

居洛初夏作

四月清和雨乍晴,南山当户转分明。
更无柳絮因风起,惟有葵花向日倾。

注释

〔清和〕清明而和暖,指初夏天气。 〔乍〕才,刚,初。〔当户〕正对住所。 〔"更无"句〕化用东晋女诗人谢道韫咏雪名句"未若柳絮因风起"(见《世说新语·言语》)。更,再。

解读

熙宁二年(1069)王安石实行变法,司马光竭力反对无效,于三年(1070)出知永兴军(今陕西西安),又于四年(1071)退居洛阳撰写《资治通鉴》,直至元丰八年(1085)哲宗即位,凡一十五年。此诗即居住洛阳期间所作。此诗以细腻的笔触,写出天气的变化。漫天飞舞的柳絮不见了,只有葵花还向日而开。王应麟《困学纪闻》云后两句"可以见司马公之心",大致是不错的。

鸡

羽短笼深不得飞,久留宁为稻粱肥。

胶胶风雨鸣何苦,满室高眠正掩扉。

注释

〔宁为〕岂为。 〔胶胶〕鸡鸣声。《诗经·郑风·风雨》:"风雨潇潇,鸡鸣胶胶。"

解读

此诗借咏鸡自道失落心情:久留此地,并非贪恋稻粱之肥美,而是由于羽短笼深,处境不利,力量不足。风雨鸡鸣,本来可以唤醒多少仁人志士闻鸡起舞,发愤图强,但如今众人均在高枕酣眠,你鸣之不已,又有什么用处呢?言外大有"众人皆醉我独醒"之意。

王安石

王安石(1021—1086),字介甫,晚号半山,抚州临川(今江西抚州)人。庆历二年(1042)进士。嘉祐三年(1058)上万言书,对仁宗力陈变法主张。神宗熙宁二年(1069)任参知政事,推行新法。此后两次拜相,两次罢相。退居江宁(今江苏南京)半山园。封舒国公,旋改封荆,世称荆公。卒谥文。散文名列唐宋八大家。诗道健清新,戛戛独造。亦能词。著有《三经新义》《字说》等。诗文有《临川先生文集》。

河 北 民

河北民,生近二边长苦辛。
家家养子学耕织,输与官家事夷狄。
今年大旱千里赤,州县仍催给河役。
老小相依来就南,南人丰年自无食。
悲愁天地白日昏,路旁过者无颜色。
汝生不及贞观中,斗粟数钱无兵戎。

注 释
〔河北〕黄河以北。 〔二边〕与辽、西夏接壤的地区。

〔输〕上缴。 〔事〕供养,供奉。 〔河役〕治理黄河的工役。〔就南〕逃荒到黄河以南。 〔不及〕未能赶上。 〔贞观〕唐太宗年号(627—649),为唐之盛世。 〔兵戎〕指战争。

解读

此诗作于仁宗庆历六年(1046)。讽刺宋王朝对滋扰中原的辽与西夏的妥协政策。"家家养子学耕织",足见人非不勤;"南人丰年",足见南方年非不丰。然而现状是不仅北人无食,连南人也同样无食。这就使人不能不对官家的所作所为深入思考一番了。因为"河北民"直接遭受兵戎、大旱、河役三重灾祸,所以诗人对他们表示特别同情。

思王逢原三首(其二)

蓬蒿今日想纷披,冢上秋风又一吹。
妙质不为平世得,微言惟有故人知。
庐山南堕当书案,湓水东来入酒卮。
陈迹可怜随手尽,欲欢无复似当时。

注释

〔纷披〕多而散乱。 〔冢〕坟墓。 〔"妙质"句〕指世人不能像匠石深知郢人那样理解王令。妙质,好的质的,好的箭靶,用《庄子·徐无鬼》"匠石运斤成风,听而斫之,尽垩而鼻不伤,郢人立不失容"之典。 〔微言〕精妙的言辞。《汉书·艺文志》:"昔仲尼殁而微言绝。" 〔故人〕诗人自指。 〔溢(pén)水〕源于江西瑞昌西清溢山,向东流经九江。 〔酒卮(zhī)〕酒器。

解读

王逢原,即王令,生平参见后王令诗作者介绍。王安石十分赞赏其才华,以妻妹妻之。王令卒于嘉祐四年(1059),年仅二十八岁。次年,王安石作此诗表示怀念。《礼记·檀弓》云:"朋友之墓,有宿草而不哭焉。"即对已经去世一年的朋友可以不必再哀哭。王安石却反其道而行之,正由坟头蓬草秋风入手,怀念辞世已久的知己,更显情深。三四句连用二典,表达对王令的知音之感。五六句追忆嘉祐三年(1058)与王令在鄱阳同游情景,意气豪迈,造语雄奇。末二句表达深深的遗憾,令人难以忘怀。

示长安君

少年离别意非轻,老去相逢亦怆情。

草草杯盘供笑语,昏昏灯火话平生。

自怜湖海三年隔,又作尘沙万里行。

欲问后期何日是,寄书应见雁南征。

注释

〔怆(chuàng)情〕伤感。 〔雁南征〕用雁足传书的传说,见《汉书·苏武传》。

解读

此诗为诗人于宋仁宗嘉祐五年(1060)出使辽国之前所作。长安君即王安石大妹,名文淑,工部侍郎张奎之妻,封长安县君。分隔三年,今日才得相逢,却又要作万里之别,何况自己年届不惑,今后与亲人肯定是会日渐少,因此席上笑语、灯前闲话便使人感到格外亲切与温馨。颔联历来为人称道,正是因为恰到好处地写出了这种人之常情。末二句寄希望于将来,是对亲人,也是对自己的安慰。

泊船瓜洲

京口瓜洲一水间,钟山只隔数重山。
春风又绿江南岸,明月何时照我还?

注释

〔京口〕今江苏镇江。 〔瓜洲〕今江苏扬州南江边,与镇江隔江相望。

解读

此诗作于熙宁八年(1075)二月,王安石第二次拜相,奉诏进京,途经瓜洲之时。诗人在景祐四年(1037)即随父王益居于江宁(今江苏南京),第一次罢相后,又回到江宁钟山,对此地是很有感情的。诗中表达的是对钟山的留恋之情。"只隔"道出了诗

春风又绿江南岸,明月何时照我还?

人与钟山亲近的心理距离。三句展望春风拂煦下,新绿茸茸的江南美景,流露出不能尽情观赏的遗憾。末句明白表露归意,可见在复杂的政治斗争中,诗人意欲早日脱离旋涡的心态。"春风又绿江南岸"句被传为改字之佳话。据洪迈《容斋随笔》所载,王安石曾选用"到""过""入""满"等十余字,都不满意,最后选定"绿"字。《童蒙诗训》称其"文字频改,工夫自出"。唐人已有用"绿"字描写春风者,如李白《侍从宜春苑奉诏赋龙池柳色初晴听新莺百啭歌》有"春风已绿瀛洲草",丘为《题农父庐舍》有"春风何时至?已绿湖上山",问题在于王安石此诗所体现的整体情感,令此句超越前人,因此给读者留下了更为深刻的印象。

江　　上

江北秋阴一半开,晓云含雨却低回。
青山缭绕疑无路,忽见千帆隐映来。

解读

此诗为王安石晚年寓居钟山时的作品,体现出诗人暮年宁静致远的心灵追求及清淡雅丽的诗风。此诗所写景物的特点是变幻:秋阴是半开半合,晓云是低回容与,青山有路却似无路,帆影点点忽隐忽显。景物是如此淡雅而幽远,诗人的心境也是静穆而悠然。

半山春晚即事

春风取花去，酬我以清阴。
翳翳陂路静，交交园屋深。
床敷每小息，杖屦亦幽寻。
惟有北山鸟，经过遗好音。

注释
〔翳(yì)翳〕阴晦貌，此处指树荫浓密。 〔交交〕树枝交错覆盖。 〔床〕坐具。 〔敷〕铺设。 〔屦(jù)〕鞋子。 〔幽寻〕即寻幽。 〔遗(wèi)〕赠予。

解读
半山在江宁至钟山半途，故有此名。王安石晚年退居江宁，营建半山园，自号半山。即事，就眼前景物作诗。春风吹落鲜花，却也吹浓了绿荫，给诗人带来清凉。路边，园中，处处林木葱茏，凉意可人。诗人或静息于浓荫之下，或拄杖着屦缓行探幽，谛听林间鸟啭，其恬淡宁静而怡然自得的风神历历如绘。

题西太一宫壁二首

柳叶鸣蜩绿暗，荷花落日红酣。

三十六陂春水,白头想见江南。

三十年前此地,父兄持我东西。
今日重来白首,欲寻陈迹都迷。

注释

〔蜩(tiáo)〕蝉。 〔酣〕醉酒貌。 〔三十六陂(bēi)〕汴京附近的塘名。 〔持我东西〕牵着我从东走到西。

解读

西太一宫位于汴京西南八角镇,为祀太一神之庙宇。王安石于景祐三年(1036)随父至汴京游过此宫,熙宁元年(1068)重游,时年已四十八岁,且父母双亡,触景生情,作此二诗。此二首为宋人六言绝句的代表,陈衍《宋诗精华录》选入,并评为压卷之作。第一首运用强烈的色彩对比,给人以突出的视觉感受。"暗"字写出化不开的浓绿,"酣"字所写落日下荷花酡红的娇颜更是动人。陂塘中春水荡漾,波光粼粼,令诗人更加怀念江南水乡。第二首追忆三十年前父兄牵着自己四处游览的情景,此番重游旧地,已然白发苍苍,再也找不到当日同游的欢娱。岁月的流逝,引发出诗人的沧桑之感。

明妃曲二首

明妃初出汉宫时,泪湿春风鬓脚垂。

低回顾影无颜色,尚得君王不自持。
归来却怪丹青手,入眼平生未曾有。
意态由来画不成,当时枉杀毛延寿。
一去心知更不归,可怜着尽汉宫衣。
寄声欲问塞南事,只有年年鸿雁飞。
家人万里传消息,好在毡城莫相忆!
君不见咫尺长门闭阿娇,人生失意无南北。

明妃初嫁与胡儿,毡车百辆皆胡姬。
含情欲说独无处,传语琵琶心自知。
黄金杆拨春风手,弹看飞鸿劝胡酒。
汉宫侍女暗垂泪,沙上行人却回首。
汉恩自浅胡自深,人生乐在相知心。
可怜青冢已芜没,尚有哀弦留至今。

注释

〔春风〕面容。杜甫《咏怀古迹》:"画图省识春风面,环珮空归月夜魂。"〔无颜色〕面色苍白,满面悲色。〔丹青手〕画师。〔毡城〕指游牧民族居住地,因其所住为毡帐。〔阿娇〕汉武帝陈皇后,"金屋藏娇"即指此人,后失宠,被幽闭于长门宫。〔杆拨〕弹奏琵琶的工具。〔春风手〕能弹奏动人乐曲的妙手。

〔汉宫侍女〕由汉宫带到匈奴的陪嫁宫女。　〔青冢〕即明妃墓，在今内蒙古自治区呼和浩特市南。　〔"尚有"句〕即杜甫《咏怀古迹》"千载琵琶作胡语，分明怨恨曲中论"之意。

解读

诗作于仁宗嘉祐四年（1059）。在众多歌咏王昭君的诗作中，此诗别出心裁，独辟蹊径，因而影响颇大，欧阳修、司马光等人皆有和作。第一首前半写明妃之美不在颜色，而在意态。意态之美不被发现，责任不在画师，而在君王。后半进一步写明妃之美不仅在意态，更在心灵，在她对故国刻骨铭心的眷恋。可是汉元帝却没有想到她，她年年盼望都落了空。明妃的意态美、心灵美均遭埋没，这是人生最大的失意，而其责任全在君王，不论万里毡城的悲剧，抑或咫尺长门的悲剧，都是他造成的。这就深入揭示出明妃悲剧的根源。第二首写汉元帝不识明妃意态，又遣明妃去"和番"，这是汉恩之浅；匈奴迎娶，出动毡车百辆，再加以殷勤劝酒，这是胡恩之深。但明妃一借琵琶以寄情，二看飞鸿以望乡，可见她的心仍在汉而不在胡。青冢纵已荒芜，哀婉动人的昭君怨曲却流传至今，便是一个明证。可见明妃的情感超越了个人的得意失意，而有着更加深厚的内涵。

北 陂 杏 花

一陂春水绕花身，花影妖娆各占春。
纵被东风吹作雪，绝胜南陌碾成尘。

注释

〔陂(bēi)〕池塘。　〔绝胜〕远远胜过。　〔陌〕小路。

解读

此诗为诗人晚期作品,表现了远离尘嚣、洁身自好的情趣。杏花盛开时唯与春水为伴,花在岸,影在水,各逞妖娆,平分春色。飘落时宁趁东风漫天飞舞,也不愿零落成泥,要一个"质本洁来还洁去"。这正是诗人自我品格的写照。

书湖阴先生壁二首(其一)

茅檐长扫静无苔,花木成畦手自栽。
一水护田将绿绕,两山排闼送青来。

注释

〔畦(qí)〕田园中划分的小区。　〔护田〕《汉书·西域传序》:"自敦煌西至盐泽,往往起亭,而轮台、渠犁,皆有田卒数百人,置使者校尉领护。"〔排闼(tà)〕推门闯入。《汉书·樊哙传》:"高帝尝病,恶见人,卧禁中,诏户者无得入群臣,哙乃排闼直入。"

解读

王安石钟山半山园的邻人杨德逢号湖阴先生。书壁即写在墙上。前二句极写湖阴先生高致。后二句写水护田而绕绿,何等温柔;山排闼而送青,何等豪爽!亦可见湖阴先生与青山绿水形接神交,心心相印。后二句常被称作用典的范例,所谓"史对史","汉人语对汉人语"。但即使不知其出处,我们也完全能够欣赏这两句写景的鲜活,领略其中的情趣。这正是用典的理想境界。

北　　山

北山输绿涨横陂,直堑回塘滟滟时。
细数落花因坐久,缓寻芳草得归迟。

注释

〔直堑〕直的护城河。　〔回塘〕环曲的池塘。　〔滟滟〕水光波动貌。

解读

北山即钟山。作于诗人晚年退居江宁之时。前二句写山泉涌流,水光滟滟,一派生机而又无比宁静。正是在这样的环境里,花儿悄悄飘落,草儿暗暗生长。对此别人无暇关心,而诗人却愿意细细地数,缓缓地寻。透过落花的翩翩风韵,芳草的淡淡清香,我们感受到的是诗人晚年的闲适之情。

郑 獬

郑獬(xiè)(1022—1072),字毅夫,安陆(今属湖北)人。仁宗皇祐五年(1053)进士第一,神宗时官至翰林学士。其人刚直,其文质朴。有《郧溪集》。

春 尽

春尽行人未到家,春风应怪在天涯。
夜来过岭忽闻雨,今日满溪俱是花。
前树未回疑路断,后山才转便云遮。
野间绝少尘埃污,唯有清泉漾白沙。

解读

此诗写春尽归家途中所感。尽管风尘仆仆,家乡未到,诗人的内心却已充满了喜悦。闻雨见花,是大自然的勃勃生机引发的喜悦;峰回路转,是移步换形,不断有所发现引发的喜悦;清泉白沙,是山野的清新空气、纯洁环境引发的喜悦。这后一点尤其重要,因为它与污浊的官场形成鲜明的对比,使诗人感到一种精神的解脱和心灵的净化。

刘 攽

刘攽(bān)(1022—1089),字贡父,临江新喻(今江西新余)人。仁宗庆历六年(1046)与兄刘敞同时登科。知兖州、亳州时,因不行新法而谪监衡州盐仓。官至中书舍人。精通史学,主持《资治通鉴》汉代部分的编撰。其诗文情胜其兄。有《彭城集》。

新　　晴

青苔满地初晴后,绿树无人昼梦余。
惟有南风旧相识,偷开门户又翻书。

解读

此为夏日久雨初霁,即景生情之作。青苔满地,见雨之久;绿树无人,见境之静。日长梦酣,午睡醒来,只见南风习习,轻轻吹拂着书页。一个"偷开",一个"又翻",写得南风极活泼,极俏皮,与诗人又极熟悉,极随便,而诗人的闲适之情,也就从他与南风的亲切交流中显露无余。唐薛能(一作曹邺)《老圃堂》诗云:"昨日春风欺不在,就床吹落读残书。"刘诗后二句与其相近而又有新的创意。

雨后池上

一雨池塘水面平,淡磨明镜照檐楹。
东风忽起垂杨舞,更作荷心万点声。

解读
　　此诗写雨后池上之景,观察细致入微。前二句写新雨之后池塘的澄澈,以淡磨明镜作比,恰到好处。第三句一转,写垂杨因风起而飘舞,枝上的水珠抖落在荷叶上,发出悦耳动听的声音。前二句水波不兴,后二句风起珠落,一静一动,相得益彰,写活了雨后池上之景。

晁端友

晁端友，字君成，巨野（今属山东）人。晁补之父。第进士，官杭州新城令。其诗为苏轼、黄庭坚所称赏。有《新城集》。

宿济州西门外旅馆

寒林残日欲栖乌，壁里青灯乍有无。
小雨愔愔人假寐，卧听疲马啮残刍。

注释
〔青灯〕油灯。 〔愔（yīn）愔〕安闲貌。此处形容雨声悄悄。 〔假寐〕和衣而卧。 〔啮（niè）〕咬嚼。 〔刍（chú）〕草料。

解读
济州即巨野。此诗写旅宿感受。寒林残日，昏鸦归巢，是投宿时环境；一灯如豆，忽暗忽明，是旅馆中情景。不眠的人，在小雨的气息与马啮草料的单调声响中，体味着寂寥的情怀。诗以各种意象的组合产生特殊的艺术效果，可与马致远《天净沙》小令的"枯藤老树昏鸦，小桥流水人家，古道西风瘦马"媲美。

王 令

王令(1032—1059),字逢原,广陵(今江苏扬州)人。父母早丧,十六七岁起即以授徒为业。王安石赏其才华,以妻妹妻之。其诗受韩愈、孟郊一派的影响,豪迈奇崛。惜英年早逝,未能尽展其才。有《广陵先生文集》。

暑旱苦热

清风无力屠得热,落日着翅飞上山。
人固已惧江海竭,天岂不惜河汉干?
昆仑之高有积雪,蓬莱之远常遗寒。
不能手提天下往,何忍身去游其间!

注释
〔固〕本来。 〔河汉〕银河。

解读
此诗由暑热展开想象,表达了展现才华、兼善天下的强烈愿望。首二句便有奇峰突起之势。烈日在诗人眼中如同作怪的三足乌,到了该落的时分,仍不肯放过受煎熬的人们,重又跃上山巅,放射热力;而本应成为人类救星的清风,却软弱得无有屠龙之力来斩杀那可恶的妖魔。三四句进一步渲染酷热肆虐,连天上的银河也难以幸免,暑气成为天上人间共同的灾难。后四句写天地之间还有一两处清凉世界,但既然无力使天下苍生脱离苦海,又怎么忍心独自遨游其间呢!一句"手提天下往",一句"何忍",其气魄,其胸襟,在宋代诗人中,是十分突出的。

读老杜诗集

气吞风雅妙无伦,碌碌当年不见珍。
自是古贤因发愤,非关诗道可穷人。
镌镵物象三千首,照耀乾坤四百春。
寂寞有名身后事,惟余孤冢耒江滨。

注 释

〔风雅〕《诗经》中的《国风》和《大雅》《小雅》。 〔碌碌〕平凡。 〔见珍〕被珍惜,受重视。 〔因〕来自。 〔发愤〕司马迁《报任安书》:"诗三百篇,大抵皆圣贤发愤之所为作也。"〔"非关"句〕欧阳修《梅圣俞诗集序》:"非诗能穷人,殆穷者而后工也。"〔镌镵(juān chán)〕雕刻。 〔"寂寞"句〕杜甫《梦李白》诗:"千秋万岁名,寂寞身后事。"〔"惟余"句〕杜甫于代宗大历五年(770)避乱往郴州依其舅氏崔伟,行至耒阳,因贫病交加卒于舟中,草草葬于耒江边。四十三年后,才由其孙将灵柩运回故乡。

解 读

此诗是读杜甫诗集有感而发,论其人,论其诗,都颇为中肯。首联以一组对比,突出杜甫文章的锦绣与命途的多舛,隐含不平之气。颔联对"诗能穷人"的观点表示不以为然,指出杜甫诗歌创作的杰出成就在于和古代圣贤一样发愤著书。颈联称颂杜甫用毕生心血凝聚成众多的辉煌诗篇,其光芒照耀乾坤,永不磨灭。尾联感叹杜甫虽享有"千秋万岁名",毕竟是"寂寞身后事",遥想当年耒江之滨,孤冢萧条,其情景何等凄凉!这一感叹由杜甫而发,却并不限于杜甫,而是概括了自古以来许多文人共同的悲剧命运,其中也应该包括年轻诗人切身的感受。

张舜民

张舜民(约1034—1100),字芸叟,自号浮休居士,邠州(今陕西彬州)人。英宗治平二年(1065)进士,曾担任吏部侍郎。他是陈师道姐夫,与苏轼交好。诗风格质朴明畅,接近白居易。有《画墁集》。

村　　居

水绕陂田竹绕篱,榆钱落尽槿花稀。
夕阳牛背无人卧,带得寒鸦两两归。

注释

〔陂(bēi)田〕池塘边的田。　〔榆钱〕榆树的荚,形如钱,故名。　〔槿(jǐn)花〕又称木槿,花冠为紫红色或白色。

解读

此诗展现了一幅宁静、闲逸的秋日村居图。前二句以绿水翠竹渲染出田园风致,以满地榆钱、稀疏槿花点明时节已是清秋。"夕阳牛背无人卧"一顿,也可以说是设置了一个悬念;"带得寒鸦两两归"给了一个出人意表然而也是极富情趣的答案。牛的悠然自得,鸦的习焉不惊,田园的清幽,村居的静谧,尽在这画图之中,真可谓万物各得其所。全诗没有写一个人,但人与自然的高度和谐已经表露无遗。

苏 轼

苏轼(1037—1101),字子瞻,号东坡,眉州眉山(今属四川)人。宋仁宗嘉祐二年(1057)进士,签书凤翔府(今属陕西)判官,召直史馆。熙宁中,因与王安石政见不合,自请出朝,通判杭州,后徙密州(今山东诸城)、徐州(今属江苏)、湖州(今属浙江)知州。元丰二年(1079)因作诗"谤讪朝廷"获罪(即"乌台诗案"),贬黄州(今湖北黄冈),后移汝州(今河南临汝)团练副使,又改知登州(今山东蓬莱)。哲宗元祐年间,回朝任翰林学士,后再度出知杭州、颍州(今安徽阜阳)、定州(今属河北),官至礼部尚书。绍圣元年(1094),又因属文"讥谤前朝",远贬惠州(今属广东)、儋州(今属海南)。元符三年(1100)赦还,提举玉局观,复朝奉郎。次年卒于常州(今属江苏),谥文忠。苏轼为北宋中叶以后的文坛领袖,通擅诗、文、词、书、画,均称大家。其诗题材广阔,风格清新豪健。有《东坡全集》《东坡乐府》等。

和子由渑池怀旧

人生到处知何似?应似飞鸿踏雪泥。
泥上偶然留指爪,鸿飞那复计东西。
老僧已死成新塔,坏壁无由见旧题。
往日崎岖还记否,路长人困蹇驴嘶。

注释

〔"老僧"句〕老僧名奉闲。和尚死后火葬,筑塔贮藏骨灰。〔"坏壁"句〕苏轼兄弟应举时,曾寄宿奉闲老僧所住的寺中,并题诗于壁,现已无从得见。 〔"路长"句〕作者原注:"往岁,马死于二陵,骑驴至渑池。"二陵,崤(xiáo)山,在渑池西。蹇(jiǎn)驴,疲乏之驴。

解读

嘉祐六年(1061),苏轼赴凤翔府(今属陕西)签判任,与弟苏辙(字子由)在郑州分手后,经过渑(miǎn)池(今属河南)时所作。苏辙有《怀渑池寄子瞻兄》诗,此篇是和作。苏辙诗云:"相携话别郑原上,共道长途怕雪泥。归骑还寻大梁陌,行人已度古崤西。曾为县吏民知否?旧宿僧房壁共题。遥想独游佳味少,无言骓马但鸣嘶。"原作怀旧,因此苏轼的和作也怀旧,提到了三件事:一是当年接待我们的奉闲老僧已经去世,他的骨灰已经贮藏在新塔之中;二是我们当年在寺壁所题的诗,由于墙壁斑驳,现已无从得见;三是当年骑驴来到渑池,道路崎岖、人困驴嘶的情景,仍然历历在目。这三件事娓娓道来,令人倍感亲切。但就全诗的构思而言,无非是为了印证前四句"雪泥鸿爪"那个比喻。人生是一个漫长的征途,所到之处,所历之事,都能留下一些痕迹;但就像鸿雁那样,总还要继续飞翔,因为来日方长,还远远没有到达终点呢。这一比喻生动贴切,蕴含着丰富的哲理,至今仍广为流传。作为和诗,此诗的韵脚全同原作,却丝毫未受拘束,而是笔致潇洒,意境恣逸,体现出东坡本色。

游金山寺

我家江水初发源,宦游直送江入海。
闻道潮头一丈高,天寒尚有沙痕在。
中泠南畔石盘陀,古来出没随涛波。
试登绝顶望乡国,江南江北青山多。
羁愁畏晚寻归楫,山僧苦留看落日。
微风万顷靴纹细,断霞半空鱼尾赤。
是时江月初生魄,二更月落天深黑。
江心似有炬火明,飞焰照山栖鸟惊。
怅然归卧心莫识,非鬼非人竟何物。
江山如此不归山,江神见怪警我顽。
我谢江神岂得已,有田不归如江水!

注释

〔"我家"句〕苏轼故乡眉山,在长江上游。 〔中泠(líng)〕泉名,在金山西北。 〔盘陀〕巨石堆叠不平貌。 〔羁愁〕在外游子之愁。 〔归楫〕回归镇江的船。楫,船桨,此处代船。〔靴纹〕靴上的皱纹,形容细浪。 〔断霞〕片片晚霞。 〔鱼尾赤〕形容晚霞之红。 〔初生魄〕指农历初三日的月亮,见《礼记·乡饮酒义》。苏轼此次游金山寺在十一月初三日,正合此义。 〔"非鬼"句〕作者原注:"是夜所见如此。"〔警我顽〕对我愚钝不化提出警告。 〔谢〕致歉。 〔"有田"句〕《左传·僖公二十四年》记晋公子重耳渡黄河时对他的舅父说:"所不与舅氏同心者,有如白水!"《晋书·祖逖传》记祖逖渡江北伐,中流击楫自誓:"祖逖不能清中原而复济者,有如江水!"本句是苏轼面对江水发誓:置办田产以后,一定退隐回乡。

解读

熙宁四年(1071)十一月,苏轼赴杭州途中游金山寺,作此诗。金山寺,在今江苏镇江金山上。此诗以思乡为核心,以欲归隐为结局,而以江水为纽带贯穿全篇。头二句高屋建瓴,由岷山至海门一气贯通,将自己所经历的万里程、半生事一笔道尽。接写登高临远,但恨江南江北青山重叠,挡住了自己望乡的视线。以下写江天霞染,波光粼粼,极尽空旷幽静之致。而江心炬火,照山惊鸟,境界一变,使诗人觉得是江神对自己迷恋仕途、冥顽不灵的一种惩戒。于是诗人指江发誓,以美好的江山,作为自己心灵的归宿。全诗写景视觉独特,抒情具有深度,非泛泛之作可比。汪师韩评曰:"一往作缥缈之音,觉自来赋金山者,极意著题,正无从得此远韵。"(《苏诗选评笺释》)

六月二十七日望湖楼醉书五绝(其一)

黑云翻墨未遮山,白雨跳珠乱入船。
卷地风来忽吹散,望湖楼下水如天。

解读

望湖楼,位于西湖之滨,五代时吴越王钱氏所建。此诗作于熙宁五年(1072),诗人时任杭州通判。此诗写夏日暴雨。乌云未合,早已雨如瓢泼,大颗大颗的水珠纷纷跳入船中;忽而风吹云散,水面又平静得像天空那样湛蓝湛蓝。瞬息变幻的湖上风光,写来历历如画。鲜明的色彩对比,又使读者产生强烈的视觉印象。

望海楼晚景五绝(其二)

横风吹雨入楼斜,壮观应须好句夸。

雨过潮平江海碧,电光时掣紫金蛇。

解读

熙宁五年(1072)八月,苏轼监考贡举,在杭州望海楼闲坐二十余日,作此诗。望海楼,在西湖南凤凰山腰,可以望见海潮。劈头一个"横"字,写出挟雨狂风霸道的气象,它入楼,不仅是不请自来,而且是强行闯入。这种痛快,这种壮观,非"好句"不足以夸之。再看看楼外,雨过潮平,江海一碧,不时还有紫金蛇般的电光划破远方的天幕,这也许就是刚才那场风雨的余威吧!不仅从动处写其威,而且从静处写其威;不仅从雨中写其威,而且从雨后写其威。这种景象,也真够壮观的了!

饮湖上初晴后雨二首(其二)

水光潋滟晴方好,山色空蒙雨亦奇。
欲把西湖比西子,淡妆浓抹总相宜。

注释

〔潋滟(liàn yàn)〕水满而清澈。 〔空蒙〕水雾迷茫的样子。 〔西子〕即西施,春秋时有名的美女。

解读

熙宁六年(1073)作,诗人时任杭州通判。在诗人看来,西湖晴亦美,雨亦美,无处不美,无时不美,正如西子,淡妆浓抹,总不失其国色神韵。全诗是一位才情横溢的诗人妙手偶得的天成巧喻,它能配得上西湖,而也只有西湖能够配得上它。所以清陈衍说:"后二句遂成为西湖定评。"(《宋诗精华录》)

新城道中二首(其一)

东风知我欲山行,吹断檐间积雨声。
岭上晴云披絮帽,树头初日挂铜钲。
野桃含笑竹篱短,溪柳自摇沙水清。
西崦人家应最乐,煮芹烧笋饷春耕。

注释

〔铜钲（zhēng）〕古乐器，此处用来比喻初升之圆日。 〔西崦(yān)〕西山。

解读

新城，旧杭州府所属县名（今属浙江富阳）。熙宁六年（1073）二月，苏轼视察杭州属县，过此地时所作。诗的起头，便将人带入一个万物有灵的世界。风儿善解人意，知我将要山行而为我吹断雨声。山岭披上白云剪裁的絮帽，又圆又亮的太阳挂上了树梢。桃花含笑，溪柳自摇，何等温情脉脉的大自然！而那些朴实的乡民，更是尽情享受着大自然的恩赐，享受着劳动的欢乐。置身其间，诗人仿佛完全消除了尘世的俗念和烦恼。

有美堂暴雨

游人脚底一声雷，满座顽云拨不开。

天外黑风吹海立，浙东飞雨过江来。

十分潋滟金樽凸，千杖敲铿羯鼓催。

唤起谪仙泉洒面，倒倾鲛室泻琼瑰。

注释

〔海立〕潮水拱向。杜甫《朝献太清宫赋》："九天之云下垂，四海之水皆立。"〔江〕钱塘江,也称浙江。　〔潋滟(liàn yàn)〕水满而清澈。　〔羯(jié)鼓〕羯族传入的一种打击乐器,形状像漆桶,用两杖自两头打击,唐开元、天宝年间最为盛行。　〔谪仙〕李白。贺知章曾呼李白为"天上谪仙人"。　〔泉洒面〕《旧唐书·李白传》记载,唐玄宗召李白赋诗,李白却喝醉了酒。玄宗用清水洒其面,使其清醒。　〔鲛(jiāo)室〕《述异记》说南海之中有鲛人室,鲛人泣泪即成珍珠。　〔琼瑰〕美玉。此处比喻好诗。

解读

有美堂,在杭州吴山最高处。嘉祐二年(1057)太守梅挚所建,因宋仁宗赐梅挚诗"地有吴山美,东南第一州"而得名。欧阳修曾作《有美堂记》。苏轼此诗写于熙宁六年(1073)任杭州通判时。诗歌开篇就写一声惊雷自脚底炸开,给人以地动山摇的震撼,拨不开的顽云预示着暴雨的来临。大潮扑来,如同大海欲从平地上矗立起伟岸的身躯,远处的大雨挟风雷之势飞过江来。雨珠强劲,已化而为雨杖,敲击着西湖这面大鼓,声势惊人,而湖水猛涨的结果使西湖仿佛是一樽波光潋滟、盈盈欲流的美酒。由此苏轼不禁想到,恐怕是天帝有意唤醒李白书写珠玉一般的美好篇章,因而安排这场暴雨的吧!全诗紧扣暴雨这个主意象,由迅雷而浓云而疾风而暴雨,气势如虹,而篇末的惊人想象又隐含自况之意:能"倒倾鲛室泻琼瑰"者,除李谪仙外,舍我其谁!

中秋月

暮云收尽溢清寒,银汉无声转玉盘。
此生此夜不长好,明月明年何处看?

注释
〔银汉〕银河。 〔玉盘〕指月亮。李白《古朗月行》:"小时不识月,唤作白玉盘。"

解读
熙宁十年(1077)中秋,与苏辙在徐州赏月时所作。这首小诗,笼罩着清寒之气。夜空无云,一片湛蓝,只有一轮明月悄悄地游移。于是诗人想到,今夜兄弟一同赏月,十分难得。明年此时,自己不知将在何处,能否与亲人共赏明月,更是难以预料。寥寥数语,包含着浓浓亲情,淡淡忧思。戴叔伦《对月》诗云:"明年此夕游何处,纵有清光知对谁?"其感慨是类似的。

百步洪二首(其一)

长洪斗落生跳波,轻舟南下如投梭。
水师绝叫凫雁起,乱石一线争磋磨。
有如兔走鹰隼落,骏马下注千丈坡。

此生此夜不长好，明月明年何处看？

断弦离柱箭脱手,飞电过隙珠翻荷。
四山眩转风掠耳,但见流沫生千涡。
崄中得乐虽一快,何异水伯夸秋河。
我生乘化日夜逝,坐觉一念逾新罗。
纷纷争夺醉梦里,岂信荆棘埋铜驼。
觉来俯仰失千劫,回视此水殊委蛇。
君看岸边苍石上,古来篙眼如蜂窠。
但应此心无所往,造物虽驶如吾何。
回船上马各归去,多言哓哓师所呵。

注释

〔斗落〕即陡落。 〔水师〕船工。 〔绝叫〕大声呼叫。〔凫〕野鸭。 〔鹰隼(sǔn)〕凶猛的鸟。 〔眩〕使人眼花缭乱。〔崄〕同"险"。 〔水伯夸秋河〕《庄子·秋水》:"秋水时至,百川灌河,泾流之大,两涘渚崖之间,不辨牛马。于是焉河伯欣然自喜,以天下之美为尽在己。" 〔乘化〕顺应自然的变化。陶潜《归去来兮》:"聊乘化以归尽。"〔"坐觉"句〕比喻意念飞出很远。语出《传灯录》:"新罗在海外,一念已逾。"新罗,今朝鲜。〔"岂信"句〕《晋书·索靖传》说索靖有远见,预知天下将乱,指洛阳宫门铜驼说:"会见汝在荆棘中耳!"后来常以"荆棘铜驼"比喻世事巨变。 〔劫〕佛经说天地的形成到毁灭为一劫。后用以指时光。 〔委蛇(yí)〕弯曲自得的样子。 〔造物〕造物主,犹言自然界。〔驶〕变化迅速。〔诔(náo)诔〕啰唆。〔师〕指参寥。

解读

元丰元年(1078)苏轼任徐州知州时与诗僧参寥放舟游览百步洪,作七言古诗二首,此为第一首。前有序,文长不录。百步洪,亦名徐州洪,在今江苏徐州东南二里。宋时黄河由泗水经过,这里是有名的险滩。诗一开头便以十足的动感与一泻千里之势,写其声势之大连熟练的船工都不免失声惊呼,或者不如说,水师弄潮正是为了得其险中之乐。一线急流争着与乱石磋磨,仿佛可以撞出火星。其后多个比喻连用,是为博喻。查慎行《初白庵诗评》云:"联用比拟,局阵开拓,古未有此法,自先生创之。"赵翼《瓯北诗话》云:"形容水流疾驶,连用七喻,实古所未有。"这些比喻,抓住生活中一个个瞬息变化的镜头,突出急流的速度与冲击力,使人眼花缭乱,目不暇接。接着,写四山眩转,写耳旁生风,渲染一叶扁舟乘流直下的快感。下文转入阐述哲理,冒险虽是一种快乐,但毕竟只是快乐的一小部分。时光飞逝而意念千里,世事变幻沧海桑田。诗人一时神游天外,回看蜿蜒水流,石上篙眼,告诫自己只要守住本心,不为外物所役,就能以不变应万变。最后牵入参寥师,以诙谐的笔调结束了深思冥想。姚鼐赞之曰:"此诗之妙,诗人无及之者,世惟有庄子耳。"(转引自《唐宋诗举要》)盖言其状物宏大而思绪悠远也。

月夜与客饮杏花下

杏花飞帘散余春,明月入户寻幽人。

褰衣步月踏花影,炯如流水涵青蘋。

花间置酒清香发,争挽长条落香雪。

山城酒薄不堪饮,劝君且吸杯中月。

洞箫声断月明中,惟忧月落酒杯空。

明朝卷地春风恶,但见绿叶栖残红。

注释

〔幽人〕幽独的人。苏轼诗词中经常出现,如《卜算子·黄州定慧院寓居作》:"谁见幽人独往来?缥缈孤鸿影。"〔褰(qiān)〕把衣裳提起来。 〔炯〕光明,明亮。 〔青蘋〕浮萍。

解读

元丰二年(1079)作于徐州。客指蜀人张师厚,吹箫者为王子立、子敏二少年。诗中透露出一种超然神韵,仿佛不食人间烟火。首二句便定下幽远基调,且写得明月极其多情。三、四句更是绝妙好喻,使得洒在地上的月光与斑驳的花影都仿佛流动起来,而褰衣步月的幽人便如同凌波而行的仙人了。宋方岳《深雪偶谈》云:"'流水青蘋'之喻,景趣尽矣,前人未尝道也。"以下"劝君且吸杯中月""惟忧月落酒杯空"二句,忽发以月光为酒的奇思妙想,相映成趣。篇末由月落想到花落,流露出一丝淡淡的怅惘。

舟 中 夜 起

微风萧萧吹菰蒲,开门看雨月满湖。
舟人水鸟两同梦,大鱼惊窜如奔狐。
夜深人物不相管,我独形影相嬉娱。
暗潮生渚吊寒蚓,落月挂柳看悬蛛。
此生忽忽忧患里,清境过眼能须臾!
鸡鸣钟动百鸟散,船头击鼓还相呼。

注释
〔菰(gū)蒲〕泛指水边植物。菰,俗名茭白。蒲,即菖蒲。
〔人物〕人和物。 〔能〕意通"恁",这样,如此。

解读
元丰二年(1079),作于赴任湖州知州途中。首二句写夜宿舟中,听到微风萧萧吹拂菰蒲之声,以为是下雨了,打开舱门一看,却只见月色满湖。查慎行评此二句:"极奇极幻极远极近境界,俱从静中写出。"(《初白庵诗评》)以下写舟人、水鸟俱已进入梦乡,月光下时有大鱼惊窜,仿佛狐狸奔过。暗潮悄悄涨起,有如寒蚓低鸣(古人认为蚯蚓能发声);落月挂到柳条下,好像悬在蛛丝上的蜘蛛。这是忧患人生里难得的清净境界,诗人形影相娱,沉醉其中。但转眼之间,鸡鸣钟动,百鸟喧噪,船头击鼓,舟人相呼,正如纪昀所评:"有日出事生之感,正反托一夜之清吟。"(《瀛奎律髓刊误》)由此更可见诗人对清净境界的向往。

初到黄州

自笑平生为口忙,老来事业转荒唐。
长江绕郭知鱼美,好竹连山觉笋香。
逐客不妨员外置,诗人例作水曹郎。
只惭无补丝毫事,尚费官家压酒囊。

注释

〔逐客〕逐臣。 〔员外〕定员以外的官员。 〔水曹郎〕隶属于水部的郎官。梁时何逊、唐时张籍、宋时孟宾于都曾做过水部郎,他们又都是诗人。 〔"尚费"句〕作者原注:"检校官例折支,多得退酒袋。"压酒囊,即以酒袋折支薪俸。

解读

黄州,今湖北黄冈,在长江北岸。苏轼因"乌台诗案"被贬黄州团练副使,于元丰三年(1080)到达此地,作此诗。首句"为口忙"有多层含义:为糊口而做官;因口祸而得罪;兼指"鱼美""笋香"的口福。黄州紧靠长江,三面环水,山上又多竹,因而鲜鱼、嫩笋的供应可以源源不绝。于是诗人的自嘲便变而为自慰。五六两句用典，写自己责授检校水部员外郎一事，既然历来诗人多投闲置散，自己又有什么值得计较的呢。末二句自惭白拿俸禄，但对朝廷以无用之物充作薪俸，也给了一个委婉的讥讽。身居困境而仍能自寻乐趣，面对挫折而仍能处以旷达，正反映出苏轼一贯的性格。

正月二十日与潘、郭二生出郊寻春，忽记去年是日同至女王城作诗，乃和前韵

东风未肯入东门，走马还寻去岁村。
人似秋鸿来有信，事如春梦了无痕。
江城白酒三杯酽，野老苍颜一笑温。
已约年年为此会，故人不用赋招魂。

注释

〔酽(yàn)〕浓。 〔招魂〕宋玉曾作《招魂》，传说是为屈原招魂。

解读

元丰五年(1082)作。潘、郭二生指诗人在黄州所交的朋友潘丙、郭遘。女王城，在黄州城东十五里。前韵，指上年所作《正月二十日往岐亭，郡人潘、古、郭三人送余于女王城东禅庄院》一诗。诗的首联说城中不见春色，所以要走马去郊外相寻。颔联

言人如鸿雁一般守信,去年一道寻春,今年仍然一道寻春;往事却像春梦一样,过去了一点痕迹也不留下。赵翼说这一联"乃是称心而出,不假雕饰,自然意味悠长"(《瓯北诗话》)。以下两联说此地有醇酒可尽情一醉,有好友可相视一笑,自己还有什么不满足呢?让我们相约年年一次寻春聚会,我不会离开这儿,不烦老友为我招魂。从诗中可以体会友情对诗人的慰藉,也不难体会他内心淡淡的伤感。

海　棠

东风渺渺泛崇光,香雾空蒙月转廊。
只恐夜深花睡去,故烧高烛照红妆。

注释

〔渺渺〕一作"袅袅"。　〔崇光〕高洁美丽的光泽。

解读

元丰三年(1080),苏轼到黄州不久,就注意到寓所附近的一株海棠,并作了一首七古,题为《寓居定惠院之东,杂花满山,有海棠一株,土人不知贵也》。以后又多次咏海棠,这首七绝当为其中之一。首句写海棠在月光与烛光下所泛出的高洁美丽的光泽,次句写其弥漫在雾气里的香味。"月转廊"点出夜色已深,引出恐花睡去的话题。这里活用唐玄宗说醉酒的杨妃是"海棠睡未足"的典故,以美人比名花,恰到好处。为赏花夜深不睡,已是一痴；自己不睡，还要高烧红烛，请花也不要睡，又是一痴。李商隐《花下醉》诗云："客散酒醒深夜后，更持红烛赏残花。"苏轼的惜花心情与其相似，只是不像李诗那样伤感。

题 西 林 壁

横看成岭侧成峰，远近高低各不同。

不识庐山真面目，只缘身在此山中。

解读

元丰七年(1084)，苏轼由黄州改调汝州(今河南临汝)团练副使，赴汝州途中经过庐山，作此诗。西林，寺名，一名乾明寺。这是一首由眼前景物触发的哲理诗，它形象地告诉人们：从不同的角度观察事物，所获得的印象各不相同。这说明事物现象的丰富性，也说明认识事物的本质是不容易的。这正如观赏庐山风景，只要置身山中，便只能看见山的一部分而难见其全貌，所谓"当局者迷"。诗人从自然景物中悟出生活哲理，并用深入浅出的语言把它表述出来，所以千百年来一直广为传诵。

惠崇春江晚景二首(其一)

竹外桃花三两枝，春江水暖鸭先知。

蒌蒿满地芦芽短,正是河豚欲上时。

注释

〔蒌蒿〕草名,其花淡黄,其茎可食。 〔芦芽〕指芦笋。〔河豚〕鱼名,春时自海溯江而上产卵,肉味极美。

解读

元丰八年(1085)作于汴京。惠崇,建阳(今属福建)人,宋初"九僧"之一,能诗善画。此诗咏其所画戏鸭图,图已失传,此诗却留下了它的神韵。从题画诗的特性来说,一首好的题画诗,应当再现画境,又扩展和深化画境,这就需要充分调动联想和想象。此诗的"春江水暖鸭先知""正是河豚欲上时"两句即是如此。有人提出批评,如毛奇龄《西河诗话》说:"'花间觅路鸟先知',唐人句也。觅路在人,先知在鸟,以鸟习花间故也。此'先',先人也;若鸭,则先谁乎?水中之物,皆知冷暖,必先及鸭,妄矣。"毛奇龄此说不理解艺术以形象反映生活,以个别表现一般的特点,不理解联想和想象在艺术创造中的作用,胶柱鼓瑟,显然是不可取的。

赠刘景文

荷尽已无擎雨盖,菊残犹有傲霜枝。

一年好景君须记,正是橙黄橘绿时。

解　读

　　元祐五年(1090)作于杭州太守任上。刘景文,时任两浙兵马都监,驻杭州。他博学能诗,与苏轼多有唱酬。诗人独具慧眼,指出一年之中,初冬景色最富诗意。此时接天莲叶早已枯萎,傲霜黄菊也已凋残,唯有黄橙绿橘,呈现出勃勃生机。橙橘之中,诗人尤其属意于橘,因为从屈原《橘颂》到张九龄《感遇》(江南有丹橘),橘树一直是诗人歌颂的"嘉树"。橘树"经冬犹绿林",在"自有岁寒心"方面足可与松柏媲美,无怪乎诗人对它要格外垂青了。

六月二十日夜渡海

　　参横斗转欲三更,苦雨终风也解晴。
　　云散月明谁点缀,天容海色本澄清。
　　空余鲁叟乘桴意,粗识轩辕奏乐声。
　　九死南荒吾不恨,兹游奇绝冠平生。

注　释

　　〔参(shēn)、斗〕星名,都属于二十八宿。　〔苦雨〕久雨。〔终风〕久而烈之风。　〔解〕懂得。　〔鲁叟〕指孔子。　〔乘桴(fú)〕《论语·公冶长》:"子曰:'道不行,乘桴浮于海。'"桴,小竹筏或小木筏。　〔轩辕〕黄帝。　〔奏乐〕《庄子·天运》记黄帝曾"张《咸池》之乐于洞庭之野"。 〔九死〕多次濒于死亡。屈原《离骚》："亦余心之所善兮,虽九死其犹未悔!"

解读

元符三年(1100)被赦北归,渡琼州海峡时所作。前四句写海上景色。参、斗位置移动,说明夜色已深,也暗示离天明已经不远了。长久而猛烈的风雨,终于有了放晴的日子。阴云消散,月色皎洁,用不着谁来点缀,因为蓝天、大海它们的本色就是澄清的。这四句暗喻朝政的更新,暗喻自己的冤屈终于得到昭雪,特别强调自己本来就是清白无辜、问心无愧的。纪昀说:"前半纯是比体,如此措辞,自无痕迹。"(《瀛奎律髓刊误》)后四句抒情,说现已乘舟北归,不必再嗟叹"道"之不行,不必再有"乘桴浮于海"的念头。诗人由海涛声想到黄帝奏乐声,又想到老庄阐明的人生哲学,觉得自己经历许多风波之后,对此已经粗有体会。结尾说自己远谪南荒,九死一生,却并无憾恨,因为此种奇绝之游在人的一生当中也是难得的。读这首诗,我们可以看到诗人历尽磨难,但倔强傲岸,一如畴昔。他一贯的旷达性格,可以说是至死不变。

郭祥正

郭祥正,字功甫,自号漳南浪士,太平当涂(今属安徽)人。举进士。熙宁中,知武冈县,签书保信军节度判官。后因王安石陈其无行,遂以殿中丞致仕。后复通判汀州,知端州,又弃官,隐居于当涂青山。少有诗名,见赏于梅尧臣。其诗有类似李白处,曾为王安石所称赏。有《青山集》及其续集。

凤凰台次李太白韵

高台不见凤凰游,浩浩长江入海流。
舞罢青娥同去国,战残白骨尚盈丘。
风摇落日催行棹,湖拥新沙换故洲。
结绮临春无处觅,年年荒草向人愁。

注释

〔金陵〕今江苏南京。 〔凤凰台〕故址在今南京城南。相传南朝刘宋元嘉年间,有状如孔雀三异鸟集于山,时人谓之凤凰,遂筑此台。 〔青娥〕同"翠蛾",原指美人之眉,此泛指美女。 〔棹(zhào)〕摇船的用具,泛指船。 〔故洲〕指白鹭洲。 〔结绮临春〕南朝陈后主于都城金陵建临春、结绮、望仙三阁,高数十丈,有复道相通,极为华美、坚固。后主自居临春阁,张贵妃等则居结绮、望仙阁。

解读

唐代诗人李白于天宝六载(747)游金陵(今江苏南京),写有著名的《登金陵凤凰台》一诗,北宋诗人郭祥正依李白诗原韵顺序和作了这首诗。此诗虽不如李白诗有名,但也算是成功的佳作,颇受当时人称赏。宋赵与虤《娱书堂诗话》云:"郭功甫与王荆公登金陵凤凰台,追次李太白韵,援笔立成,一座尽倾。"诗的首联,从眼前景物落笔,是对李白"凤去台空江自流"一句内容的扩展。诗人登台远眺,不见昔日凤凰的游踪,唯有"浩浩长江入海流"的景象。写景之中,透露出作者江山依旧,人事全非的感慨。颔联承上,转入怀古,大大发挥了李白原诗三、四句的含义,令人触目心惊。颈联言生命意志之沉落,时间节律之翻新,较李诗又开新境。尾联以实和虚,不失怀古伤今之意。全诗不仅在形式上用太白原韵,且在诗意上"真得太白逸气"(朱承爵《存余堂诗话》),故清代的评论家曹庭栋认为郭祥正和李白的诗"不特句调仿佛,其气味竟自逼真"(《宋百家诗存》)。

西　　村

远近皆僧刹,西村八九家。
得鱼无卖处,沽酒入芦花。

注释

〔僧刹(chà)〕佛寺。 〔沽酒〕买酒。

解读

此诗为郭祥正晚年隐居家乡当涂时所作,借咏渔家以表达其情怀。诗前两句摹写西村之风景:远远几座古寺,村中八九户人家,画面清秀淡远。后两句写一位打鱼人提着刚买来的酒,钻入停在白茫茫芦花丛中的小船去喝酒,显得何等悠闲快乐!全诗风格淡远,疏朗有致,确是别具一番情趣的风景图。

苏 辙

苏辙(1039—1112),字子由,号颖滨遗老,眉州眉山(今属四川)人。苏洵子。嘉祐二年(1057)与兄苏轼同科进士。神宗时反对王安石新法。哲宗时官至尚书右丞、门下侍郎。徽宗时辞官,居许州。其文汪洋澹泊,与父洵、兄轼合称"三苏",同列唐宋八大家。其诗虽逊于文,但安排妥适,平稳凝重。有《栾城集》。

逍遥堂会宿二首

逍遥堂后千寻木,长送中宵风雨声。
误喜对床寻旧约,不知漂泊在彭城。

秋来东阁凉如水,客去山公醉似泥。
困卧北窗呼不起,风吹松竹雨凄凄。

注释

〔逍遥堂〕彭城官署中堂名。 〔千寻〕形容树木的高大。寻,原指八尺。 〔中宵〕半夜。 〔误喜〕失望之辞。 〔旧约〕即小引中"相约早退"之约。 〔彭城〕即徐州。 〔山公〕山简,《晋书》说他"置酒辄醉"。这里借指苏轼。

解 读

　　此诗作于熙宁十年(1077)七月。关于作诗之缘由,诗的小序说:"辙幼从子瞻读书,未尝一日相舍。既壮,将宦游四方,读韦苏州(韦应物)诗至'安知风雨夜,复此对床眠',恻然感之,乃相约早退,为闲居之乐。故子瞻始为凤翔幕府,留诗为别曰:'夜雨何时听萧瑟?'其后子瞻通守余杭,复移守胶西(指知密州),而辙滞留于淮阳(指任陈州教授)、济南(指任齐州掌书记),不见者七年。熙宁十年二月,始复会于澶濮之间,相从来徐留百余日。时宿于逍遥堂,追感前约,为二小诗记之。"苏轼这时是到徐州任知州,而苏辙是赴南京(今河南商丘)任签判。二诗除描写兄弟离别之情外,亦寄寓了政治失意的感慨。第一首写两人会宿于徐州官署的逍遥堂。虽与相约早退的初愿不相符,但漂泊之余,兄弟二人能够久别重聚,对床夜语,耳听中宵风雨之声从松林中传来,也是令人欣慰的。第二首则想象自己离开徐州后苏轼的孤独、苦闷,亲情与宦情交织在一起,具有浓厚的感伤色彩。

陈 烈

陈烈,侯官(今福建福州)人。元祐三年(1088)前后在世,曾做过国子直讲等官。

题 灯

富家一碗灯,太仓一粒粟;
贫家一碗灯,父子相聚哭。
风流太守知不知?惟恨笙歌无妙曲!

注释

〔一碗〕一盏。 〔太仓〕国家的粮库。 〔粟〕小米。 〔风流〕形容人物英俊、杰出。此指奢侈、浮华。 〔笙歌〕用乐器伴奏和歌唱。笙,管乐器名。

解读

北宋元丰年间,刘瑾(一说蔡襄)做福州太守,为庆祝灯节,下令不论贫富,每户捐灯十盏。作者在当地鼓楼大门所挂的灯笼上题了这首诗。诗的前四句,以对比的手法,通过"灯"的来历,反映出当时封建剥削的残酷性。后两句进一步控诉"太守"不顾穷人死活的罪行,而以质问的语气出之,笔调十分有力。全诗感情激愤,态度鲜明,富有感人的力量。

道 潜

道潜(1043—1102),字参寥,俗姓何,本名昙潜,杭州於潜(今浙江临安)人。自幼出家,受业于治平寺。与苏轼、秦观诸人友善。轼贬岭南,道潜亦因诗涉讥讪得罪,勒令还俗。徽宗即位,诏令断发复僧,赐号妙总大师。能文喜诗,有《参寥子诗集》。

临平道中

风蒲猎猎弄轻柔,欲立蜻蜓不自由。
五月临平山下路,藕花无数满汀州。

注释

〔临平〕山名,在今浙江杭州东北。 〔蒲〕一种生在水边的草,叶形狭长。 〔猎猎〕指风吹蒲叶的响声。 〔藕花〕荷花。〔汀州〕水中陆地。州即洲。

解读

据说苏轼在杭州时见此诗,大加赞赏,把它刻在了石上。这是一首出色的写景诗。前两句写近景,以小见大。后两句宕开一笔,镜头由特写拉成大景,以"藕花无数满汀州"的广阔的画面收束。诗的前后两部分互相映衬,写来生动活泼,历历如绘,深具"诗中有画"的韵趣。

黄庭坚

黄庭坚(1045—1105),字鲁直,自号山谷道人,又号涪翁,洪州分宁(今江西修水)人。英宗治平四年(1067)进士。哲宗时以校书郎为《神宗实录》检讨官,迁著作佐郎。后以修实录不实的罪名,贬为涪州别驾,黔州(皆在四川境内)安置。早年受知于苏轼,与张耒、晁补之、秦观并称"苏门四学士"。诗与苏轼齐名,号称"苏黄"。论诗有"夺胎换骨""点铁成金"之说,诗作风格奇崛瘦硬,开创江西诗派。有《山谷集》《山谷琴趣外篇》。

寄 黄 几 复

我居北海君南海,寄雁传书谢不能。

桃李春风一杯酒,江湖夜雨十年灯。

持家但有四立壁,治病不蕲三折肱。

想得读书头已白,隔溪猿哭瘴溪藤。

注释

〔北海、南海〕因德平、四会两地皆近海滨,故称。 〔"寄雁"句〕古人有雁足传书之说,又相传鸿雁南飞至衡阳为止,四会在衡山之南,因而雁只好辞谢了。 〔持家〕治家。 〔四立壁〕典出《史记·司马相如传》:"家居徒四壁立。" 〔蕲(qí)〕祈求。 〔三折肱(gōng)〕语出《左传·定公十三年》:"三折肱,知为良医。"此处反用其意。肱,胳膊。 〔瘴(zhàng)溪〕旧传岭南边远之地多瘴气,故称。

解读

本诗原注:"乙丑年德平镇作。""乙丑"为宋神宗元丰八年(1085),其时黄庭坚在德州(治今山东德州)德平镇任上。黄幾复是诗人的同乡好友,时知四会县(今属广东)。两人当时天南地北,各近海滨。这首寄赠诗即叙写了对友情的珍重和对朋友的怀念。首联写两人相距遥远,音信难通,用典贴切而自然。次联抚今追昔,忆彼此交情,对仗工稳而无一动词,纯用名词性意象构成,意味深长。后两联从"持家""治病""读书"三个方面表现黄幾复的为人和处境。其中颈联由于活用典故而丰富了诗句的内涵,转用拗律,又使诗句形成一种奇崛硬瘦的感觉,有助于表现黄幾复刚正不阿、不苟于俗的性格。尾联遥想友人虽身处蛮荒之地,仍在发愤读书的情形,与首联遥相呼应。全诗从立意、句法、用字到音律都力戒平庸,刻意于难处、拗处表现功力,很能代表黄庭坚七律的特色。

戏呈孔毅父

管城子无食肉相,孔方兄有绝交书。
文章功用不经世,何异丝窠缀露珠?

校书著作频诏除，犹能上车问何如？
忽忆僧床同野饭，梦随秋雁到东湖。

注释

〔孔毅父〕孔平仲，字毅父，临江新淦（今江西新干）人。曾官集贤校理、知州、提刑等。　〔管城子〕指毛笔。韩愈《毛颖传》："秦皇帝使蒙恬赐之汤沐，而封诸管城，号曰管城子。"〔食肉相〕封侯之相。据《后汉书·班超传》载，看相的人说班超"燕颔虎颈，飞而食肉，此万里侯相也"。后来班超投笔从戎，立功西域，果然封侯。　〔孔方兄〕指钱。晋鲁褒《钱神论》中云："钱之为体，有乾坤之象，内则其方，外则其圆……亲之如兄，字曰孔方。"〔绝交书〕嵇康有《与山巨源绝交书》，此用其字面。孔方兄与自己绝交，意谓身处贫贱。　〔经世〕治理社会。　〔丝窠〕指蜘蛛网。　〔校书〕校书郎，掌校勘书籍的官。　〔著作〕著作郎，掌编纂国史，与校书郎均属秘书省。　〔诏〕朝廷的命令。〔除〕拜官授职。　〔上车问何如〕颜之推《颜氏家训·勉学》中谈到，齐梁以来，秘书郎、著作郎多无真才实学，当时谚曰："上车不落则著作，体中何如则秘书。"这实际上是对自己碌碌无为的官场生涯不满。　〔东湖〕在今江西南昌市属县，距修水不远。

解读

此诗作于元祐二年（1087），时诗人在京任著作佐郎。黄庭坚与孔毅父本为同乡，今又同事，这首赠诗就因两人关系较亲密，故题头冠一"戏"字，通过自我解嘲的方式来抒写政治上不得志的苦闷。这是一首自嘲诗,全诗虽仅八句,却写了四层意思。首二句写自己的贫贱,三四句论文章应以经世致用为贵,五六句转写当前仕途生活的无聊,末二句突然想到江湖的野趣。四层意思,看似不相衔接,但实际上层层相扣,与作者仕途失意的主旨贯穿始终。此诗多用典故,联想奇特,情趣诙谐,再加之有意以律诗的变格来作古诗,句法变化多端,颇见功力。

题郑防画夹五首(其一)

惠崇烟雨归雁,坐我潇湘洞庭。
欲唤扁舟归去,故人言是丹青。

注释

〔郑防〕人名,事迹不详。 〔画夹〕画册。 〔惠崇〕北宋画家,僧人。 〔坐〕致。 〔潇湘〕潇水和湘水,在湖南境内,北流入洞庭湖。 〔扁(piān)舟〕小船。 〔丹青〕指图画。

解读

此诗以夸张的笔法,极写惠崇所画是如何逼真,使得作者错把画境当作真境。"欲唤扁舟归去,故人言是丹青",这才又从画境中回到现实中来。王若虚曾批评本诗过于夸张(见《滹南诗话》),其实,有些时候的不真实,正是高一个层次的艺术真实,本诗真切生动地表现了诗人因欣赏画中景色而生幻境的独特感受。

雨中登岳阳楼望君山二首

投荒万死鬓毛斑,生入瞿塘滟滪关。
未到江南先一笑,岳阳楼上对君山。

满川风雨独凭栏,绾结湘娥十二鬟。
可惜不当湖水面,银山堆里看青山。

注释

〔岳阳楼〕在今湖南岳阳旧县城西门上,面临洞庭湖。〔君山〕又名洞庭山,在洞庭湖中。 〔投荒〕被贬谪到荒远的地方。 〔万死〕九死一生。 〔鬓毛斑〕耳边的头发都已花白。〔瞿塘〕长江三峡之一,在今重庆奉节。 〔滟滪(yàn yù)关〕即滟滪堆,瞿塘峡口的一块大石头,突出江心,是航行的危险地带。 〔绾(wǎn)结〕盘结。 〔湘娥〕湘夫人。 〔鬟〕发髻。〔银山〕此喻波浪。

解读

黄庭坚曾被贬为涪州别驾,安置在黔州。后遇赦还乡,于崇宁元年(1102)途经岳阳楼时写下了这两首诗。当时诗人已是垂暮之年,在经受了政治风波之后,又能顺利地渡过瞿塘峡那样艰险的水道而来到岳阳,面对这素负盛名的洞庭美景,一种"万死"

余生的庆幸之感,不禁油然而生。此二诗就是写当时这种心境的。第一首写绝处逢生、悲喜交集的心情。前两句叙事,"万死"和"生人"相互照应,五六年的流放生涯弄得两鬓斑白,总算天无绝人之路,能活着窜出形势险恶的瞿塘、滟滪两个关口。后两句写欣喜心情,关键是"先一笑"三字。诗人未到江南,已先一笑;既到江南,其喜更不可胜言。第二首承前诗"对君山"句,写登临时所见之景。前两句写雨中登楼望君山,妙在不仅联想到有关湘娥的传说,而且把君山峰群形象地比喻为湘娥头上的发髻,在朦胧的烟雨中分外迷人。后两句想象乘舟在雪浪中观看美丽的君山,那一定妙不可言。两首绝句,一写今昔之感,一写当前之景,既不重复,又相连接,把诗人万死投荒、脱险东来的欣幸心情,描写得淋漓尽致。诗的语言明白流畅,在《山谷集》中别具一格。

武昌松风阁

依山筑阁见平川,夜阑箕斗插屋椽,
我来名之意适然。
老松魁梧数百年,斧斤所赦今参天。
风鸣娲皇五十弦,洗耳不须菩萨泉。
嘉二三子甚好贤,力贫买酒醉此筵。
夜雨鸣廊到晓悬,相看不归卧僧毡。

泉枯石燥复潺湲，山川光辉为我妍。
野僧早饥不能馇，晓见寒溪有炊烟。
东坡道人已沉泉，张侯何时到眼前？
钓台惊涛可昼眠，怡亭看篆蛟龙缠。
安得此生脱拘挛，舟载诸友长周旋。

注 释

〔武昌〕今属湖北。　〔松风阁〕在武昌城西的樊山（即西山）上，松木蔽天，故名。　〔平川〕平原。　〔夜阑〕夜深之时。〔箕斗〕星宿名。箕，二十八宿之一。斗，北斗七星。　〔名之〕为阁命名。　〔适然〕顺心，舒畅。　〔斧斤所赦〕未曾经过砍伐。斤，斧头。　〔参天〕高出天际。　〔娲皇〕即女娲氏。相传女娲"始作笙簧"。　〔五十弦〕指瑟。　〔菩萨泉〕在樊山上，泉水色白而甘。　〔嘉〕表示赞许。　〔二三子〕即诸位，几人，见《论语·述而》。一说此句不诗不文，是病句。　〔好贤〕爱客。〔力贫〕竭家贫之力。　〔"夜雨"二句〕指夜间留宿西山寺中。〔潺湲(chán yuán)〕水流动的样子。　〔妍〕幽美。　〔馇(zhān)〕原指厚粥，这里有糊口的意思。　〔寒溪〕在樊山东面。　〔东坡道人〕指苏轼。苏轼谪居黄州时，曾往来武昌溪山间，并留下诗篇。　〔沉泉〕沉埋于黄泉之下，指去世。　〔张侯〕指张耒。时张耒谪官黄州，尚未到达。　〔钓台〕在樊山北面的大江边。《水经注·江水三》："（武昌）北背大江，江上有钓台，孙权曾极饮其上。"〔怡亭〕在武昌江中的小岛上,亭中有唐李阳冰的篆书《怡亭铭》。 〔蛟龙缠〕形容篆字盘曲如蛟龙。 〔拘挛(luán)〕束缚。 〔周旋〕指与朋友来往、交游。

解读

徽宗崇宁元年(1102),黄庭坚受命知太平州(治今安徽当涂),九日而罢,只得暂住鄂州流寓。此诗即是年九月途经武昌时所作,反映了诗人淡泊高远、向往自由的心境。这首纪游诗写得极有层次。先写松风阁的气势和命名之由来,而其景物之特点可见;然后写夜雨会饮及所闻所见,意境空灵、明净。最后转入对旧友的怀念,表示解脱牵累、纵情山水的愿望。清方东树评:"后半直叙,却能扫人凡言,自撰奇重之语,收无远意。"(《昭昧詹言》)就整体言,气势雄浑,笔力劲峭,自不失为力作。此诗句句押韵,一韵到底,是一首"柏梁体"的七言古诗,读来别有韵味。

鄂州南楼书事四首(其一)

四顾山光接水光,凭栏十里芰荷香。
清风明月无人管,并作南楼一味凉。

注释

〔鄂州〕今湖北武昌。 〔南楼〕在武昌的蛇山顶,又名安远楼、庾公楼。东晋庾亮以征西将军镇武昌时,曾与僚佐登此楼吟咏。 〔芰(jì)荷〕出水的荷花。 〔并〕都,全。

四顾山光接水光,凭栏十里芰荷香。

解 读

黄庭坚在屡遭贬谪之后流寓鄂州,常登南楼,对景感怀。这首诗作于崇宁二年(1103)六月。原共作四首,此为其一。首句写登临所见,乃因月下之景,颜色难辨,故用两个"光"字传达,可谓传神。句中的"接"字,令人想见山川相缪的壮丽景观。次句写荷塘的辽远,暗应"水光",也可知荷香之浓郁。三四句写诗人的感受,归结于一个"凉"字。此时此际,无论是水光山色,荷香风月,都已化成清凉之境,诗人也与自然同化,深深沉入这种"凉"的意境之中了。此诗一反山谷古拗奇崛的风格,而类似李白、王昌龄之作,写得清新淡雅,韵味悠长。清陈衍云:"山谷七言绝句皆学杜,少学龙标(王昌龄)、供奉(李白)者。有之,《岳阳楼》《鄂州南楼》近之矣。"(《宋诗精华录》)可谓深得此诗三昧。

次元明韵寄子由

半世交亲随逝水,几人图画入凌烟?
春风春雨花经眼,江北江南水拍天。
欲解铜章行问道,定知石友许忘年。
脊令各有思归恨,日月相催雪满颠。

注 释

〔元明〕黄大临,字元明,山谷之兄。 〔子由〕苏辙,字子由,苏轼之弟。 〔凌烟〕阁名,是唐太宗为功臣画像的地方。〔铜章〕县令铜章墨绶,时山谷为泰和令。 〔行〕将要。 〔问道〕访求大道;请教。这里指要向子由问道。 〔石友〕交谊坚贞如石的朋友,指子由。 〔忘年〕年长的和年少的人交朋友,不计年岁上的差别,称为忘年交或忘年友。 〔脊令〕即鹡鸰,水鸟名。《诗经·小雅·常棣》:"脊令在原,兄弟急难。"故后人常以"脊令"代指兄弟。 〔雪满颠〕头顶上生满白发。颠,头顶。

解读

此诗于元丰四年(1081)作于泰和县,时苏辙监筠州(治今江西高安)盐酒税,黄大临写诗相寄,黄庭坚依其用韵次第同作。原诗共四首,这是其中一首,写的是兄弟朋友之间的情谊。首联感叹半生光阴如逝水,除了兄弟、朋友之间的亲情友谊,功业已成空想。颔联只写当前景物,而怀远之情见于言外,与上联似衔接非衔接。颈联转入议论,正面写相思相赠之情。末联照应首联"交亲""逝水"字面,以深重的感慨忧思收结。全篇用笔顿挫多变,足供揣摩取法。

登 快 阁

痴儿了却公家事,快阁东西倚晚晴。
落木千山天远大,澄江一道月分明。
朱弦已为佳人绝,青眼聊因美酒横。
万里归船弄长笛,此心吾与白鸥盟。

注释

〔快阁〕在泰和县东赣江之上,以江山广远,景物清华得名。 〔痴儿〕诗人自指。 〔了却公家事〕办完公事。晋人夏侯济寄傅咸书曰:"生子痴,了官事,官事未易了也。"(《晋书·傅咸传》)黄诗本此。 〔澄江〕指赣江。 〔朱弦〕琴弦。 〔佳人〕指知音。此句用钟子期故事,子期死,伯牙终身不复鼓琴。 〔青眼〕《晋书·阮籍传》:阮籍能作青白眼,用青眼对有好感之人,用白眼对有恶感之人。此句意谓喜爱美酒。 〔白鸥盟〕谓与鸥鸟订盟同住在水云乡里,借指归隐。

解读

这是黄庭坚诗中的名篇,作于元丰五年(1082)作者在吉州泰和县(今属江西)当知县时。诗中通过写登快阁时的所见所闻,表达了他厌倦政事、自甘寂寞、企图归隐的思想情绪。首联叙写公余之暇登阁及当时的愉悦心情。颔联写景,然坦荡磊落之胸襟即寓于高洁幽旷的景物之中,堪称佳境。颈联妙用两个典故以抒发世无知音的感慨,含意丰富。末联用《列子·黄帝篇》中人与鸥鸟的故事,表示自己无意长久混迹官场,希望归隐江湖,和那些逍遥自由的白鸥相伴。此诗构思奇妙,用字生动传神,尤其是把七言歌行的写法运用到律诗中间,使气势流贯,意态兀傲,受到清代姚鼐、方东树等人的好评。

夜发分宁寄杜涧叟

阳关一曲水东流,灯火旌阳一钓舟。
我自只如常日醉,满川风月替人愁。

注释

〔分宁〕今江西修水,诗人的老家。 〔杜涧叟〕名槃,诗人的朋友。 〔阳关〕即《阳关三叠》,乐府古曲调,因唐人王维《送元二使安西》一诗而得名,后为送别之曲广为传唱。 〔旌阳〕山名,在分宁县东一里。 〔钓舟〕指小船。

解读

元丰六年(1083),黄庭坚由知吉州泰和县移监德州德平镇,路过分宁家中。此诗便是辞家赴任时写给友人的。诗中含蓄深沉地表达了作者内心的离别愁怀。欧阳修《别滁》诗云:"花光浓烂柳轻明,酌酒花前送我行。我亦只如常日醉,莫教弦管作离声。"此诗即从欧诗翻出,但立意更深沉。诗的前两句叙写离别,然只组合各种与送别相关的意象,渲染出浓重的伤感氛围。后两句,本应着力写愁,可第三句却故作跌宕,偏说:我只不过像平时那样喝醉了酒,并不愁。末句放开一笔,又将悲愁移于江上之清风明月,更耐人寻味。全诗构思新奇,感情含蓄深沉。

秦 观

秦观(1049—1100),字少游,一字太虚,号淮海居士,高邮(今属江苏)人。元丰八年(1085)进士,曾任秘书省正字,兼国史院编修等职。绍圣初,坐元祐党籍,屡遭贬谪。徽宗立,召为宣德郎,中道卒于藤州(治今广西藤县)。为苏门四学士之一,以词名,诗亦清新妩丽。有《淮海集》。

春日五首(其二)

一夕轻雷落万丝,霁光浮瓦碧参差。
有情芍药含春泪,无力蔷薇卧晓枝。

注释

〔一夕〕一夜。 〔万丝〕指细雨。 〔霁(jì)光〕雨后初晴的阳光。 〔浮瓦〕由于阳光反射在瓦上,光线好像飘浮。〔碧〕指琉璃瓦的颜色。 〔参差〕形容瓦的互相交错。 〔春泪〕指未干的雨点。 〔无力〕形容娇嫩。 〔卧晓枝〕躺在早晨的花枝上。

解读

《春日》是一组诗,共五首,这是第二首。此诗写春日景色,但字里行间却满含惜春与伤春之情,是秦观的代表作之一。这首小诗从形式上看是七绝,而从意境看则颇似小词,以柔婉纤细见长。南宋敖陶孙说它"如时女步春,终伤婉弱"(《臞翁诗评》);而论诗主豪放刚健的金人元好问,更把此诗的后二句与韩愈《山石》诗相比,说是"拈出退之山石句,始知渠是女郎诗"(《论诗绝句》)。诗的风格应提倡多样化,尤其是秦观在本诗中以娇弱女子的神态比喻雨后花枝,颇有创造性,因此前人对元好问的批评也有所议论。清人薛雪云:"先生休讪女郎诗,山石拈来压晓枝。千古杜陵佳句在,云鬟玉臂也堪师。"(《一瓢诗话》)既然杜甫如此,秦观的这种柔弱诗风也就无可厚非了。更何况秦观所作并非全是"女郎诗",也有清丽、高旷以至悲壮之作!

秋 日 三 首(其一)

霜落邗沟积水清,寒星无数傍船明。
菰蒲深处疑无地,忽有人家笑语声。

注 释
〔邗(hán)沟〕即邗江,指今江苏扬州至淮安一段运河。〔傍〕靠近。 〔菰(gū)蒲〕泛指水边植物。菰,生浅水中,嫩茎称茭白。蒲即菖蒲,生在水边。 〔地〕指陆地。

解 读
《秋日》组诗共三首。这里选其第一首,写水乡秋天的夜景。首句写霜落水清,不消点出"秋"字,而题意自在其中。次句写水上夜景,尤为生动、细腻。"寒"承"霜"来,"明"由"清"至,二句紧相连接,把秋江夜色渲染得十分幽静、美妙。三四句妙在用"疑""忽"二字,表现出诗人细微的心理活动,大有"柳暗花明"之境界。全诗虽只有短短四句,但构思巧妙,写得含蓄隽永,情趣盎然。

泗州东城晚望

渺渺孤城白水环,舳舻人语夕霏间。
林梢一抹青如画,应是淮流转处山。

注释

〔泗(sì)州〕故址在今江苏盱眙东北淮河边,清代康熙时沉入洪泽湖。 〔舳舻(zhóu lú)〕本指船尾和船头,这里泛指船只。 〔夕霏〕傍晚的云气。 〔淮流〕即淮水。

解读

这是一首写景诗,作于元丰元年(1078)。诗中所写之景为作者傍晚登泗州远眺所见的特有景色。全诗紧扣"晚望"二字来写。首句写孤城白水,用"渺渺""环",形成一幅动静相映的画面。次句写水上船只,由于有"人语"点染,又给画面增添了声响效果。后两句着重写山,景象更加迷人:远处林梢是谁画上了一抹青色?想必是淮河转弯处的青山。全诗视听互补,动静结合,色彩丰富,既有诗情,更具画意。

金山晚眺

西津江口月初弦,水气昏昏上接天。
清渚白沙茫不辨,只应灯火是渔船。

注释

〔金山〕在今江苏镇江西北。原在长江之中,后因泥沙淤积,至清末便与长江南岸相连。 〔西津〕即西津渡,在镇江西北九里,与金山隔水相望。 〔初弦〕指农历每月初八日前后的月亮。 〔渚〕水中的小块陆地。 〔沙〕指沙滩。

解读

这首描写江间夜景的小诗,与唐人张祜的《题金陵渡》"金陵津渡小山楼,一宿行人自可愁。潮落夜江斜月里,两三星火是瓜洲"相近,写得境界悠远,可称佳作。首二句写江上的明月和蒙蒙的水气。诗人站在金山之巅,眺望西津渡口,只见一钩弯月悬挂天上;江上水气,迷迷蒙蒙,几与天接。三四两句写月下沙洲之景,而又与一二句上下相连,构成一种既朦胧而又不虚幻、凄迷的境界。尤其是末句,虽由唐人之诗化出,然完全是借景生情,诗境又有所不同。

米 芾

米芾(fú)(1051—1107),一名黼(fú),字元章,号鹿门居士、襄阳漫士、海岳外史。太原(今属山西)人,徙居襄阳(今属湖北),后定居润州(治今江苏镇江)。以太常博士出知无为军(治今安徽无为)。召为书画博士,擢礼部员外郎,出知淮阳军。世称米南宫。能诗文,擅书画,为宋代四大书法家之一。有《宝晋英光集》《书史》等。

垂 虹 亭

断云一叶洞庭帆,玉破鲈鱼金破柑。
好作新诗寄桑苎,垂虹秋色满东南。

注释
〔垂虹亭〕在太湖东侧的吴江垂虹桥上,始建于宋仁宗庆历八年(1048)。 〔断云一叶〕指船。 〔洞庭〕太湖有洞庭山,此即指太湖。 〔"玉破"句〕形容洁白如玉的鲈鱼和霜后金黄的柑橘。破,剖开。 〔桑苎〕桑树与苎麻,此处代指家乡。

解读
诗题一作《吴江垂虹亭作》,写的是垂虹亭上所见江南秋色,并抒写怀抱。首句写太湖秋色,从大处落笔,背景广阔。次句从细处着笔,写太湖一带的特色鲈鱼和柑橘。句中之"玉"字与"金"字,既形成鲜明的色彩对比,又见出其质之美。后两句通过一个"寄"字把垂虹秋色与家乡联系起来,巧妙地表达了诗人深切的思乡之情,同时,也扩大了诗篇的意境和空间。此诗笔力豪健,襟怀开阔,写得很有特色。

陈师道

陈师道(1053—1102),字履常,一字无己,号后山居士,彭城(今江苏徐州)人。家贫好学,早年受学于曾巩。元祐初,因苏轼等荐举,为徐州教授。后任太学博士、秘书省正字等职。其诗远宗杜甫,近学黄庭坚,风格简淡高古,为江西诗派的代表作家之一。有《后山先生集》。

妾薄命二首

主家十二楼,一身当三千。
古来妾薄命,事主不尽年。
起舞为主寿,相送南阳阡。
忍着主衣裳,为人作春妍?
有声当彻天,有泪当彻泉。
死者恐无知,妾身长自怜。

叶落风不起,山空花自红。
捐世不待老,惠妾无其终。
一死尚可忍,百岁何当穷。
天地岂不宽?妾身自不容。

死者如有知,杀身以相从。

向来歌舞地,夜雨鸣寒蛩。

注 释

〔妾薄命〕乐府旧题。妾,侧室,也是旧日妇女的谦称。〔十二楼〕即指十二层的高楼,鲍照《代陈思王京洛篇》中有"凤楼十二重,四户入绮窗"之句,这里是形容宫楼之高峻和豪华。〔"一身"句〕即白居易《长恨歌》"后宫佳丽三千人,三千宠爱在一身"的意思。 〔不尽年〕不能到生命的尽头。 〔"起舞"二句〕是说刚刚在君前起舞娱乐,以为君舞,想不到这么快就要为君送葬了。刘禹锡悼宰相武元衡遇刺的《代靖安佳人怨》有句云:"晓来行哭里门外,昨夜华堂歌舞人。"也写乐极哀来,生死的变化无常,与此二句略同。为主寿,为主人祝福。南阳阡,汉原涉为他父亲在南阳置办的墓地,称为"南阳阡"。此以之代指墓地。 〔"忍着"二句〕用白居易《燕子楼》诗"钿晕罗衫色似烟,几回欲着即潸然。自从不舞《霓裳曲》,叠在空箱十一年"句意,但并非泛咏男女之情,而别有寓意。 〔"有声"二句〕形容极度哀痛。泉,黄泉,地下的泉水,指人死后埋葬的地方。 〔"叶落"二句〕写墓地凄惨之状,与潘岳《悼亡》诗"落叶委埏侧,枯荄带坟隅"相仿佛。 〔"捐世"二句〕谓主人还没有老就死了,因此对我的施惠也就成了有始无终的事了。捐世,弃世,指死亡。惠,施以恩惠。无其终,犹言不到头。 〔百岁〕指活着的人剩下的岁月。 〔何当〕何时。 〔穷〕尽。 〔"杀身"句〕谓自杀后得以在阴世相从。　〔寒蛩〕秋天的蟋蟀。

解读

　　《妾薄命》是陈师道集子中的开卷诗。原诗题下有诗人自注:"为曾南丰作。"知是为悼念其亡师、古文大家曾巩而作。诗以一位侍妾悲悼主人的口吻,表达了自己对老师曾巩的沉痛悼念之情。这两首悼亡诗,写法比较别致。第一首托侍妾之口,写主死之悲,并表示绝不再事他人。第二首纯用抒情笔墨,表达了杀身相从的誓愿。诗以男女之情写师生之谊,是对《离骚》以男女之事喻君臣之义等传统手法的继承和发展,得到了历代评论家的赞赏,如宋人洪迈《容斋随笔》云:"薄命自拟,盖不忍师死而遂背之,忠厚之至也。"全诗句句着力,字字锤炼,尤其是大量融合古人诗句,却能浑然无迹,极富艺术表现力。

示 三 子

　　去远即相忘,归近不可忍。
　　儿女已在眼,眉目略不省。
　　喜极不得语,泪尽方一哂。
　　了知不是梦,忽忽心未稳。

注释

〔归近〕归期临近。　〔不可忍〕难以忍耐,形容与子女见面的急切心情。 〔略〕全,都。 〔省(xǐng)〕认识。 〔哂(shěn)〕微笑。 〔了知〕明知,清楚地知道。 〔忽忽〕恍惚不定貌。〔心未稳〕心里不踏实。

解读

陈师道生活困难,无法养家。元丰七年(1084),其岳父郭概任西川提刑,陈妻及三子一女亦随郭入蜀。他自己因侍奉老母不能同行。元祐二年(1087),因苏轼等人的推荐,他得任徐州州学教授,才将妻儿接回。此诗即作于夫妻父子久别重逢之日。诗写他与妻儿久别重逢的情景,极为真挚感人。开头两句追叙见面之前的心情,出语自然,毫不作态。中间四句从见面时的印象写到由于激动而引起的悲喜交集之情,既细腻,又曲折。结尾两句则活画出疑信参半的心理状态,这种深一层的写法,与杜甫《羌村三首》中"夜阑更秉烛,相对如梦寐"异曲同工。全诗语浅情深,耐人回味。清人潘德舆以为此诗与《别三子》等数首"沛然至性中流出",即使杜甫来写也未必能过。

十七日观潮

漫漫平沙走白虹,瑶台失手玉杯空。
晴天摇动清江底,晚日浮沉急浪中。

注释

〔十七日〕指阴历八月十七日。钱塘江口潮水以每年夏日

漫漫平沙走白虹，瑶台失手玉杯空。

八月十七、十八两天最为壮观。　〔漫漫〕广阔无边的样子。　〔走白虹〕形容潮头像白色的虹奔驰而来。　〔瑶台〕传说中群仙居住的白玉台。这句说,仙人们在瑶台上失手,将玉杯里的酒都倒出来了。　〔"晴天"二句〕谓天的倒影和落日在狂潮大浪里浮沉动荡。

解读

这首诗写的是钱塘江的秋潮。前两句写潮水来时的光景,想象神奇,比喻生动。后两句借蓝天和夕阳的倒影写狂潮汹涌的江面景象,场面阔大,意象飞动,使人读后有身临其境之感。

春怀示邻里

断墙着雨蜗成字,老屋无僧燕作家。
剩欲出门追语笑,却嫌归鬓着尘沙。
风翻蛛网开三面,雷动蜂窠趁两衙。
屡失南邻春事约,只今容有未开花。

注释

〔春怀〕春日的情怀。　〔邻里〕邻居。　〔蜗成字〕蜗牛爬行时留下的痕迹如同篆书。　〔无僧〕这里指无人居住。　〔剩欲〕很想。　〔网开三面〕《吕氏春秋·异用》:"汤见置四面网者,拔其三面,置其一面。"此借用其字面,说风吹得蜘蛛结不成网。　〔雷动〕形容群蜂的鸣声。　〔趁〕追逐。　〔两衙〕相传蜂儿早晚两次排列成行,环绕蜂王,如同衙门参拜似的,称为蜂衙。　〔春事〕赏春之事。　〔容有〕或许有。

解读

这首写给邻人寇十一的诗,作于哲宗元符三年(1100)春,时作者家居徐州,清贫自守。诗写他春日所感,也流露出世路艰辛的悲凉与慨叹。这是一首七言律诗,是陈师道的名篇之一。诗先写自己居所的破败,转写向往墙外的春天和欢声笑语,却又怕出门归来让尘土弄脏了自己的鬓发。五六句写春天景致,又衍生出"开三面"的典故和"趁两衙"的传说。结尾两句切题,表示要去邻家园里赏花。全诗紧紧围绕"春"字来抒怀,情景交替,写得极有层次。中间两联"刻意镵削,脱尽甜熟之气"(纪昀语),有锤炼之工,又无太多的斧凿之痕。因此,方回称赞此诗"淡中藏美丽,虚处着工夫"(《瀛奎律髓汇评》),是很中肯的。

晁补之

晁补之(1053—1110),字无咎,晚号归来子,济州巨野(今属山东)人。神宗元丰二年(1097)进士,曾任吏部员外郎、礼部郎中等职,后被列名"元祐奸党",屡遭贬谪。他自幼受苏轼赏识,是苏门四学士之一。散文流畅,亦工诗词。有《鸡肋集》《晁氏琴趣外篇》。

流　民

生涯不复旧桑田,瓦釜荆篮止道边。
日暮榆园拾青荚,可怜无数沈郎钱。

注释

〔流民〕指离乡背井、逃荒在外的农民。　〔生涯〕生活,生计。　〔桑田〕种桑耕田。这里泛指农业生产。　〔瓦釜(fǔ)〕陶制的锅。　〔荆篮〕用荆条编织的篮子。　〔止道边〕在路边栖息。　〔榆园〕榆树林子。　〔青荚(jiá)〕这里指榆荚,俗称榆钱。　〔沈郎钱〕晋人沈充铸造的一种小钱,号称"沈郎钱"。这里用以形容榆钱之小。

解读

宋代悯农作品不少,但晁补之的这首《流民》却与一般作品不同。它既不是对稼穑之难的一般喟叹,也不是对灾后赤地千里情景的概括性素描,而是通过典型事例的描写,具体形象地再现了农民为生活所迫、背井离乡的悲惨情景,因而格外深刻,具有很强的说服力。首句点明流民流离贫困的原因是遭受灾荒,不能再靠从事原来的农业生产谋生了。次句是对灾民现状的具体描写。"瓦釜荆篮"是特写,由器具的简陋,使人推想到其主人的困乏悲苦的情状,而"止道边"三字,更点出他们流落外乡、无处安身的境遇。三四句写流民受饥挨饿了一天,到了"日暮"之时,只好拾取榆荚充饥。"可怜"一语,表达了诗人对流民的无限同情。

晁冲之

晁冲之,字叔用,初字用道,济州巨野(今属山东)人。晁补之从弟,仕承务郎。绍圣间隐居河南禹县具茨山下,徽宗时屡荐不起。诗学杜甫、陈师道,为江西诗派作家。有《晁具茨先生诗集》。

夜　　行

老去功名意转疏,独骑瘦马取长途。
孤村到晓犹灯火,知有人家夜读书。

注释
〔老去〕老来,老的时候。　〔意转疏〕言功名之念已变得淡薄。　〔取长途〕犹言征长途。　〔孤村〕孤零的村落。

解读
这是一首纪行诗,写的是诗人夜行山间的所见所闻所感。作者对于功名已心灰意冷,但见孤村中有挑灯夜读的寒士,一定会引起他的深切回忆。他年轻时不也是这样通夜发愤苦读书吗? 如今老了,功名无缘,落拓长途,其感慨之深是不难想见的。

孤村到晓犹灯火,知有人家夜读书。

张 耒

张耒(1054—1114),字文潜,号柯山,楚州淮阴(今属江苏)人。熙宁年间进士,授临淮主簿。元祐间,历秘书省正字、秘书丞、著作郎、起居舍人。绍圣初,知润州。新党执政,被列入元祐党籍,屡遭贬谪。晚年定居陈州,人称宛丘先生。他是苏门四学士之一,诗文深得苏轼兄弟赏识。有《柯山集》。

怀金陵三首(其三)

曾作金陵烂漫游,北归尘土变衣裘。
芰荷声里孤舟雨,卧入江南第一州。

注释

〔金陵〕今江苏南京。 〔烂漫〕散漫,放浪,无拘无束。〔"北归"句〕陆机《为顾彦先赠妇》:"京洛多风尘,素衣化为缁。"这句化用陆机诗意。 〔芰(jì)荷〕菱叶和荷叶。 〔江南第一州〕指金陵。

解读

此诗是诗人北归京师之后对金陵旧游的追怀,写得很有韵味。原作三首,此为第三首。首句以"烂漫"形容金陵的昔日之游,造语奇警,引人入胜。次句由追昔转入抚今,说自己北归之后,风尘仆仆,衣裳也早已变旧。三、四句具体描写"烂漫游"的场景和情致,与首句绾合,从而突出了主题。此诗结构新巧,用典简净,艺术上较为成熟。

夏 日 三 首(其一)

长夏村墟风日清,檐牙燕雀已生成。
蝶衣晒粉花枝舞,蛛网添丝屋角晴。
落落疏帘邀月影,嘈嘈虚枕纳溪声。
久判两鬓如霜雪,直欲樵渔过此生。

注释

〔村墟〕村庄,村落。 〔檐牙〕屋檐两端翘出如牙的部分。〔燕雀已生成〕指屋檐下的雏燕幼雀逐渐长大。 〔蝶衣〕蝴蝶的双翅。 〔落落〕稀疏的样子。 〔疏帘邀月影〕晚上,月光映照在薄而透明的帘幌上。 〔嘈嘈〕形容水声。 〔虚枕〕空心的枕函。 〔判(pān)〕豁出去,这里有顾不得之意。 〔欲〕想,希望。 〔樵渔〕指樵夫渔翁。

解读

此诗是张耒罢官闲居乡里时所作。原诗三首,此列第一。诗写农村夏日之清幽,反映了作者的隐居心愿。此篇的"诗眼",在一个"清"字上。前三联所写的种种景象,无不给人以清幽舒适之感。"风日清""花枝舞""邀月影",分别写出了夏日白天和夜晚的美好景色。"燕雀生成",似乎有些喧闹,但这是以动衬静。"蝶衣晒粉""蛛网添丝",则更显得幽静之极。"嘈嘈虚枕纳溪声"一句,主要是"纳"字下得好,诗人静听溪水潺潺的悠然心境借此而传出。尾联由景及情,直言归隐之志。全诗虽没有十分工警的词句,却能使人品味到诗境之美。《宋诗钞》称张耒的近体诗"蕴藉闲远,别有神韵",由此可见一斑。

晁说之

晁说之(1059—1129),字以道,号景迂生,济州巨野(今属山东)人。晁补之的从弟。神宗元丰五年(1082)进士,历官著作郎、东宫詹事、徽猷阁待制等职,钦宗时,因力主抗金被免官。北宋亡后流寓南方,死于漂泊途中。他能诗文,善画山水。有《景迂生集》。

明皇打球图

宫殿千门白昼开,三郎沉醉打球回。
九龄已老韩休死,明日应无谏疏来。

注释

〔明皇〕即唐玄宗李隆基。 〔打球〕又称打马球,古代的一种游戏活动。玩者骑马用球杖逐球,分双方对垒,以球入球门角胜负。四川巴中唐章怀太子墓壁绘有彩色《打马球图》。 〔三郎〕唐玄宗排行第三,在与伶人一起戏耍时,常让人称其为"三郎"。 〔九龄〕即张九龄,他与韩休均为唐玄宗开元时期的宰相,两人都以直言敢谏闻名。 〔谏疏〕劝谏皇帝的奏章。

解读

这是一首题画诗。诗人借咏《明皇打球图》,讽刺唐玄宗晚年贪图享乐,借唐喻宋,表达了对国运的担忧和对宋徽宗及其大臣蔡京、高俅之流的不满。首句由唐人杜牧《过华清宫》"山顶千门次第开"诗句点化而来,并特标"宫殿"二字,表明此处不是"寻常百姓家",以便为下三句"三郎"的出现提供一个相应的背景。次句写唐明皇"打球回",前面又加了"沉醉"二字,表明他不仅打了球,还喝醉了酒,根本不把国事放在心上。后二句又以其内心独白,揭示其畏贤臣直谏的心理,加深了讥刺的力度。读了这首诗,人们自然会联想到宋徽宗的淫乐无度,荒废政事。诗虽写得很含蓄,但讽今之意是显而易见的。

孔平仲

孔平仲,字毅夫,新淦(今江西新干)人。英宗治平二年(1065)进士。为秘书丞、集贤校理。哲宗时遭贬,直至徽宗即位,才被召为户部员外郎,迁金部郎中,出使陕西。后主管兖州景灵宫,卒。与兄文仲、武仲俱以文名,合称"三孔"。诗风时近苏轼。有《朝散集》,后人编入《清江三孔集》。

禾 熟

百里西风禾黍香,鸣泉落窦谷登场。
老牛粗了耕耘债,啮草坡头卧夕阳。

注释
〔禾〕本指谷子,这里泛指庄稼。 〔窦(dòu)〕洞穴,此指水沟。 〔粗了〕大致了结。 〔啮(niè)草〕吃草。啮,同"嚼"。

解读
此诗描写的是农村秋收以后的景象。清初画家恽格曾据此诗意画了《村乐图》。首句写金秋季节,稻谷飘香。句中"百里"二字,展示了一幅禾熟的广阔画面。次句写收割的场面,令人感到忙碌而又不乏喜悦之情。后两句,诗人把笔墨从繁忙的打谷场一下转到一头疲乏的老牛身上,写它在满天夕阳之下悠闲地卧于坡上吃草的形象。诗中的老牛,其实就是当时作者的自我写照。仕途的坎坷,官场生活的劳苦,何异于老牛的"耕耘"之债?然牛终有休息之时。自己呢?诗人虽未明言,但其厌倦仕途、渴望解脱的心绪已寓寄画面之中。全诗含意深刻,对比鲜明,与那些一味歌颂田家乐的诗篇不同。

贺 铸

贺铸(1052—1125),字方回,祖籍山阴(今浙江绍兴),生长于卫州(治今河南卫辉)。宋太祖贺皇后五代族孙,妻为宗室赵克彰女。早年任武职,后转文官,曾任泗州、太平州等地通判。晚年退居苏州,自号庆湖遗老。有《庆湖遗老诗集》。

野 步

津头微径望城斜,水落孤村格嫩沙。
黄草庵中疏雨湿,白头翁妪坐看瓜。

注释

〔野步〕在郊野散步。 〔津头〕渡口。 〔微径〕小路。〔格〕阻隔。 〔嫩沙〕细软的沙。 〔看(kān)〕看守。

解读

此诗写的是诗人在野外信步行走时所见的郊村情景。起句"津头微径"便是诗人远望时落脚的地点。次句是近景,由渡口向水,再向岸,见到村落和沙滩。第三句写到雨中茅屋,而末句放大在读者眼前的,则是两个静静闲坐看瓜的老人。全诗由远及近,一句一景,看似不相连贯,而实构成一幅色彩清淡的画面,从中透露出诗人闲适的心境,读来十分耐人寻味。

唐 庚

唐庚(1071—1121),字子西,眉州丹棱(今属四川)人。哲宗绍圣进士,曾任州县官、提举京畿常平,后贬官惠州,赦还复承仪郎,提举上清太平宫。归蜀,途中病卒。诗多新意,有"小东坡"之称。有《唐子西集》。

春 日 郊 外

城中未省有春光,城外榆槐已半黄。
山好更宜余积雪,水生看欲倒垂杨。
莺边日暖如人语,草际风来作药香。
疑此江头有佳句,为君寻取却茫茫。

注 释

〔未省(xǐng)〕还不知道。 〔半黄〕指树木抽出嫩芽,半绿半黄。 〔"水生"句〕是说春水渐渐上涨,映出杨柳的倒影。〔莺边日暖〕是"日边莺暖"的倒装句。 〔草际〕草边。

解 读

此诗描写早春郊外的山水光色。首联点题,说城里人还不知道有了春光,郊外榆槐树叶已半黄。中间两联写景,大小相衬,有声有色,意境清丽优美,到处洋溢着早春的浓郁气息。末联两句,是说对此美好的春日景色,诗心忽有所动,待要摹写,却又感到茫然无从下手。苏轼在《和陶田园杂兴》中说:"春江有佳句,我醉堕渺茫。"陈与义在《春日》中说:"忽有好诗生眼底,安排句法已难寻。"他们和唐庚一样,都生动地写出了一种有感于中而难以言传的心理感受。方回评云:"此诗句句工致。"(《瀛奎律髓》)为唐庚的名作。

惠 洪

惠洪(1071—1128),字觉范,俗姓喻(一说姓彭),筠州新昌(今江西宜丰)人。元祐四年(1089)入寺为僧。与宰相张商英、郭天信结交。政和元年(1111),张、郭得罪,他亦被决配朱崖(今海南琼山)。后遇赦北归,居高安大愚山,卒。善画,其诗清新有致,被推为宋诗僧之冠。有《石门文字禅》《冷斋夜话》。

崇胜寺后,有竹千余竿,独一根秀出,人呼为竹尊者,因赋诗

高节长身老不枯,平生风骨自清癯。
爱君修竹为尊者,却笑寒松作大夫。
未见同参木上座,空余听法石於菟。
戏将秋色分斋钵,抹月批风得饱无?

注释

〔崇胜寺〕寺院名,在今江西宜春。 〔尊者〕佛家语,指僧人德智兼备者。 〔清癯〕清瘦。 〔寒松作大夫〕据《史记·秦始皇本纪》,始皇二十八年(前219),秦始皇登泰山封禅,遇暴风雨,避于松下,因封松为五大夫。 〔木上座〕原指手杖。苏轼

高节长身老不枯，平生风骨自清癯。

《送竹几与谢秀才》诗云:"留我同行木上坐,赠君无语竹夫人。"此处似指木莲花座上的神佛而言。"同参木上座"即共同参拜神佛。　〔听法石於菟(wū tú)〕即"石於菟听法"之倒装。佛经中有老虎听法的故事。於菟,虎的别称。　〔斋钵〕僧人化斋所用之器。　〔抹月批风〕典出苏轼《和何长官六言次韵》"贫家何以娱客,但知抹月批风",意指以风月当菜肴。

解读

这是一首咏赞修竹的诗。据吴曾《能改斋漫录》记载,本诗可能是诗人于徽宗大观中入京之前的作品。首联用"高节""清癯"等词,既写出了竹子的形态,更传出其内在的美质与风神。这一联写竹风骨清峻,还特下一个"自"字,突出其自然天成,绝非矫揉造作。颔联以寒松之俗反衬修竹之尊,并着一"笑"字,颇可玩味。颈联写修竹既未去"同参",亦不曾"听法",以赞美"竹尊者"真正悟道。末联说,如果戏将这些深绿的竹色分给僧人当斋味,不知能否让人饥肠一饱? 诗把竹尊者拟人化,而刻画处设想亦出人意表,深得宋诗风味。无怪乎江西派开山祖黄庭坚见此诗甚喜,"因手为书之,以故名显"(吴曾《能改斋漫录》)。

题李愬画像

淮阴北面师广武,其气岂止吞项羽。
君得李祐不肯诛,便知元济在掌股。
羊公德化行悍夫,卧鼓不战良骄吴。

公方沉鸷诸将底,又笑元济无头颅。

雪中行师等儿戏,夜取蔡州藏袖里。

远人信宿犹未知,大类西平击朱泚。

锦袍玉带仍父风,拄颐长剑大梁公。

君看鞬橐见丞相,此意与天相始终。

注 释

〔李愬(sù)〕唐代名将。字元直,成纪(今甘肃秦安北)人。善骑射,有谋略。宪宗元和十二年(817),他以邓州节度使于雪夜攻克蔡州(治今河南汝南),生擒吴元济,封凉国公。新、旧《唐书》有传。　〔淮阴〕指汉淮阴侯韩信,是楚汉战争中刘邦一方的名将。　〔北面〕古以坐北朝南为尊位,拜师时则弟子立南面北向师长行礼,故称拜师为"北面"。　〔广武〕指赵国谋士广武君李左车。韩信在楚汉战争中破赵俘李,不杀,待以上宾之礼,虚心请教。李感其诚,遂献攻燕伐齐之计,韩信采纳之,终灭燕齐,项羽势孤。　〔君〕指李愬。　〔李祐〕本吴元济手下枭将,后为李愬设计所擒,不杀,厚遇之,祐为之感动,献袭蔡之计,并引兵先登城头,故得顺利攻破蔡州。　〔在掌股〕在掌握之中。〔羊公〕羊祜(hù),字叔子,西晋名将。泰始五年(269),都督荆州军事,出镇襄阳。在镇十年,开屯田,储军备,虽意在灭吴,但一直实行怀柔政策,以收江汉及吴人之心。死后,人们立堕泪碑纪念之。　〔德化〕以德感化。　〔行〕施,给予。　〔悍夫〕勇悍蛮狠的武夫。　〔卧鼓〕息鼓,停止战争。　〔良〕确实。　〔骄吴〕使吴人有虚骄之心。　〔沉鸷(zhì)〕深沉勇猛。《新唐书·李愬传》:"愬沉鸷,务推诚待士,故能张其卑弱而用之。"〔底〕何,为什么。意谓李愬胸有成竹而诸将却私下疑议。　〔等儿戏〕与儿戏一样。　〔藏袖里〕形容此次出师行动秘密,无人知晓。〔远人〕指远方之敌。　〔信宿〕连宿两夜。《左传·庄公三年》:"凡师一宿为舍,再宿为信,过信为次。"〔大类〕颇为相似。〔西平〕李愬之父李晟(chéng),唐代名将,讨伐藩镇叛将屡建战功,封西平王,故称"西平"。　〔朱泚(cǐ)〕唐德宗时叛将。建中四年(783)泾原兵变,德宗出奔,变兵拥朱泚为帝,后为李晟等所败,被部下所杀。　〔锦袍玉带〕文官装束,此处形容李愬的风度。　〔仍〕沿袭,继承。　〔拄颐长剑〕用长剑支撑住面颊,形容凝思的神态。《战国策·齐策》:"大冠若箕,修剑拄颐。"〔大梁公〕指唐朝功臣梁国公狄仁杰。　〔鞬囊(jiān gāo)〕盛弓和箭的器具,这里指背着弓箭袋。　〔丞相〕指裴度。平淮西吴元济之役,裴度以宰相身份亲往督战。据《新唐书·李愬传》:李愬破蔡后,"乃屯兵鞠场以俟裴度,至,愬以鞬囊见,度将避之。愬曰:'此方废上下久矣,请以示之。'度以宰相礼受愬谒,蔡人耸观"。

解读

这一首赞颂唐代名将李愬的七言古诗,为惠洪的代表作。陈衍评论此诗:"抵段文昌一篇碑文,不啻过之。"(《宋诗精华录》)此诗可分为四层。开头四句为第一层,用汉初韩信起用降将广武君的事迹,为李愬起用降将李祐作映衬。"羊公"四句为第二层,用晋将羊祜以德感化吴将陆抗的事迹,为李愬以德治军作映衬。"雪中"四句为第三层,写李愬雪夜入蔡州,生擒吴元济,又以其父李晟诛杀朱泚相比,进一步突出了名将后代李愬的形象。末四句为第四层,写画中的李愬锦袍玉带,俨然具有其父李晟的高雅风度,并把他与唐朝功臣梁国公狄仁杰并提,最后抓住"鞬櫜见丞相"这一典型事例,盛赞李愬忠心为国、不骄不躁的高尚情操。全诗善于运用历史的类比来突出主人公的形象,写得沉着雄健,字字稳当,没有丝毫生涩的痕迹。

徐 俯

徐俯(1075—1140),字师川,自号东湖居士,洪州分宁(今江西修水)人。少年能诗,为舅父黄庭坚器重。以父荫授通直郎。绍兴二年(1132)赐同进士出身,历任翰林学士、端明殿学士、签书枢密院事,兼权参知政事。与曾几、吕本中游。诗属江西派,晚年之作趋于平易自然。有《东湖居士诗集》,已佚。

春 游 湖

双飞燕子几时回?夹岸桃花蘸水开。
春雨断桥人不度,小舟撑出柳阴来。

注 释

〔夹岸〕两岸。 〔蘸(zhàn)〕浸入。 〔春雨断桥〕谓雨后水涨,淹没了桥面,难以通行。 〔度〕即渡。

解 读

这首写早春游湖的小诗,在当时便流行很广。南宋赵鼎作诗称:"解道春江断桥句,旧时闻说徐师川。"(《竹隐畸士集》卷七《和默庵喜雨述怀》)首句写燕子双双飞回,不过是点出春天这个季节而已,然而接以"几时回"一问,便把诗人乍觉春天到来时的惊讶和喜悦之情传达了出来。次句写湖岸桃花盛开的景色,于

春雨断桥人不度，小舟撑出柳阴来。

"开"前加"蘸水"二字,更显得生机盎然,明丽如画。第三句由"游"字而来,写春雨潮涨漫过了小桥,行人难以渡过。可是诗的尾句,却又生出另一番景象来:只见一只小船从柳阴中缓缓撑出。全诗四句,分写四景,犹如一幅绝妙的图画。尤其是三四两句,创造了一个清幽淡远的意境。后来张炎《南浦》词中的名句"荒桥断浦,柳阴撑出扁舟小",即由此化出。

汪 藻

汪藻(1079—1154),字彦章,饶州德兴(今属江西)人。宋徽宗崇宁间进士,调婺州观察推官,历迁著作佐郎。高宗时任给事中、兵部侍郎、翰林学士。曾知湖州、徽州、宣州。后夺职居永州(治今湖南永州)。其诗初学江西派,后学苏轼。有《浮溪集》辑本。

即 事 二 首

燕子将雏语夏深,绿槐庭院不多阴。
西窗一雨无人见,展尽芭蕉数尺心。

双鹭能忙翻白雪,平畴许远涨清波。
钩帘百顷风烟上,卧看青云载雨过。

注 释

〔将雏〕带着小鸟。 〔"西窗"二句〕钱锺书《宋诗选注》:"等于'一雨,西窗芭蕉展尽数尺心,无人见'。" 〔能忙〕那么忙。 〔平畴(chóu)〕平坦的田野。 〔许远〕那么远,如此远。〔钩帘〕将帘子卷起钩上。 〔青云〕此指带雨的乌云。

解 读

　　古人的"即事"之作,大多触景生情,有感而发。这两首写夏天景物的诗也不例外。第一首着重描写近景,第二首则侧重于远景,两首诗都表现了诗人悠然恬静的生活情趣。第一首用紫燕、绿槐、细雨、芭蕉……构成一个和谐的画面,把深夏里的寻常景物表现得有声有色,生机勃勃。特别是后两句,以"无人见"反衬诗人观物之细与爱物之深,十分耐人寻味。第二首,诗人动中见静,用几幅动态的镜头组成特写,反衬其心情的悠然自得。有学者认为,这两首小诗"恐不是单纯的留连光景之作,反映出一种怅惘心情"(《宋诗鉴赏辞典》,上海辞书出版社1987年版,第766页),但从写景来看,还是颇为清新疏朗的。

赵 佶

赵佶(1082—1135),即宋徽宗。政治上昏庸堕落,使人民陷入水深火热之中。宣和七年(1125),金兵南下,他传位其子赵桓(即钦宗),自称太上皇。靖康二年(1127),都城汴京被金兵攻陷,他与钦宗及后妃、大臣被俘,后死于五国城(今黑龙江依兰)。赵佶工书,善画,洞晓音律,存诗见《宋诗纪事》等。

在 北 题 壁

彻夜西风撼破扉,萧条孤馆一灯微。
家山回首三千里,目断天南无雁飞。

注释

〔在北〕在北方。北,指金国。 〔撼〕摇动。 〔破扉〕破门。 〔孤馆〕指赵佶被囚禁的孤室。 〔目断〕极目远望。

解读

这是宋徽宗赵佶被金兵俘虏到北方后,在被押的馆壁上题写的诗,抒发了怀念故国的沉痛心情。前两句描写居住的凄清冷落,后两句抒写有家难归的愁苦。其感染力虽不及南唐后主李煜的词《虞美人》(春花秋月何时了)那么强烈,但同样写得真切而深沉。

李 纲

李纲(1083—1140),字伯纪,邵武(今属福建)人。政和二年(1112)进士。钦宗时任兵部侍郎。靖康元年(1126)金兵围汴京,以尚书右丞为亲政行营使,主持抗战。高宗即位后曾拜相,在职仅七十余日,即被黄潜善等排斥。后历任湖广宣抚使等职。屡上疏主战,终不得行,忧愤而死。有《梁溪集》等。

病 牛

耕犁千亩实千箱,力尽筋疲谁复伤?
但得众生皆得饱,不辞羸病卧残阳。

注释

〔实〕充实。 〔箱〕通"厢",指粮仓。《诗经·小雅·甫田》:"乃求千斯仓,乃求万斯箱。" 〔谁复伤〕谁还怜惜你。〔众生〕指百姓。 〔羸(léi)病〕瘦弱多病。

解读

此诗作于绍兴二年(1132),时作者罢相被贬斥在鄂州(治今湖北武昌)。诗中以病牛自况,表达他虽然身处逆境,仍然为国为民,鞠躬尽瘁的精神境界。题曰"病牛",诗的前两句写牛病的原因。诗人用牛的功绩和遭遇作对比,流露出愤慨不平之情。

后两句借老牛为众生"卧残阳",抒发了"先天下之忧而忧,后天下之乐而乐"的广阔胸怀。《宋史》本传称"纲负天下之望,以一身用舍为社稷生民安危"。不难看出,诗中所咏病牛其实是诗人自我形象的写照,读之令人深思。

吕本中

吕本中(1084—1145),字居仁,号紫微,世称东莱先生,寿州(治今安徽凤台)人。少以荫补承务郎。绍兴六年(1136)赐进士出身,官至中书舍人兼侍讲,权直学士院。上书陈恢复大计,因忤秦桧而罢官。诗学黄庭坚,曾作《江西诗社宗派图》。有《东莱先生诗集》等。

春日即事二首(其二)

病起多情白日迟,强来庭下探花期。
雪消池馆初春后,人倚阑干欲暮时。
乱蝶狂蜂俱有意,兔葵燕麦自无知。
池边垂柳腰支活,折尽长条为寄谁?

注释

〔白日迟〕语出《诗经·豳风·七月》:"春日迟迟。"意谓春日阳光和煦舒长。　〔花期〕花开的时日。　〔兔葵燕麦〕两种植物名。兔葵,亦作"菟葵",见《尔雅·释草》。燕麦,初为野生,燕雀所食,故名。　〔长条〕指柳枝。古人有折柳赠别的习俗。

解读

本篇是大观二年(1108)作者在宿州(今属安徽)时作。原诗共二首,这是第二首。此诗写病起后所见的早春风光,并抒发了诗人不甘寂寞、热爱生活的情怀。诗篇开头,诗人由病而起,进而"强来庭下"看花,体现出对春的敏锐感受和流连光景。颔联是吕本中诗中的名句,写得情景交融,韵味隽永,曾被人赞叹为"此自可入画。人之情意,物之容态,二句尽之"(宋张九成《横浦日新录》)。颈联继续写"庭下"景物,而"兔葵燕麦自无知"句则暗用刘禹锡写看花诗而被贬的典故,寓慨深沉。末联由池边垂柳引起寄寓他乡的客子离愁,写得也很有韵味。此诗虽语含讥讽,寄慨遥深,但就全诗描写春日探花的总体格调来看,仍不失为清丽之作。

李清照

　　李清照(1084—1151?)，号易安居士，济南(今属山东)人。李格非之女，嫁赵明诚。早年生活美满，与丈夫志趣相投，同致力于金石书画的搜集、整理和研究，唱和诗词。金兵南侵，她渡江至建康。不久赵明诚病故，她孤身一人辗转流徙于江浙一带，在孤苦中度过晚年。她是宋代著名词人，诗仅存十余首。有《漱玉集》。

夏 日 绝 句

生当作人杰，死亦为鬼雄。
至今思项羽，不肯过江东。

注释
〔人杰〕人中豪杰。　〔鬼雄〕鬼中的英雄。《楚辞·九歌·国殇》："身既死兮神以灵，魂魄毅兮为鬼雄。"〔项羽〕名籍，秦末农民起义军领袖。秦王朝被推翻后，他与刘邦争夺天下，兵败，以无颜见江东父老，遂不肯渡乌江(今安徽和县东北乌江浦)，继续战斗，自刎而死。　〔江东〕指今江南一带。

解读
　　本诗题亦作《乌江》，当作于宋室南渡之后。诗作称颂项羽

"不肯过江东"的精神,意在讥讽不图恢复的南宋朝廷和宋高宗的逃跑主义,表达了诗人强烈的爱国思想。这是一首咏史诗,但和一般咏史诗的先述史后议论的写法不同。首二句即从大处落笔,义正词严地表示出当国家多难之时的人生态度:生,要有气节,要做人中的豪杰;死,也要死得悲壮,要做鬼中的英雄。这两句所用"人杰""鬼雄"之典,涉及张良、萧何、韩信、屈原等人物,都是历史上有胆有识的有为之士,从这里可以看出作者在人生抱负上的目标远大和品格气质上的崇高坚毅。十个字掷地有声,扣人心弦,不愧千古佳句。第三句写"思项羽",特用"至今"二字暗喻当时,末句进一步写出思念项羽的主要内容是"不肯过江东"。诗虽未明言,而鉴今之旨自在。全诗借古讽今,寓意深刻,笔力雄浑,很难让人相信它是出自著名的婉约派女词人之手。

曾几

曾几(1084—1166),字吉甫,号茶山居士,河南(今河南洛阳一带)人,其先居赣州(今属江西)。少入太学,后任将仕郎,赐上舍出身。南宋初,历江西、浙西提刑,以忤秦桧去官,寓居上饶茶山寺多年。桧死起复,官至敷文阁待制,以通奉大夫致仕。卒谥文清。他是大诗人陆游的老师。诗属江西诗派,但风格清峻轻快。有《茶山集》。

三衢道中

梅子黄时日日晴,小溪泛尽却山行。
绿阴不减来时路,添得黄鹂四五声。

注释

〔三衢〕今浙江衢州,因境内有三衢山,故称。 〔梅子黄时〕指初夏时节。这时梅子开始成熟。 〔泛〕指泛舟,乘船游玩。 〔却〕又。 〔不减〕差不多。 〔黄鹂〕黄莺。

解读

此诗为纪行之作,写诗人行于三衢道中的见闻和感受。首句交代此游的季节。按照常情,农历四五月间,江南梅子黄熟时节,正值绵绵阴雨天气,但作者遇到的却是"日日晴",为下述舟

绿阴不减来时路,添得黄鹂四五声。

行、山行的欣喜之情作铺垫。次句点题,正面写到行旅。三衢地区有山有水,故诗人先乘船,后步行。一个"却"字将诗人此行的轻快之感写了出来。后二句紧承"山行"而来,但见绿树浓荫,黄鹂鸣啭,韵味无穷。尤其是"不减"与"添得"的绝妙对照,写出了回程的新鲜感。此诗运笔活泼,自然轻快,开了杨万里"诚斋体"的路子。

寓居吴兴

相对真成泣楚囚,遂无末策到神州。
但知绕树如飞鹊,不解营巢似拙鸠。
江北江南犹断绝,秋风秋雨敢淹留?
低回又作荆州梦,落日孤云始欲愁。

注释

〔吴兴〕今浙江湖州。 〔楚囚〕语出《左传·成公九年》,原指春秋时被晋国俘虏、仍戴着楚国帽子的楚人钟仪,后用以代指囚犯或处境窘迫的人。《世说新语·言语》载,晋室南渡后,士大夫多在好天聚会南京新亭。有一次,周𫖮叹息说:"风景不殊,正自有山河之异!"大家相对而泣。唯王导变色而起,说:"当共勠力王室,克服神州,何至作楚囚相对!" 〔末策〕一点点办法。 〔神州〕这里指中原地区。 〔绕树如飞鹊〕曹操《短歌行》:"月明星稀,乌鹊南飞。绕树三匝,何枝可依。"此诗即用曹诗意,比喻自己颠沛流离,无所栖托。 〔营巢〕筑巢。 〔拙鸠〕相传鸠不善于筑巢,常取其他鸟巢而居。 〔淹留〕即久留。〔低回〕这里含有徘徊流连的意思。 〔荆州梦〕指作者想迁居荆州,故用东汉末年王粲因长安战乱而投奔荆州刘表的典故。荆州,即今湖北江陵。

解读

此诗是南渡后作者客居吴兴时所作。诗中将国事与个人的忧患融合一体,写得尤为沉重。首联点明"寓居"的原因,也就是诗人当时面临的社会政治环境。诗以"真成""遂无"对应,表面上是慨叹自己虽有不忘中原之心而无救国之策,但实际上包含着对当朝者的强烈不满和极大愤慨。颔联由国事转到自己漂泊无依、转徙不定的处境,同时也表明了自己拙于营私、羞于"求田问舍"的习性。颈联承起联,进一步批判当朝者。上句就国家局势方面写,一个"犹"字,反映出北方国土长期沦陷的现实;下句就个人身世方面写,"秋风秋雨",似有寓意。尾联又落到无所依归的"寓居"题目上,"落日孤云"是写景,也是自我写照。此诗格调悲壮沉郁,略似杜甫。

陈与义

陈与义(1090—1138),字去非,号简斋,洛阳(今属河南)人。政和三年(1113)登上舍甲科。任太学博士、著作佐郎。后因事谪监陈留酒税。靖康之难后,他经历了数年艰苦的逃亡生活,才抵达南宋都城临安,累官至参知政事。诗宗杜甫,为江西诗派后期重要作家。有《简斋集》。

襄邑道中

飞花两岸照船红,百里榆堤半日风。
卧看满天云不动,不知云与我俱东。

注释

〔襄邑〕宋代县名,即今河南睢县。 〔榆堤〕长满榆树的堤岸。 〔俱东〕一起向东而行。

解读

此诗作于政和七年(1117)春,时作者因开德府教授任满,乘船经襄邑赴汴京。诗写舟行襄邑道中所见的景象,表现出诗人心与物游的愉悦心情。此诗写景,紧紧围绕着诗人舟行途中之所见着笔,有动有静,笔调活泼轻快。尤其是后二句用"云不动"的错觉反衬途中一帆风顺,不仅展示了诗人独特的观察视角和全新的感受,而且给人以哲理的启迪。全诗色彩鲜明,形象生动,写法颇为别致。

雨

萧萧十日雨,稳送祝融归。

燕子经年梦,梧桐昨暮非。

一凉恩到骨,四壁事多违。

衮衮繁华地,西风吹客衣。

注释

〔萧萧〕同"潇潇",风雨之声。《诗经·郑风·风雨》:"风雨潇潇。"〔祝融〕火神,这里指炎夏酷暑。〔"燕子"二句〕谓到了秋天,燕子将要回到南方去,回顾年来往事,恍如一梦;梧桐经雨凋落,已与昨夜不同。〔四壁〕用汉代司马相如"家徒四壁"事,形容自己贫穷困厄。〔违〕不如意。〔衮衮〕相继不绝。杜甫《醉时歌》:"诸公衮衮登台省,广文先生官独冷。"〔繁华地〕指京城。京城中冠盖往来不绝于道,满眼繁华,故称"衮衮繁华地"。

解读

此诗作于徽宗政和八年(1118),时作者罢任留京,等候任命,心情十分郁闷,故借吟写秋雨以抒发失落之感。诗是咏雨,但除首句平叙外,很少从视觉意象来正面描写秋雨的景物,而是集中写诗人自己在雨中的感受。颔联的燕子之思归、梧桐之凋落,均为衬托感情而设,抒发了诗人对人生的感叹。颈联写对新秋凉意的感受之深,用"恩到骨"三字,用思奇警,造语工切,尤为人们所称赏。尾联借杜甫"冠盖满京华,斯人独憔悴"句意,表明自己当时孤单无援的处境,在西风吹拂下,倍感凄楚。

登岳阳楼二首(其一)

洞庭之东江水西,帘旌不动夕阳迟。
登临吴蜀横分地,徙倚湖山欲暮时。
万里来游还望远,三年多难更凭危。
白头吊古风霜里,老木苍波无限悲。

注释

〔岳阳楼〕湖南岳阳西门城楼,建于唐,重修于北宋。 〔洞庭〕洞庭湖,在今湖南北部,长江南岸。 〔江〕长江。 〔帘旌〕楼上悬挂的帷幔。 〔夕阳迟〕太阳快落山时。 〔吴蜀横分地〕三国时吴与蜀争夺荆州,吴将鲁肃曾率兵万人驻扎在岳阳,故云。 〔徙倚〕徘徊。 〔三年〕因金兵南下,陈与义于靖康元年(1126)春开始逃难,至作此诗时已有三年。 〔凭危〕凭倚高楼。"望远"与"凭危"互文,即凭高望远。

解 读

此诗是建炎二年(1128)秋天,陈与义避乱流亡到湖南时所作。此诗也是陈与义学杜的成功之作。尤其是诗中"万里"二句,从句法到意境都酷似杜诗,读之很容易让人联想到杜甫有名的诗句"万里悲秋常作客,百年多病独登台"(《登高》)。故方回称其"近逼山谷,远诣老杜"。纪昀于此诗批语,亦谓"意境宏深,真逼老杜"(语均见《瀛奎律髓汇评》)。此诗颈联效法杜甫《登高》诗的笔法,但诗人并没有死守陈规,而用"万里"对"三年"实写出自己的遭际。全诗把个人命运与国家命运错综交织在一起,写得慷慨悲凉,沉郁顿挫,很能代表陈与义伤乱之后的诗风。

伤　春

庙堂无策可平戎,坐使甘泉照夕烽。
初怪上都闻战马,岂知穷海看飞龙。
孤臣霜发三千丈,每岁烟花一万重。
稍喜长沙向延阁,疲兵敢犯犬羊锋。

注 释

〔庙堂〕指朝廷。　〔平戎〕指平息金兵的入侵。　〔坐使〕致使,遂使。　〔甘泉〕汉代皇帝的行宫,在陕西三原县甘泉山上。《汉书·匈奴传》:"文帝时,胡骑入代句注边,烽火通于甘泉、长安。"此借以指金兵入侵,逼近京都。 〔上都〕京城,此指临安。一说上都指汴京。 〔穷海〕僻远的海上。 〔飞龙〕旧时以龙比天子,这里指宋高宗。 〔孤臣〕失君之臣,这里是作者自指。 〔霜发三千丈〕用李白《秋浦歌》"白发三千丈,缘愁似个长"句意。 〔烟花一万重〕用杜甫《伤春》诗句,形容春日的景色。 〔向延阁〕指向子諲。延阁是汉代皇家藏书处,向子諲曾任直秘阁学士,故以此相称。其时向子諲知潭州(治今湖南长沙),金兵来攻,他组织军民阻击,八日后城陷,又督兵巷战而退。 〔疲兵〕指向子諲所率的部队。 〔犬羊〕对金兵的蔑称。

解读

本篇写于建炎四年(1130)春,诗名为"伤春",实乃感时伤乱之作,表现出作者爱国主义的思想感情。这首诗与杜甫《伤春》同题。诗的首联破空直入,慨叹朝廷无策抗敌,致使金兵铁蹄践踏京邑,为全诗主旨。次联承前,"初怪"和"岂知"写出两件想象不到的事情:一是金人攻入都城竟如此之速;一是京都沦丧,连皇帝都逃窜入海。这两句虽没有直接议论,但痛惜之情,讽刺之意,溢于言表。第三联化用李白和杜甫的诗句,揭示"伤春"之含意。纪昀曰:"此首真有杜意。'白发三千丈',太白诗,'烟花一万重',少陵句,配得恰好。"(《瀛奎律髓汇评》)尾联赞扬向子諲敢于抗金,以与前庙堂诸公对比,一褒一贬,爱憎分明。此诗感情诚挚,气格雄浑,声调高亮,深得杜诗同类题材的神韵。

朱淑真

朱淑真,号幽栖居士,钱塘(今浙江杭州)人,一说海宁(今属浙江)人。出身仕宦之家,自幼好文艺,工书画,擅诗词。出嫁后曾随夫宦游吴、越、荆、楚间。因婚姻不遂素志,抑郁而终。有《断肠集》《断肠词》。今人辑为《朱淑真集注》。

元夜三首(其三)

火烛银花触目红,揭天鼓吹闹春风。
新欢入手愁忙里,旧事惊心忆梦中。
但愿暂成人缱绻,不妨常任月朦胧。
赏灯那得工夫醉,未必明年此会同。

注释

〔元夜〕即元宵,农历正月十五的夜晚。 〔火烛银花〕形容灯光焰火灿烂耀眼。 〔揭天〕冲天。 〔鼓吹〕吹打的音乐声。 〔入手〕到来。 〔愁忙里〕为相聚时间短暂匆忙而感伤。 〔缱绻(qiǎn quǎn)〕犹言缠绵,难舍难分的样子。 〔任〕听凭。

解读

古代文人咏元夕的诗词不少,但朱淑真的这首《元夜》却与一般描写元夜灯市夜景的作品不同。诗中写一对爱人在元宵相会时的复杂心境,非常真实感人。首联写元宵之夜的环境和气氛。次联写一对爱人挤在人群里欢乐着,却又为会晤匆忙、旧梦凄凉而感伤。三、四两联写相聚是多么难得,而且后会难期,所以他们十分珍重这一次的机会,就顾不得去赏灯饮酒了。此诗对人物心情的刻画很细微。尤其是第三联写出了难舍难分的情意,也寄托了诗人对美好爱情的向往和追求。

东 马 塍

一塍芳草碧芊芊,活水穿花暗护田。
蚕事正忙农事急,不知春色为谁妍?

注 释

〔东马塍(chéng)〕地名,在杭州钱塘门外,与西马塍相对。塍,田埂。 〔芊芊(qiān qiān)〕茂盛的样子。 〔活水〕流水。〔护〕环绕。

解 读

这首描写春日农村风光的小诗,是朱淑真寓居钱塘时所作。前二句,诗人通过碧草、绿田、活水、鲜花等自然景象,描绘出一幅妍丽的郊外春光图。后二句笔锋一转,由农村风光转而写农忙的景象:农民们正忙于养蚕和耕种,哪有空闲时间去观赏自然风光?上句是直写,下句是从侧面烘托。这样写使诗的意味更加隽永深长。此诗贵在自然浑成,生活气息浓郁,同她抒写个人愁苦的"断肠"之作相比,简直大异其趣。

刘子翚

刘子翚(huī)(1101—1147),字彦冲,号病翁,建州崇安(今福建武夷山市)人。以荫补承务郎,曾通判兴化军。后因体弱多病归故乡屏山,教授门徒,人称屏山先生。他是位理学家,朱熹即出其门,但其诗风格健朗,内容充实,道学家的味道并不浓厚。有《屏山集》。

汴京纪事

帝城王气杂妖氛,胡虏何知屡易君。
犹有太平遗老在,时时洒泪向南云。

内苑珍林蔚绛霄,围城不复禁刍荛。
舳舻岁岁衔清汴,才足都人几炬烧。

空嗟覆鼎误前朝,骨朽人间骂未销。
夜月池台王傅宅,春风杨柳太师桥。

辇毂繁华事可伤,师师垂老过湖湘。
缕衣檀板无颜色,一曲当时动帝王。

注释

〔帝城〕指汴京。 〔王气〕古人认为"王气"是王朝运数的象征。 〔妖氛〕妖气,指金人的横行霸道。 〔胡虏〕对金人的蔑称。 〔屡易君〕指金人于靖康二年(1127)立张邦昌为伪楚帝,旋废;建炎四年(1130)又立刘豫为伪齐帝。君,皇帝。这句谓金人不明大义,随意更换君主。 〔太平遗老〕指经历过太平之世的北宋遗民。 〔南云〕犹言南天,借指南宋。 〔内苑〕御花园,此指艮岳。 〔蔚〕草木茂盛貌。 〔绛霄〕绛霄楼,是艮岳中最壮丽的建筑物之一。 〔"围城"句〕靖康元年闰十一月,汴京城被金兵所围,十二月底城破。当时天冷多雪,人民便将内苑中的房屋拆掉,树木砍光,去当柴烧。刍荛(chú ráo),指打柴的人。 〔舳舻(zhú lú)〕船尾与船头。泛指船只。 〔衔〕接连。 〔清汴〕指汴河。 〔都人〕指京城中的老百姓。 〔覆鼎〕《易经·鼎卦》中有:"鼎折足,公覆餗。"比喻大臣失职误国,这里指王黼、蔡京等祸国殃民,致使国家覆亡。 〔王傅宅〕太傅王黼的住宅。王黼是徽宗时的宰相,贪赃弄权,祸国殃民,被称为"六贼"之一。 〔太师桥〕太师蔡京宅前之桥,亦称太师府桥,在州桥之西。蔡京是有名的奸臣,被称为"六贼"之首。他的住宅在靖康元年已被焚毁,只剩下门前的一座桥。 〔辇毂(niǎn gǔ)〕皇帝的车驾,这里指代京城。 〔师师〕李师师,北宋末年汴京名妓,曾受徽宗宠爱。 〔湖湘〕洞庭湖、湘江,指今湖南一带。 〔缕衣〕即金缕衣,用金线绣的衣服。 〔檀板〕唱歌时用的檀木拍板。 〔帝王〕指宋徽宗赵佶。

解读

《汴京纪事》共有二十首,是刘子翚在汴京沦陷后写下的。这组诗以靖康之变为轴心,展现了发生在汴京的众多历史事件的风貌,堪称"诗史"。清人翁方纲推崇说:"刘屏山《汴京纪事》诸作,精妙非常。此与邓栟桐(邓肃)《花石纲》诗,皆有关一代事迹,非仅嘲评花月之作也。宋人七绝,自以此种为精诣。"(《石洲诗话》)这里选录四首。《汴京纪事》二十首是广为传诵的著名组诗,每一首咏一事,涉及的内容很广泛。"帝城王气"是原组诗的第一首,写沦陷区遗民身受亡国之痛,怀念故国,渴望恢复。"内苑珍林"一首原列第六,写宋徽宗当政时穷奢极欲,搜刮天下奇花异石,造成艮岳,到头来却酿成亡国大祸,自食其果。"空嗟覆鼎"一首原列第七,指斥奸臣误国,遗臭万年。而以"夜月池台""春风杨柳"反衬王黼、蔡京等的丑恶生涯的短暂,更具讽刺之意。"辇毂繁华"一首原列二十,通过北宋名妓李师师前后生活的变化,寄寓了家国兴亡之感。总之,这几首诗因小见大,以少总多,从不同的角度,多侧面地反映出丧乱的现实,表达了作者的兴亡之感和忧国忧时之情,在古代爱国诗歌中是值得重视的。

岳 飞

岳飞(1103—1142),字鹏举,相州汤阴(今属河南)人。出身农家,起于行伍,曾佐宗泽守汴京,为留守司统制。绍兴十年(1140)授少保,在河南大败金兵,并连收郑州、洛阳等地。后被秦桧以"莫须有"罪名杀害,年仅39岁。孝宗时追谥武穆,宁宗时追封鄂王。诗文充满慷慨激昂之情。有《岳忠武王文集》。

池州翠微亭

经年尘土满征衣,特特寻芳上翠微。
好水好山看不足,马蹄催趁月明归。

注释

〔池州〕治今安徽贵池。 〔翠微亭〕在贵池南的齐山顶,可俯视青溪。 〔经年〕常年。 〔征衣〕战袍。 〔特特〕特地,特意。欧阳修《和人三桥》诗:"为爱斜阳好,回舟特特过。"或释作马蹄声,亦可通。 〔看不足〕看不够。

解读

此诗作于绍兴五年(1135),当时岳飞屯兵池州。诗中写的是作者在战斗空隙游览翠微亭的情景,却从一个侧面表现出一位爱国将军的高尚情操和胸襟。晚唐诗人杜牧曾与张祜一起登齐山,游翠微亭,写了一首著名七律《九日齐山登高》,诗云:"江涵秋影雁初飞,与客携壶上翠微。尘世难逢开口笑,菊花须插满头归。但将酩酊酬佳节,不用登临恨落晖。古往今来只如此,牛山何必独沾衣。"岳飞这首诗,就是步杜牧诗前两联韵而作。诗的首句从自己的战斗生涯着笔,一个"满"字,既表明战事频仍,也显示征战生活的艰苦。次句写"寻芳上翠微",点到题目。"特特"两字,既表明诗人登临观景,十分难得,同时在结构上又起到了转折的作用。后两句直抒胸臆,是全诗的中心。"好水好山看不足"一句,连用两个"好"字,又下"看不足"三字,把自己对祖国河山的热爱和由于军务在身不能尽情赏玩的情怀倾泻了出来。"马蹄催趁月明归",情感由依依惜别转入豪迈坚定,一种爱国志士的责任感使他不得不在短暂的游览之后催马踏月而归,去迎接新的战斗。全诗写得真切自然,劲健爽朗,历来为人们所传诵。

陆 游

陆游(1125—1210),字务观,号放翁,越州山阴(今浙江绍兴)人。少年时深受祖父陆佃、父亲陆宰爱国思想的熏陶。宋高宗时应礼部试,因名列秦桧孙子秦埙之前,被黜免。孝宗时赐进士出身,曾任镇江、隆兴通判。乾道六年(1170)入蜀,任夔州通判。乾道八年,入四川宣抚使王炎幕府。官至宝章阁待制。晚年退居山阴。他是宋代杰出的爱国诗人,与尤袤、杨万里、范成大并称"南宋四大家"。其诗今存九千余首,词和散文也有较高成就。有《剑南诗稿》《渭南文集》等。

游 山 西 村

莫笑农家腊酒浑,丰年留客足鸡豚。
山重水复疑无路,柳暗花明又一村。
箫鼓追随春社近,衣冠简朴古风存。
从今若许闲乘月,拄杖无时夜叩门。

注释

〔山西村〕作者故乡山阴的一个村庄。 〔腊酒〕腊月里酿造的酒。 〔足鸡豚(tún)〕鸡、猪丰盛。豚,小猪。 〔春社〕古代以立春后第五个戊日为春社日,民间于是日祭土地神,祈求丰年。 〔闲乘月〕指空闲时趁着月色出游。 〔无时〕随时。

解读

宋孝宗乾道二年(1166),陆游自隆兴通判被罢官后,回山阴镜湖三山乡间居住。此诗约为次年初春作,诗中生动地描绘了当地乡村的习俗风光,表现出诗人对农村生活的挚情。作为一首纪游之作,全诗八句没有出现一个"游"字,但处处紧扣"游"字,按时间推移展开描写,层次分明。其中"山重水复疑无路,柳暗花明又一村"一联,据说是从绍兴间诗人强彦文诗句"远山初见疑无路,曲径徐行渐有村"(见周煇《清波杂志》)化出,但陆游的诗句更自然更有深意,写景之中又包含着一种人生哲理,因而常被人引用,成为传诵古今的名句。在这首诗里,因为作者是以客人身份到山西村去的,故其立意与唐代孟浩然的《过故人庄》颇相似,而且每一联的意境也都差不多,但相比之下孟诗显得恬淡自适,带有很浓的士大夫气息,而陆诗显得清新隽永,字里行间流露出诗人未能忘情国事的情怀,这是值得我们细细品味的。

剑门道中遇微雨

衣上征尘杂酒痕,远游无处不消魂。
此身合是诗人未?细雨骑驴入剑门。

此身合是诗人未？细雨骑驴入剑门。

注释

〔剑门〕山名,在今四川剑阁东北。 〔征尘〕旅途中所染的尘土。 〔消魂〕神情恍惚。 〔合是〕应该是。 〔未〕义同"否"。 〔骑驴〕唐代诗人如孟浩然、李白、李贺、贾岛、郑棨等,多有驴背吟诗事,诗人由此而联想到自己。

解读

此诗作于南宋孝宗乾道八年(1172)冬。在此之前,陆游一直在南郑四川宣抚使王炎幕中,参与军机要事。同年九月,王炎这位积极北进、力图复国的将领被调回临安,陆游也怀着失意和悲怆的心情离开前线,南下成都。当他在细雨蒙蒙之中骑着毛驴经过剑门关时,不禁感从中来,写下了这首脍炙人口的小诗。此诗描绘了一个骑驴入蜀的诗人形象,其实这正是以杀敌报国自期的作者最不情愿给自己画下的一幅画像。我们从他一路上借酒浇愁,见大好江山反而"消魂",就不难窥见他当时的遭遇与心情。后两句,诗人有意设问,表示自己志在卫国杀敌,收复失地,而不甘心以诗人终老。全诗寓辛酸与惆怅于生动的形象和画面之中,写得十分委婉含蓄,富有诗情画意,显示了诗人高超的艺术水平。清陈衍《石遗室诗话》云:"剑南七绝,宋人中最占上峰,此首又其最上峰者,直摩唐贤之垒。"

金 错 刀 行

黄金错刀白玉装,夜穿窗扉出光芒。

丈夫五十功未立,提刀独立顾八荒。
京华结交尽奇士,意气相期共生死。
千年史策耻无名,一片丹心报天子。
尔来从军天汉滨,南山晓雪玉嶙峋。
呜呼!楚虽三户能亡秦,岂有堂堂中国空无人!

注释

〔金错刀〕刀上的花纹用黄金装饰,叫金错刀,这种刀较名贵。 〔行〕歌行,古诗的一种体裁。 〔白玉装〕刀柄上嵌有白玉。 〔窗扉〕窗。 〔八荒〕四面八方荒远的地方。 〔京华〕京城,此指南宋都城临安。 〔相期〕互相希望和勉励。 〔史策〕即史册。古代用竹简或木片记事著书,成编的叫册。 〔尔来〕近来。 〔天汉滨〕汉水边。此处指汉中。 〔南山〕即终南山,位于南郑(今陕西汉中)东北。 〔玉嶙峋(lín xún)〕色白如玉,参差重叠的形状。 〔"楚虽"句〕战国末年,秦国灭掉楚国。楚国人民非常愤慨,当时民间有谣谚说:"楚虽三户,亡秦必楚。"后来起兵推翻秦王朝的项羽便是楚人,应了此话。 〔中国〕这里指中原地区。

解读

这首诗写于乾道九年(1173)十月,当时陆游四十九岁,在嘉州(治今四川乐山)任上。诗借咏刀以言志,抒发了作者抗金复国的斗志豪情。这是一首音律、节奏比较自由,形式富于变化的歌行体。全诗共十二句,可分为三个层次。前四句,由赞美宝刀起笔,接着由刀及人,着重刻画诗人的自我形象,说他年已五十尚未建功立业,只能独自提刀而立,环顾四野八荒。中间四句,诗人宕开笔墨,想到昔日在京城里结交的朋友都是些志同道合、同生共死的"奇士"。他们与诗人一样,都怀有报效国家、留名史册的强烈愿望。最后四句,由不久前从戎南郑,在汉水之滨登高眺望白雪覆盖的终南山,激起抗金豪情,并用"楚虽三户,亡秦必楚"的民谣和反诘的语气,有力表达民族自信心和自豪感。三个层次都以时间为线索,将它们环环紧扣着,层次清楚,主题鲜明。尤其每四句一换韵脚,适应诗篇内容、气势的变化,浑灏流转,才气豪健,热情奔放,具有很强的艺术感染力。

长 歌 行

人生不作安期生,醉入东海骑长鲸。
犹当出作李西平,手枭逆贼清旧京。
金印煌煌未入手,白发种种来无情。
成都古寺卧秋晚,落日偏傍僧窗明。
岂其马上破贼手,哦诗长作寒螿鸣?
兴来买尽市桥酒,大车磊落堆长瓶。
哀丝豪竹助剧饮,如巨野受黄河倾。
平时一滴不入口,意气顿使千人惊。

国仇未报壮士老,匣中宝剑夜有声。
何当凯还宴将士,三更雪压飞狐城!

注释

〔安期生〕相传为古代仙人。 〔骑长鲸〕指隐遁或仙游。李白曾自称"海上骑鲸客",后因以骑鲸喻仙家、豪客。 〔李西平〕唐朝名将李晟(chéng),因平定朱泚(cǐ)的叛乱有功,封为西平王,故称"李西平"。 〔枭(xiāo)〕斩首高挂。 〔逆贼〕指朱泚。此借指女真统治者。 〔旧京〕指长安。此借指被女真统治者占领的宋京城开封。 〔"金印"二句〕意谓至今功业未建,年纪却已老大。金印,古代大官佩黄金印。煌煌,闪光的样子。种种,头发短的样子。 〔成都古寺〕指当时陆游在成都所寄居的多福院。 〔偏傍〕斜靠的意思。 〔"岂其"二句〕难道我这个马上破贼的英雄,就只能老是吟诗像寒蝉一样悲鸣吗?寒螀(jiāng),即寒蝉。 〔磊落〕众多的样子。 〔哀丝豪竹〕悲壮的乐曲。丝指弦乐器,竹指管乐器。 〔剧饮〕痛饮。〔巨野〕古时大泽名。今山东巨野,在黄河下游,曾为黄河冲决。〔顿〕立刻。 〔凯还〕凯旋。 〔飞狐城〕地名,在今河北涞源,有飞狐关,形势险要,当时为沦陷区。

解读

此诗作于淳熙元年(1174),当时诗人已五十岁,离蜀州通判任,重返成都,寓居多福院。《长歌行》是乐府旧题,陆游借此题抒写自己报国无门的悲愤与百折不挠的意志,曾被前人推为陆诗的压卷之作(见方东树《昭昧詹言》)。诗篇开头四句将安期生与李西平对比,提出两种人生理想,而实际是倾向于后者。诗人推重唐代名将李晟,借以表达自己渴望杀敌立功的斗志。接下四句转入现实,写自己功名未就,年纪已老,只能独居在成都凄清的古寺内,眼看着在窗外的夕阳西沉。"岂其"两句,似凭空提起,实照应"犹当出作李西平"意来,进一步表明自己的才能和愿望。"兴来"以下六句,通过描写"剧饮"表达英雄失路的痛苦。诗人这里强调"平时一滴不入口",可见本非酒徒,而"意气顿使千人惊"则暗寓不鸣则已、一鸣惊人之意。"如巨野受黄河倾"一句,完全是以散文句法入诗,极写豪饮之状。结尾四句再度抑扬,"国仇未报"一抑,宝剑夜鸣一扬,末二句幻想着有一天驱逐金人、收复失地,在飞狐城宴请有功将士,欢庆胜利。此诗前后以饮酒为线索,放歌寄兴,驰骋想象,与李白《行路难》(金樽清酒斗十千)的思路声情相似,难怪有人称他为"小李白"(明毛晋《剑南诗稿跋》)。

病 起 书 怀

病骨支离纱帽宽,孤臣万里客江干。
位卑未敢忘忧国,事定犹须待阖棺。
天地神灵扶庙社,京华父老望和銮。
出师一表通今古,夜来挑灯更细看。

注 释

〔支离〕伛偻不振的样子。 〔江干〕江岸,江边。此处指成都濯锦江边。 〔位卑〕地位低下。 〔"事定"句〕《晋书·刘毅传》:"大丈夫盖棺事方定。"阖(hé)棺,盖棺。 〔庙社〕宗庙和社稷,指代国家。 〔京华〕京都,此处指旧都汴京(今河南开封)。 〔和銮〕两种车铃,"和"饰于车轼上,"銮"饰于马衔上,指代皇帝的车驾。 〔出师一表〕即诸葛亮《出师表》。蜀汉建兴五年(227)三月,诸葛亮率大军北伐曹魏之前,上表给后主刘禅,规劝刘禅"亲贤臣,远小人",表明自己复兴汉室的决心。

解 读

淳熙三年(1176)三月,陆游被免去成都府路安抚司参议官兼四川制置使司参议官职务。之后移居成都城西南的浣花村。三月间有《小疾谢客》诗,四月间又有《病中戏书》诗,可见得病已近一月。病愈后写了此诗。诗的开首二句叙述自己的处境,一是罢职卧病,二是万里为客。三、四句写自己身处困境,但念念不忘的依然是国家的命运。大丈夫盖棺事方定,表明诗人壮心未已,至死不渝。五六句是"忧国"的具体化:诗人所深切关心的是振兴大宋和收复中原。末二句是"忧国"之情的进一步深化:诗人夜不能寐,挑灯细看诸葛亮的《出师表》,那受命于危难之际的凛然正气,鞠躬尽瘁、死而后已的耿耿忠心,怎能不令诗人心潮澎湃,夜不能寐呢! 全诗情调悲愤,感情深挚。"位卑未敢忘忧国",同顾炎武的"天下兴亡,匹夫有责"意思相近,成为千载传诵的不朽名句,后世许多忧国忧民的仁人志士以此自警自励。

关 山 月

和戎诏下十五年,将军不战空临边。
朱门沉沉按歌舞,厩马肥死弓断弦。
戍楼刁斗催落月,三十从军今白发。
笛里谁知壮士心,沙头空照征人骨。
中原干戈古亦闻,岂有逆胡传子孙。
遗民忍死望恢复,几处今宵垂泪痕!

注释

〔"和戎"句〕隆兴元年(1163),宋孝宗任命王之望为金国通问使去金议和,次年订立和约,史称"隆兴和约",自隆兴元年至陆游作此诗之淳熙四年(1177)为十五年。 〔朱门〕指贵族豪门的宅第。 〔沉沉〕深远貌。 〔按歌舞〕依照乐曲节奏歌舞。〔厩(jiù)〕马棚。 〔戍楼〕边塞上的岗楼。 〔刁斗〕军中用来打更报时的器具。 〔笛里〕《关山月》属《横吹曲》,《横吹曲》多用笛演奏,故云"笛里"。 〔沙头〕沙场。 〔逆胡〕指金人。〔遗民〕指沦陷区人民。 〔忍死〕不死而等待着。

解读

此诗作于孝宗淳熙四年(1177)初春,作者在成都时。《关山月》原为汉乐府《横吹曲》名,这里是借古题写时事。作者在诗中借守边战士的口吻,痛斥南宋王朝对金妥协投降的卖国政策,表达了广大爱国将士报国无门的悲愤心情和沦陷区人民"忍死望恢复"的迫切愿望。这首七言古诗,共十二句,每四句一转韵,很自然地形成了三个段落。三段以南宋王朝下诏"和戎"为线索,从将军不战、朱门歌舞,写到壮士心志难酬,以及遗民忍死望恢复,并把上述三种人不同生活状况、不同心情,巧妙地安排在同一月夜之下,勾勒出惊心动魄的三个画面,三个画面又紧相联系,对照鲜明,从而深刻有力地反映了正处在南北分裂的中国当时社会的风貌。诗中两个"空"字,以及"谁知""岂有"等字眼,包含了诗人无比悲愤的感情。此诗篇幅不长,但内容丰富,思想深刻,具有鲜明的时代感和现实性,是陆游的代表作之一。

夜泊水村

腰间羽箭久凋零,太息燕然未勒铭。
老子犹堪绝大漠,诸君何至泣新亭。
一身报国有万死,双鬓向人无再青。
记取江湖泊船处,卧闻新雁落寒汀。

注释

〔太息〕深深地叹息。 〔燕然〕山名,即今蒙古境内的杭爱山。东汉和帝永元元年(89),车骑将军窦宪击败北单于,登燕然山刻石纪功而还。这句反用窦宪事,叹息自己功业未就。 〔老子〕作者自指。 〔绝〕横越。 〔大漠〕大沙漠。这句是说自己虽已年老,但还能横渡大漠,奋战沙场。 〔泣新亭〕新亭,在今江苏南京。317年晋政权南迁,北中国为西、北各族分割占据。有一些过江的士大夫在新亭宴饮,周顗叹道:"风景不殊,举目有山河之异。"在座的人都相视涕泣。独有王导说:"当共勠力王室,克复神州,何至作楚囚相对泣邪?"(见《晋书·王导传》)泣新亭事本此。 〔有万死〕即万死不辞。 〔无再青〕指头发白了不能再恢复黑色,借以比喻人老了不能再返少壮。 〔汀〕水边平地。

解读

这首诗是淳熙九年(1182)秋陆游在山阴写的。当时他已五十八岁。诗中写出了作者老而弥坚的报国雄心和壮志未酬的愁苦,并批评了当时悲观失望、缺乏斗志和信心的士大夫。诗的首联,作者反用汉代车骑将军窦宪追击匈奴刻石纪功于燕然山的故事,自伤老大报国无成。颔联以"老子"与"诸君"对举,一方面言自己虽老,犹能驰骋沙场,北伐金人;另一方面感慨南宋群臣却只知面对半壁河山,徒然悲泣。诗意对比强烈,旨在批评和规劝那些对抗金复国持悲观态度的士大夫。颈联的上句承上联而来,进一步表明以身许国、万死不辞的决心;下句承首句"久凋零",然而青鬓不再,人生几何,但恐虚度无成。此联上句只有一个平声字,下句拗救,似受江西派影响。尾联点题,落到眼前景状,但用"记取"二字领起,可见并非单纯写景,而是触景生情。

诗人从北方飞来的新雁联想到中原沦陷区苦难的人民,其报国情怀是永远不会衰竭的。

书　愤

早岁那知世事艰,中原北望气如山。
楼船夜雪瓜洲渡,铁马秋风大散关。
塞上长城空自许,镜中衰鬓已先斑。
《出师》一表真名世,千载谁堪伯仲间?

注释

〔早岁〕年轻的时候。　〔世事艰〕指北伐事业一直遭到投降派的阻挠和破坏。　〔中原北望〕即北望中原。　〔气如山〕指抗金的意志像山一样壮伟坚定。　〔楼船〕高大的战船。〔瓜洲〕在扬州之南,处于长江与运河交汇处,与长江南岸的镇江隔江相望,是当时重要的军事据点。宋高宗绍兴三十一年(1161)十一月,金主完颜亮南侵,宋将刘锜、虞允文等在瓜洲、采石一带拒守,结果完颜亮为部下所杀,金兵溃退。　〔铁马〕披着铁甲的战马。　〔大散关〕在今陕西宝鸡西南大散岭上,是当时南宋与金交界的边防重镇。绍兴三十一年秋,金兵侵占大散关,宋将吴璘等率部与之激战,次年收复了大散关。宋孝宗乾道八年(1172),陆游为四川宣抚使王炎的幕僚,曾筹划恢复中原大计到过大散关前线。〔塞上长城〕南朝刘宋的名将檀道济曾抵挡北魏,为国立功。后来刘宋文帝要杀他时,他愤怒地说:"乃坏汝万里长城!"唐代名将李勣也曾被唐太宗比为长城。这里作者用来自比。〔空〕徒然。〔许〕期望。〔衰鬓〕衰颓的鬓发。〔斑〕花白。〔《出师》一表〕即《出师表》,诸葛亮于蜀汉后主建兴五年(227)北伐前上给后主刘禅的表。〔名世〕闻名于世。〔堪〕可以。〔伯仲〕原指兄弟次第,长为伯,次为仲,后引申为衡量人物等差之词,有差不多的意思。杜甫《咏怀古迹》称诸葛亮"伯仲之间见伊吕"。这句是说千载之下,有谁能与诸葛亮相提并论呢?

解读

此诗作于淳熙十三年(1186)春,这时陆游已六十二岁,因力主抗金而屡遭贬黜,退居山阴老家多年。诗中概括地写出了作者一生的经历和感受,并暗讽了朝廷的不能用贤和误国。这首七律,分为前后两部分。前四句回忆往事,后四句感叹当前。起笔一声长叹,表面上看,好像是对自己年轻幼稚、不谙世事的责备,实际上是对当权者屈辱求和、破坏恢复中原大业的谴责。次句紧承首句,写出自己当年亲临抗金前线,北望中原,收复失地的豪情壮志。三四句具体点明"早岁"的经历,也是上句中"气如山"的最好注脚。这一联全由名词组合,构成两幅水上交战、陆路进击的出师图,不仅对偶工稳,而且气势豪迈,为人们广泛传诵。五六句情调由昂扬转为沉郁,折入对岁月蹉跎、壮志未酬的慨叹。一个"空"字,点出了多年的抱负已成泡影。最后两句借赞美诸葛亮,批评了南宋统治集团的妥协投降政策。全诗以"愤"字贯穿始末,将人生不同阶段的志向、遭遇融为一体,从早年的豪迈写到晚年的悲愤,前呼后应,一气呵成,是陆游爱国诗篇的代表作之一。纪昀评云:"此种诗是放翁不可磨处。集中有此,如屋有柱,如人有骨。"(《瀛奎律髓汇评》)

临安春雨初霁

世味年来薄似纱,谁令骑马客京华?
小楼一夜听春雨,深巷明朝卖杏花。
矮纸斜行闲作草,晴窗细乳戏分茶。
素衣莫起风尘叹,犹及清明可到家。

注释

〔临安〕南宋的都城,今浙江杭州。 〔霁(jì)〕雨止天晴。〔世味〕官场世俗的兴味。 〔京华〕即京城,这里指临安。〔矮纸〕短纸。 〔作草〕写草字。 〔细乳〕指沏茶时水面泛起的白色小泡沫。 〔分茶〕犹言品茶,是宋代流行的一种茶道,后传入日本。 〔素衣〕洁白的衣服。陆机《为顾彦先赠妇》诗:"京洛多风尘,素衣化为缁。"此句化用其意,含有厌倦风尘的意味。 〔犹及〕还来得及。

解读

淳熙十三年(1186)春,陆游奉命权知严州(治所在今浙江建德)事,由山阴被召入京。这是他在临安城内等待皇帝召见时所写的一首七律。诗中出色地描写了江南初春的明媚风光,反映了作者对官场生涯的厌倦和对家乡的留恋。首联写诗人这些年饱尝世态炎凉与人情冷暖,对为官的生活感到十分厌倦。既然对功名已经淡漠,为什么又来到京城呢?"谁令"二字,正反映了他洁身自好,无意于官场的情怀。颔联紧扣诗题,从"春雨"着笔,鲜明地刻画出江南二月的都市之春,令人感到境界新颖,别具风味情致。据宋人刘克庄《后村诗话》载,这二句"传入禁中,思陵(宋高宗)称赏,由是知名"。颈联写他在京闲散无事,只好用写字、品茶来打发日子。这两句,于自适自嘲之中,隐约可见其内心的不满和郁闷。尾联反用陆机诗句之意作结,进一步表明厌倦京华风尘的主题。全诗写得清新俊逸,韵味无穷。

秋夜将晓,出篱门迎凉有感二首(其二)

三万里河东入海,五千仞岳上摩天。
遗民泪尽胡尘里,南望王师又一年!

注 释

〔三万里河〕指黄河。三万里,极言其长。 〔五千仞岳〕指西岳华山。五千仞,极言其高。古时以八尺为一仞。 〔遗民〕指在金人统治下的原北宋百姓。 〔胡尘〕金人兵马扬起的灰尘,这里指金人统治下的广大地区。　〔王师〕指南宋王朝的军队。

解读

此诗作于绍熙三年(1192),陆游六十八岁,闲居山阴。此前五十年,南宋与金签订了丧权辱国的以淮河至大散关一线为界的"绍兴和议",把中原大片国土拱手送与敌人。此后的赵宋王朝,只知屈膝求和,苟安江左,山河可爱而不思恢复,人民苦难而不知拯救。面对着这可悲可恨的历史现实,陆游义愤填膺,写下了这首深沉悲凉的诗篇。此诗共二首,本篇为第二首。诗人先以昂扬之笔,迅起疾书,偶句对起,描绘出北方故土的壮丽景色:黄河之水奔腾澎湃,一泻千里,向东流去;高峻的华山巍然屹立,穿入云霄。然而,这壮丽山河已被金国占据,沦入敌手,所以诗的后二句掉转笔锋,以极其忧愤之情诉说中原人民在敌人蹂躏之下,渴望恢复而终归失望的悲哀和痛苦。诗中倾注了诗人热爱故国山河,同情中原父老的深厚感情;同时,对于昏庸无能,割弃大好河山,置中原人民于水火而不顾的赵宋王朝,表示了极大的愤慨。全诗笔力雄健,感情深沉,是陆游的一首名作。

十一月四日风雨大作二首(其二)

僵卧孤村不自哀,尚思为国戍轮台。
夜阑卧听风吹雨,铁马冰河入梦来。

注释

〔僵卧〕躺着不动。 〔戍〕守卫。 〔轮台〕地名,在今新疆境内,汉武帝时曾派兵驻守其地。这里借指边防。 〔夜阑〕夜深。 〔铁马〕披着铁甲的战马。 〔冰河〕北方冰冻的河流。

解读

此诗作于绍熙三年(1192)冬,陆游六十八岁,家居山阴时。原诗共二首,本篇是第二首,写当时僵卧孤村的诗人夜闻风雨,勾起对从戎生涯的怀念,以及老而弥坚的报国情怀。前两句写自己晚景凄凉,但诗人并不因此而感到悲哀,却一心想着"为国戍轮台"。两句对照,更能显示这种壮志不已的精神境界。后两句写深夜卧听寒雨,在梦境中,竟化为千军万马强渡冰河、驰骋杀敌的情景。日有所思,夜有所梦。这个梦境,实从"尚思为国戍轮台"之壮志来,诗人的爱国热情至此升到了最高点。本诗以梦写志,情调高昂,意境开阔,富有浪漫主义色彩。

小舟游近村,舍舟步归四首(其四)

斜阳古柳赵家庄,负鼓盲翁正作场。
死后是非谁管得,满村听说蔡中郎。

注释

〔舍舟〕离开船。 〔赵家庄〕在陆游故乡山阴附近。 〔作场〕指艺人圈地演出。 〔蔡中郎〕东汉蔡邕,字伯喈,董卓执政时,官为左中郎将,故称蔡中郎。宋代流行的戏曲说唱故事,写蔡邕抛弃父母妻室,终遭天雷打死。实际上蔡邕性至孝,并无此事。

解读

此诗于宋宁宗庆元元年(1195)冬作于山阴,时陆游年逾七旬。原诗共四首,此为其四。诗描写一位年老的盲艺人在庄子作场击鼓说唱的情景,并由此引起诗人对世事的感慨。首句连用三个名词,点明诗人游近村的时间、景色和具体的地点。次句用速写的手法,写"负鼓盲翁"正在说唱故事。这正是诗人"舍舟步归"时之所见所闻。寥寥几笔,便把听鼓词说唱的乡村风情生动如画地描绘了出来。后二句即事抒感。"死后是非谁管得"的慨叹,是针对蔡中郎故事的真伪而发的。蔡中郎即东汉蔡邕,是历史上著名的学者,性至孝,三世并居。但在南宋戏曲说唱中,他却是一个背亲弃妻的负心汉。这里盲翁所演唱的蔡中郎也是同样的情节。文学作品改变历史人物的面貌本无不可,但由于当时诗人正是报国无门、政治上很不得意的时候,所以借题发挥,流露出一种无可奈何的情绪。全诗写得含蓄蕴藉,言简意深,耐人寻味。

沈园二首

城上斜阳画角哀,沈园非复旧池台。
伤心桥下春波绿,曾是惊鸿照影来。

梦断香销四十年，沈园柳老不吹绵。

此身行作稽山土，犹吊遗踪一泫然。

注释

〔画角〕古代军中用以报昏晓的乐器，形如竹筒，外加彩绘。〔非复〕不再是。沈园原为沈氏的园林，后归许氏，又被汪氏所得，这时已三易其主，可见面貌不会全然依旧。　〔惊鸿〕曹植《洛阳赋》"翩若惊鸿"，形容洛神体态轻盈。此喻唐琬。　〔四十年〕陆游在沈园遇到唐琬是在高宗绍兴二十五年（1155），不久唐琬去世，到这时已四十多年了。这里"四十年"，乃举其成数而言。　〔绵〕指柳絮。　〔行〕将要。　〔稽山〕会稽山，在今浙江绍兴东南。此句是说自己快要死了。　〔泫（xuàn）然〕伤心流泪的样子。

解读

《沈园二首》是陆游七十五岁时的作品。沈园，故址在今浙江绍兴禹迹寺南。据周密《齐东野语》等书记载和近人考证，陆游大约二十岁时娶表妹唐琬为妻，婚后感情甚笃。但其母不喜欢唐琬，终被迫休离。后陆游续娶王氏，唐琬改嫁赵士程。不料十年后的一个春日，两人在沈园不期而遇，陆游感伤之余，便在园壁上题了《钗头凤》一词。不久唐琬郁悒而死。时隔四十多年，即宋宁宗庆元五年（1199）春，陆游重游沈园，想起旧事，于是写下这两首小诗来悼念唐琬。

第一首回忆当年诗人与唐琬在沈园相逢之事，突出悲伤之情。起句写"斜阳""画角",渲染出一种悲凉的氛围。次句写"旧池台",用"非复"二字,仿佛是在说明景物的变化,实际上是为景中人的消逝而哀伤。三、四两句贯连而下,抒写物是人非的悲痛。诗人重到沈园,看到那桥下曾照有唐氏身影的绿水,怎能不感伤流连!第二首凭吊亡妻遗踪,突出对爱情的坚贞不渝。诗从回忆唐琬去世写起,至今已四十余年。次句用景物来作旁衬,表明历时之久,且寓有地老天荒之感。后二句想到自身年逾古稀,也不久于人世,但对景怀人,仍是潸然泪下而不能自已。陆游是个坚定的爱国者,对爱情也如此坚贞,至死不渝。这两首诗写得一往情深,哀婉动人,和他大量天风海雨般的爱国作品一样,深受人们的喜爱。陈衍《宋诗精华录》评云:"无此绝等伤心之事,亦无此绝等伤心之诗。就百年论,谁愿有此事?就千秋论,不可无此诗。"

示　儿

死去元知万事空,但悲不见九州同。
王师北定中原日,家祭无忘告乃翁!

注 释
〔示儿〕写给儿子看。陆游有六子,他去世时长子已六十三岁。　〔元知〕本来知道。元,同"原"。　〔九州同〕古时中国分为九州,九州同指全国统一。　〔乃翁〕你的父亲,诗人自指。

解读

宁宗嘉定二年(1201)底,陆游以八十五岁高龄卒于山阴故里。这是他临终前写给儿子的绝笔诗,也是一首千古传诵的不朽之作。这位为国家命运忧虑、歌唱了一生的爱国老诗人,在生命的最后时刻,念念不忘的仍是恢复中原,九州统一。此诗表达了他生前的最后意愿,是他一生政治抱负的总结、爱国思想的结晶。人总是要死的。诗的开头,从"死"字落笔,写出"万事空"。诗人深知,人死之后,无知无觉,一切对他来说,都已无所谓了。次句"但悲"二字将诗意一转,说唯独"不见九州同"这件事却成了他一生的最大遗恨。这种遗恨,从生前留到了身后。在生命弥留之际,心情是沉痛的。如果接下去继续写这个"悲"字,那么这诗的情调也就过于暗淡了。于是,诗的三四两句化悲愤为乐观,寄生前未遂之志于死后,嘱咐儿孙在将来家祭之时,别忘了将王师收复中原的喜讯告慰他的英灵。这种对祖国统一的坚定信念和至死不变的爱国精神,几百多年来一直激励着后代的爱国志士。

范成大

范成大(1126—1193),字致能,号石湖居士,平江吴郡(今江苏苏州)人。绍兴二十四年(1154)进士。历任徽州司户参军、枢密院编修、礼部员外郎、起居舍人等职。乾道六年(1170)奉命赴使金国,坚贞不屈,不辱使命而归。累官至参知政事。晚年因病退居故乡石湖。诗以使金绝句与田园诗著名,与尤袤、杨万里、陆游并称"中兴四大诗人"。有《石湖居士诗集》《石湖词》等。

后催租行

老父田荒秋雨里,旧时高岸今江水。
佣耕犹自抱长饥,的知无力输租米。
自从乡官新上来,黄纸放尽白纸催。
卖衣得钱都纳却,病骨虽寒聊免缚。
去年衣尽到家口,大女临歧两分首。
今年次女已行媒,亦复驱将换升斗。
室中更有第三女,明年不怕催租苦!

注释
〔老父〕老翁。 〔佣耕〕当雇农,为别人耕种。 〔的知〕

确知。　〔输〕交纳。　〔"黄纸"句〕这句是说,皇帝下令免除灾区的赋税,可地方官吏还照样催逼百姓交租。黄纸,指皇帝的诏书。白纸,指地方官的公文。　〔纳却〕交纳掉了。　〔缚〕捆绑。这里指交不出租,被官府所捆绑抓去。　〔衣尽到家口〕衣服卖光了,再卖只好卖家里人口。　〔临歧〕到岔路口。　〔分首〕分别。　〔行媒〕说好亲事。　〔驱将〕赶去。将,语助词。〔升斗〕指少量的粮食。

解读

此诗作于范成大官徽州(治今安徽歙县)司户参军时,当时他三十几岁。在此之前,作者曾效唐诗人王建写过一首《催租行》,这首也咏催租之事,故称《后催租行》。诗中通过描写一家老农在灾荒之年被催租逼得卖女鬻女、倾家荡产的悲惨情状,深刻揭露了统治者横征暴敛的罪行。全诗共十四句,可分作两段。前四句为第一段,写老农遭灾,田地被淹,颗粒无收,生活无着落,只好去替人家佣耕帮工,但依然食不饱腹,更无力交纳租税。这样,写催租之前,先交代催租的特定环境,把催租放在灾荒年月的背景之下,更能见出官府的凶残。"自从"句以下为第二段,诗人通过老农的具体叙述,真实地反映了封建社会租赋剥削之惨烈。大灾之年,尽管皇上已赦免纳租,可新上任的乡官却照催不误。老农无法,只得以典衣卖女来抵租。这本是一件极其悲惨的事,可"老父"自诉的口气却显得很平淡,在他接连卖掉两个女儿之后,犹不畏惧,反而说:"室中更有第三女,明年不怕催租苦!"表面上看,他似乎在为自己的处境宽解,事实上却表明自己的走投无路。明年不怕,后年呢? 大后年呢? 这里诗人虽然没有明写,但老农将来所过的忧愁、凄苦的生活不言自明。全篇基本上是客观描写,作者自己没有出场,也不加评论,处处让"事实"说话,这就使得诗的揭露和控诉更加入木三分。

横 塘

南浦春来绿一川,石桥朱塔两依然。
年年送客横塘路,细雨垂杨系画船。

注释

〔南浦〕本为地名。屈原《九歌》:"送美人兮南浦。"江淹《别赋》:"送君南浦,伤如之何。"后来用以泛指水边送别之处。这里借指横塘。 〔石桥〕指枫桥,在横塘北面。 〔朱塔〕指寒山寺的塔。 〔画船〕装饰华美的船。

解读

横塘在作者故乡,是一个典型的江南水乡,风景宜人,位于苏州西南十里处。此诗即咏横塘春景,而惜别之情融入其中,含而不露,别具韵调。前两句从写景入笔:春天到来,南浦披上了绿装,大地焕然一新,然而石桥与朱塔依然如故,永远是老样子。"依然"二字,突出横塘风物之不变,为下句写"年年送客"作引。后两句融情入景,追想此地年年送客的动人场面,表达人生离别的感受。全诗三句写景,一句言情,又切合横塘送别的特定情景,形成了一个景中有情、情中有景、情景交融的完整意境,令人回味无穷。

州　　桥

州桥南北是天街,父老年年等驾回。
忍泪失声询使者:几时真有六军来?

注释

〔州桥〕指北宋汴京城里的天汉桥,在宫城南的汴河之上。作者自注:"南望朱雀门,北望宣德楼,皆旧时御路也。"〔天街〕即御路,由宣德楼南去,经州桥,直达朱雀门。　〔驾〕指南宋皇帝的车驾。　〔六军〕古代天子有六军,这里指南宋的军队。

解读

孝宗乾道六年(1170),范成大奉命假借资政殿大学士的官衔出使金国,在途中将所见所闻所感写成一组七言绝句,共七十二首。这是其中第十六首,经北宋旧都汴京时作。本诗以北宋时的皇城御街为背景,形象生动地描绘出一幕汴京父老遇到南宋使节时的感人场景,表现了他们的痛苦处境和渴望南宋收复中原的热切心愿。作者写这首诗时,汴京沦陷已经四十余年,父老们年年盼望南宋军队打回老家。可是"年年"盼望,"年年"失望。如今见到南宋的故国使者,他们不禁哽咽难语,急切地询问:"几时真有六军来?""年年""真有"皆为传神之笔,既表达了中原父老渴盼王师的急切心情,也包含着许多疑惑和强烈的责备。至于这首诗所写在当时金人统治之下,也许并不是真实的场面,但却是沦陷区广大人民真实而强烈的心声。潘德舆评曰:"沉痛不可多读。此则七绝至高之境,超大苏而配老杜者矣。"(《养一斋诗话》)所言甚确。

四时田园杂兴

土膏欲动雨频催,万草千花一饷开。
舍后荒畦犹绿秀,邻家鞭笋过墙来。

昼出耘田夜绩麻,村庄儿女各当家。
童孙未解供耕织,也傍桑阴学种瓜。

采菱辛苦废犁锄,血指流丹鬼质枯。
无力买田聊种水,近来湖面亦收租。

新筑场泥镜面平,家家打稻趁霜晴。
笑歌声里轻雷动,一夜连枷响到明。

注释

〔土膏〕土地中的膏泽。《国语·周语上》:"阳气俱蒸,土膏其动。"这句谓春来解冻,地气回苏,土地润泽。〔一饷〕同"一响",顷刻。〔鞭笋〕指竹根上生出的新笋。鞭,竹根。〔绩麻〕把麻搓成线。〔各当家〕各当行,各顶一行。〔未解〕不懂,不会。〔供〕从事。〔傍(bàng)〕靠近。〔血指流丹〕指手指被菱刺破而流血。〔鬼质枯〕形容人的枯瘦。〔聊〕姑且。〔种水〕指在湖面种菱。〔场〕打稻子用的场地。〔趁霜晴〕趁着霜后的晴天。〔连枷〕打稻脱粒用的农具。

解读

《四时田园杂兴》是范成大晚年退居石湖时写下的大型田园组诗。原诗共六十首,前有序云:"淳熙丙午(淳熙十三年,

1186），沉疴少纾，复至石湖旧隐，野外即事，辄书一绝，终岁得六十篇，号《四时田园杂兴》。"可见是在一年之中陆续写成的。组诗分"春日""晚春""夏日""秋日""冬日"五组，每组十二首，反映了农村生活的各个方面，有些作品还在一定程度上触及了封建剥削下农民的苦难，被称为中国古代田园诗的集大成者。作者也因此获得"田园诗人"的桂冠。这里选的分别是组诗的第二、三十一、三十五、四十四首。这四首诗，可以说是组诗中最出名的。第二首写初春景象。前二句是全景描写。后二句收缩视野，从小处着笔，写邻家地下的竹根悄悄地过墙破土而出，与叶绍翁"春色满园关不住，一枝红杏出墙来"（《游园不值》）异曲同工，更富于泥土气息。第三十一首写夏日农忙的情景。前二句写农村中家家男耕女织，十分繁忙。后二句写儿童也在桑树下模仿大人种瓜，则给这幅农家夏忙图顿添了无限生机和乐趣。第三十五首写农民所受的沉重剥削。住近太湖的贫民，没有力量买田地，只得靠种菱过日子，没想到官府连"湖面"也要收租。无孔不入的残酷盘剥，几乎要把农民逼上绝境。唐代杜荀鹤有《山中寡妇》诗，可对照。第四十四首写农家收获的热烈场面。尤其是末二句，抓住歌笑声和一夜连枷声，把农民连夜打稻子的情景写得那么生动逼真，从中可以看出他们喜获丰收的欢乐心情。

周必大

周必大(1126—1204),字子充,又字洪道,号省斋居士,晚号平园老叟,庐陵(今江西吉安)人。绍兴二十一年(1151)进士。官至左丞相,封益国公,以少傅致仕。卒谥文忠。学问淹博,著书多至八十一种。其诗格调淡雅,但气骨稍弱。有《周文忠公全集》。

入直召对选德殿,赐茶而退

绿槐夹道集昏鸦,敕使传宣坐赐茶。
归到玉堂清不寐,月钩初照紫薇花。

注释

〔敕使〕宫内给皇帝传达命令的官员。 〔玉堂〕指翰林院。〔紫薇花〕亦称百日红,古代翰林院习惯于种植此花。

解读

古时官员到皇宫内值班叫作"入直",被皇帝召去议事叫"召对"。选德殿是南宋都城临安的宫殿名。周必大"入直召对选德殿"事,在《宋史》本传及《四朝闻见录》等书中均有记载。本诗即为此事而作。作者题下原注:"辛卯七月四日"。辛卯即宋孝宗乾道七年(1171),时作者任翰林学士。被皇帝召入宫内议事,对于一个臣子来说，乃莫大的荣幸。难怪诗人蒙召见后感动得简直不能入睡，并赋诗以抒怀。诗的首尾两句是写景。首句写傍晚入宫途中所见，末句写回到翰林院后所见，但画面上前者冷暗，后者明丽，景物色调之不同，正透露出诗人被召见前后心情之不同。中间二句是叙事和抒情。一个"清"字，写出诗人被召见后神清气爽、精神振奋的感觉。"不寐"二字，更见其心潮起伏，激动不已。全诗写得幽雅别致，富有诗情画意，没有一点世俗气。

尤 袤

尤袤(1127—1194),字延之,号遂初居士,无锡(今属江苏)人。绍兴十八年(1148)进士,曾任泰兴(今属江苏)知县,率军民抵抗金兵,保全城池。官至礼部尚书兼侍读。诗与杨万里、范成大、陆游齐名,为中兴四大家之一。作品多已散佚,现有辑本《梁溪遗稿》。

题米元晖潇湘图二首

万里江天杳霭,一村烟树微茫。
只欠孤篷听雨,恍如身在潇湘。

淡淡晓山横雾,茫茫远水平沙。
安得绿蓑青笠,往来泛宅浮家。

注释

〔米元晖〕即米友仁,字元晖,人称"小米",其父米芾称"大米",均为宋代著名书画家。 〔潇湘图〕即米元晖代表作《潇湘白云图》。 〔杳霭〕深远无际的样子。 〔篷〕船篷,这里指船。〔蓑(suō)〕蓑衣,用草或棕制成的防雨用具。 〔笠〕斗笠,用竹或草编的帽子。　〔泛宅浮家〕以船儿为家,往来于江湖之间。

解读

尤袤这两首诗,题于米元晖所画《潇湘白云图》后。诗中既对画中景物作具体描写,又抒发了自己的观感。这两首题画诗虽可独立成篇,但在画中景物的描写上又前后互补,紧密结合。前一首,诗人先从大处着笔,写"万里江天"的深远无际,次句又以"一村烟树"写小景、近景。仅用十二个字,便表现出小米山水的特点。三、四句倒装,写诗人看画的主观感受,就好像置身于潇湘之间。后一首,第一、二句是对第一首前两句的补写。一句写山,一句写水,极为生动传神。诗人面对画中的美妙境界,顿生归返自然的遐想,于是写出后两句:"安得绿蓑青笠,往来泛宅浮家。"然而,真正要弃官归隐,又有许多实际困难。"安得"二字,表露出这种矛盾的心情。这两首诗妙在从画境中荡漾出诗情画意,很富有文人情趣,而在体裁上又是中国诗史上并不多见的六言绝句,更属难得的佳作。

杨万里

杨万里(1127—1206),字廷秀,号诚斋,吉州吉水(今属江西)人。绍兴二十四年(1154)进士。在高宗、孝宗、光宗三朝,历任太常博士、太子侍读,迁秘书监,又出任江东转运副使。宁宗朝,以宝谟阁学士致仕。韩侂胄当权,他家居十五年不出,最后忧愤成疾而卒。诗初学江西派,后又专学王安石绝句,继而又学晚唐体,最后才悟出"活法",形成具有独特风格的"诚斋体"。与尤袤、范成大、陆游并称南宋四大家。有《诚斋集》。

闲居初夏午睡起二绝句(其一)

梅子留酸软齿牙,芭蕉分绿与窗纱。
日长睡起无情思,闲看儿童捉柳花。

注释

〔留酸〕梅子未曾熟透时,食后尚有余酸留在口内。 〔软齿牙〕因食酸物而牙齿觉软,俗称"倒牙"。 〔"芭蕉"句〕言芭蕉初长,映在窗纱上,似将绿色分给了窗纱,使窗纱格外新绿。〔日长〕指白天时间长。 〔无情思(sì)〕无情无绪。 〔柳花〕柳絮。

解读

此诗作于乾道二年(1166),诗人当时因服父丧在吉水家居。原诗有两首,这里选一首。诗写初夏景物和作者的闲适心情。善于捕捉稍纵即逝的景物和生活瞬间,是杨万里的特长。这首诗一开始,作者便抓住了"初夏"景色的特点,入题自然。两句中,一个"留"字,一个"分"字,看似不着力,却十分真切、精致。因为"留酸"与"分绿"只有在极静穆的环境中和极闲适的心境下才可能感知的,由此表现了一个恬静的境界。后两句写初夏午睡起来之后的情态,用"无情思"三个字点明,又用"闲看"二字加以衬托,更见其闲适懒散。至于"捉"字,则活生生地描出了儿童的天真、活泼,同时也表现出诗人对童心的向往。全诗写得风趣轻快,充满着一种闲适的美。

夏 夜 追 凉

夜热依然午热同,开门小立月明中。

竹深树密虫鸣处,时有微凉不是风。

注释
〔"夜热"句〕说夜间仍然和中午一样热。 〔小立〕站立一会儿。

解读
这首写夏夜纳凉的诗,是乾道五年(1169)杨万里在吉水作。"追凉",即觅凉、纳凉。诗的前两句,写夏夜之热。按理说夜里应当比白天要凉快一些,然而这里的"夜热"竟然与"午热"一样,可见气候炎热非同寻常。次句写出门赏月,也是为了纳凉。但"小立"二字说明门外也并不凉爽。第三句"竹深树密虫鸣处",终于使诗人觅取了凉。不过,这种凉意并不是风吹来的,而是来自宁静的心境,所谓"心静自然凉"也。结处以"微凉不是风"之常语写出夜深气清、静中生凉的自然气息与切身感受,颇耐咀嚼。陈衍《宋诗精华录》评此诗:"若将末三字掩了,必猜是说什么风矣,岂知其不是哉!"这首诗的好处就在于"浅意深一层说,直意曲一层说"。全诗语言平白如话,既真切又出人意表。

小 池

泉眼无声惜细流,树阴照水爱晴柔。
小荷才露尖尖角,早有蜻蜓立上头。

注释

〔泉眼〕泉水的出口。 〔惜〕爱惜。 〔晴柔〕晴天里柔美的风光。 〔尖尖角〕指荷叶刚露出尖角,尚未舒展开。

解读

此诗为淳熙三年(1176)作于吉水,当时杨万里闲居在家。诗以清新灵活的笔调,勾勒出一幅意趣盎然的初夏荷塘景色图,表现了诗人静观自得的审美情感。题为《小池》,诗人先从池边景物写起:泉眼无声,细流涓涓,树阴照水,晴光柔和,真是一幅恬静的画面。这两句,妙在用一个"惜"字,一个"爱"字,赋予"泉眼""树阴"以生命,化无情为有情。后两句写池中景物,更是妙趣横生。诗人仿佛是一位高明的摄影家,抓住蜻蜓停在荷尖上这一瞬间的景色,给予特写和点化,使这个夏日小池给人留下极其生动而秀美的印象。"才露"与"早有"呼应,不仅表现了自然景物之间的相互依存与和谐,而且为全诗增添了几分生趣。全诗四句,小巧玲珑,天真妩媚,生机盎然,而又取景快捷,境界全出。可以看出,作者的观察力和语言的表达能力是惊人的,正如钱锺书先生在《谈艺录》中所说:"诚斋则如摄影之快镜;兔起鹘落,鸢飞鱼跃""眼明手捷,踪矢蹑风,此诚斋之所独也"。

插 秧 歌

田夫抛秧田妇接,小儿拔秧大儿插。
笠是兜鍪蓑是甲,雨从头上湿到胛。
唤渠朝餐歇半霎,低头折腰只不答。
秧根未牢莳未匝,照管鹅儿与雏鸭。

注释

〔笠〕斗笠。 〔兜鍪(dōu móu)〕古代兵士所戴的头盔。〔蓑(suō)〕蓑衣,用棕毛编织而成。 〔甲〕兵士穿的护身铁衣。〔胛(jiǎ)〕肩胛,肩膀。 〔渠〕他,指农民。 〔半霎(shà)〕一会儿。 〔莳(shí)〕移栽,插秧又叫莳秧。 〔匝(zā)〕完毕。〔照管〕照料,看管。 〔雏鸭〕小鸭。

解读

这首诗是诗人于淳熙六年(1179)四月初离常州回故乡吉水,途经衢州(今属浙江衢州)时所写。诗以极其灵活的手法,生动细致地描写了插秧农民紧张劳作的情景。插秧是时间性很强的农活。为了不误农时,赶插赶种,农夫不仅要全家动员,而且往往要请人帮忙。开头二句所写就是全家男女老少一齐动手,进行紧张劳动的场景:小儿拔,父抛,母接,大儿插。三四句通过对雨具和雨势的刻画,表现了插秧劳动的艰苦。诗人将斗笠、蓑衣比喻为头盔、铠甲,把农家男女大小描绘成全副武装的战士,是为了更好地表现他们与天地奋斗、吃苦耐劳的精神。后四句则借农民夫妇的对话,进一步表现出农家的勤劳和农事的紧张。全诗用自然活泼的口语写成,描画细致,情趣盎然,富有农村生活气息。

初入淮河四绝句(其一、其三)

船离洪泽岸头沙,人到淮河意不佳。
何必桑干方是远,中流以北即天涯。

两岸舟船各背驰,波痕交涉亦难为。
只余鸥鹭无拘管,北去南来自在飞。

注释

〔洪泽〕湖名,在今江苏、安徽间,和淮河通连。作者由此入淮河。 〔桑干〕河名,又名卢沟河,即今永定河。发源于山西,流经北京西南,至天津入海。 〔两岸〕淮河两岸。北岸属金国,南岸属南宋。 〔背驰〕背道而驰。 〔波痕交涉〕指水波交叉。 〔难为〕难以办到。这句是说以淮河中流为界,不得相犯,连水中波纹也不许两相交错。 〔拘管〕拘束,限制。

解读

淳熙十六年(1189)冬天,金国派使臣来贺明年正旦,杨万里奉派为接伴使,去淮河迎接。自绍兴十一年(1141)的宋金和议签订后,淮河中游成了两国不可逾越的分界线。作者来到这里,不禁百感交集,写下了这组充满爱国情思的诗篇。原作四首,这里选录两首。第一首写诗人入淮河时的心情。诗人从江苏的洪泽湖出发北上,进入淮河便意识到了边境,感到很悲伤。从前人们每说到塞北时,总以远到桑干河为最远之地,唐代诗人刘皂就有"无端更渡桑干水,却望并州是故乡"(《旅次朔方》)句。而到了南宋,原为心腹之地的淮河,竟然成了宋、金两国的分界线。近在咫尺的国土,已变成远在天涯的异域。目睹如此景况,怎不令诗人感到悲愤?诗的后两句,概括而形象地说明了"意不佳"的原因,语浅而意深。第二首即原诗的第三首,写淮河成了"界河",两岸人民丧失交往自由。作者来到淮河,亲眼见到由于南北分割,淮河两岸宋金两国行舟都背道而驰,连淮河的水也似乎分成两半,各流各的,互不干涉。这两句把两岸对垒、南北分隔的情形写得很透彻。三四句以鸥鹭的自由飞翔来反衬淮河人民极不自由的痛苦,情蕴更深。"只余"二字很值得寻味。

过松源晨炊漆公店

莫言下岭便无难,赚得行人错喜欢。
正入万山圈子里,一山放出一山拦。

注释

〔松源〕地名，在江西弋阳、安仁(今江西鹰潭市余江区)两地之间。 〔赚得〕骗得。 〔错喜欢〕空喜欢。 〔放出〕走出。 〔拦〕阻挡。

解读

绍熙三年(1192)作者在江东转运副使任上，春间行经江西弋阳境内，作此诗。本题共有六首，这是第五首。诗写作者山行的感受，给人以人生哲理的启示。俗话说："上山容易下山难。"而诗人运用欲抑先扬的手法，把笔下曲折回环的山景写活了。"莫言"二字表明他对"下岭便无难"的说法的否定。在诗人看来，翻过一岭之后，前路仍有艰难。这一句是全诗的主旨所在。第二句补足首句，说行人是被自己的主观愿望所骗，只能是一场空喜欢。三四句是对"错喜欢"作出解释，并呼应首句。原来当自己翻过一座高山之后，才发觉正处于"万山圈子里"，要想走出这个圈子，到达行程的目的地，不知要翻越多少重山岭，会遇到多少个险阻。"一山放出一山拦"，山行如此，人生的征途又何尝不是如此呢？一个人应该把前进道路上的困难多想一点，否则将会被"赚得""错喜欢"！这首诗所描写的景象，并不奇特。但由于结合着诗人的感受写景，所以显得特别生动，不落俗套，极富理趣。

萧德藻

萧德藻,字东夫,号千岩老人,闽清(今属福建)人。绍兴二十一年(1151)进士,曾为乌程(今浙江湖州)县令,知峡州(治所在今湖北宜昌)。他跟曾几学过诗,又是姜夔的老师,在当时诗名很大,与陆游、范成大、尤袤并称,杨万里称其诗"工致"。有《千岩择稿》,已佚,作品见《宋诗纪事》。

登 岳 阳 楼

不作苍茫去,真成浪荡游。
三年夜郎客,一柁洞庭秋。
得句鹭飞处,看山天尽头。
犹嫌未奇绝,更上岳阳楼。

注 释

〔岳阳楼〕见黄庭坚《雨中登岳阳楼望君山》注。 〔苍茫〕旷远无边貌。 〔浪荡〕放浪游荡。 〔夜郎〕古国名,在今贵州西部。这里当指峡州,诗人曾知峡州,地近古夜郎国,故称"夜郎客"。 〔柁〕同"舵",这里代指船。 〔"犹嫌"二句〕用王之涣《登鹳雀楼》"欲穷千里目,更上一层楼"句意。

解读

这首诗题为"登岳阳楼",但诗人不从正面着笔,而只写登楼以前的浪游,寓慨尤深。这是一首五言律诗。首联以感慨起笔,说自己多年来宦海沉浮,最终不能如愿以偿,却在洞庭一带游荡。次联紧承上联,叙写别处的游历,寄寓身世之感。第三联写翩然飞舞的白鹭激起了作诗的灵感,又见青山隐现在天的尽头,境界阔大,富于诗情画意。末联点题登楼,从而使前面的描写皆成了铺垫。诗对岳阳楼虽未作正面描写,而其为天下绝景自见。陈衍《宋诗精华录》评云:"作者手笔,直兼长吉(李贺)、东野(孟郊)、阆仙(贾岛)而有之,卢仝长短句不足况,宜诚斋之一见推许也。"就诗造句之工致、构思之独特来看,这话是对的。

樵　夫

一担干柴古渡头,盘缠一日颇优游。
归来涧底磨刀斧,又作全家明日谋。

注释

〔樵夫〕打柴的人。　〔盘缠〕本指旅费,这里作"开销"解。〔优游〕这里是宽裕的意思。这句是说卖掉一担柴的钱,才够一天的开销。　〔谋〕打算。

解读

此诗写樵夫为谋生计而辛劳的情状,表达了作者对樵夫生活的同情。诗前两句写樵夫到渡口去卖柴,可是卖掉一担柴只可供一家人一天的开销。如果哪天樵夫病了,或者打来的柴卖不出去,那么他全家就得挨饿。作者虽然没有具体描写樵夫生活的境况,但从"盘缠一日颇优游"一句可以看出,他一家的经济来源是极有限的。后两句写樵夫刚卖柴归来,又为明天的生活忙个不停,磨刀、打柴、卖柴,天天如此,樵夫的辛勤劳累于此可见。诗中刻画的樵夫形象,具有典型性。

古 梅 二 首(其一)

湘妃危立冻蛟脊,海月冷挂珊瑚枝。
丑怪惊人能妩媚,断魂只有晓寒知。

注释

〔湘妃〕舜之二妃娥皇、女英,传说死后成为湘水之神。这里比喻梅花。 〔危立〕高立。 〔冻蛟脊〕冻僵的蛟龙背脊,这里用来比喻梅树的枝干。 〔珊瑚〕海中动物,因其骨骼相连,形如树枝,故又名珊瑚树。 〔丑怪〕指古梅的状貌而言。〔妩媚〕指古梅的神韵而言。 〔断魂〕销魂。

解读

这是一首咏写水边古梅的诗,陈衍《宋诗精华录》评云:"梅花诗之工,至此可叹观止,非和靖(即林逋)所想得到矣。"诗咏凌晨的古梅。一二两句以比喻状写古梅的奇特姿态,不仅形象生

丑怪惊人能妩媚,断魂只有晓寒知。

动,而且从"危立""冷挂"的背后传出了梅花之神。第三句于古梅的"丑怪惊人"中见其"妩媚"之致,立意颇为深刻。末句说梅花动人心神之处,只有那清晨的寒风才知道,更写出了它不畏冰霜、傲然独处的性格,与林逋《山园小梅》诗"粉蝶如知合断魂"之句有异曲同工之妙。元人方回称萧德藻诗"苦硬顿挫而极其工"(《瀛奎律髓》),此诗体现了他的奇峭风格。

王 质

王质(1127—1189),字景文,号雪山,郓州(治今山东东平)人,后徙居兴国(今属江西)。绍兴三十年(1160)进士。孝宗朝,为枢密院编修官,出判荆南府,不就,后奉祠山居。其诗流畅而稳健,律诗对仗尤工。有《雪山集》。

山 行 即 事

浮云有空碧,来往议阴晴。
荷雨洒衣湿,蘋风吹袖清。
鹊声喧日出,鸥性狎波平。
山色不言语,唤醒三日酲。

注释

〔议〕商议。 〔荷〕指荷叶。 〔蘋风〕指从水面浮萍之间吹来的风。宋玉《风赋》:"夫风生于地,起于青蘋之末。""蘋"即浮萍,其大者为蘋。 〔鹊〕喜鹊,生性喜干厌湿,故又叫"干鹊"。 〔喧〕声音大而杂。 〔狎(xiá)〕戏弄。 〔酲(chéng)〕酒醉神志不清的样子。

解读

这首诗写"山行"过程中的经历、见闻和感受,十分生动、精妙。首联写天气,妙在一个"议"字。浮云在天上飘动,被诗人说成是"来往议阴晴"。"议"就是商量、讨论,宋人诗词中常用这种拟人化的手法表现天气的阴晴不定,如"断云归去商量雨"(林希逸《秋日凤凰台即事》),"云来岭表商量雨"(潘牥《郊行》),"数峰清苦,商略黄昏雨"(姜夔《点绛唇》)等。而王质此诗不仅把碧空中游动的浮云人格化,而且以"议阴晴"贯穿全篇,更见功力。颔联承"阴"而来,写下雨:微雨洒湿衣裳,身带两袖清风,给行在山间小路上的诗人带来了一阵凉意。颈联承"晴"而来,写雨过天晴:喜鹊在阳光下喳喳喧闹,鸥鸟也在风平浪静的水面上尽情游耍。尾联写山色无语,却能唤醒诗人三日酣醉。这种主客观充分交融的愉快画面和苏轼的《新城道中》一诗很相近,读来令人赏心悦目。

朱 熹

朱熹(1130—1200),字元晦,一字仲晦,号晦庵,别称紫阳,徽州婺源(今属江西)人。绍兴十八年(1148)进士。历知南康军、秘阁修撰、宝文阁待制等职。他一生以讲学为主,著述甚富,是宋代著名的理学家。其诗清新自然,多富于理趣。有《朱文公文集》。

春　　日

胜日寻芳泗水滨,无边光景一时新。
等闲识得东风面,万紫千红总是春。

注释
〔胜日〕原指节日或亲友相聚之日,此指春光明媚的日子。〔寻芳〕赏花观景。　〔泗水〕在山东省中部。源出山东泗水县东蒙山南麓,因四源并发而得名。孔子曾居洙、泗间教授弟子,死后葬于泗上。　〔光景〕风光景物。　〔一时新〕面目一新。〔等闲〕寻常,随便。　〔识得〕见到。

解读
这首诗看上去像是游春踏青之作,其实是一首借景说理的作品,字里行间流露出诗人初悟道时的无比喜悦之情。题作"春日",首句点明春游的天气和地点。但句中所说的泗水之滨,南宋时已沦入金人之手,朱熹绝不可能到那里去"寻芳",故这里的"泗水"实暗指孔门,"寻芳"即求圣人之道。次句写春日寻芳的所见所感。其中一个"新"字,既是写春回大地、万象更新的景象,也是比喻他求道忽有所得。后两句把赞叹之情寓于议论之中,启发引导人们从寻常自然景物中感悟哲理情趣。"万紫千红总是春"一句,至今仍被人们传诵、引用。

观书有感二首

半亩方塘一鉴开,天光云影共徘徊。
问渠那得清如许?为有源头活水来。

昨夜江边春水生,蒙冲巨舰一毛轻。
向来枉费推移力,此日中流自在行。

注释

〔一鉴开〕像打开了一面镜子。形容池水的澄澈明净。鉴,镜子。 〔渠〕他,指方塘。 〔如许〕如此。 〔为〕因为。〔活水〕经常流动的水。 〔蒙冲〕亦作"艨艟",古代的一种战船。 〔向来〕原来,指春水上涨之前。 〔枉费〕白白地浪费。〔中流〕江心。

解 读

这两首诗大约作于绍兴三十二年(1162)前后,写作者读书治学的心得体会。朱熹的三传弟子王柏说,"前首言日新之功,后首言力到之效",但全借优美的自然景象来表达,寓理于景,十分耐人寻味。第一首以池塘活水作比,说明一个人要获得知识,做到事理通达,心地澄明,就得不断地读书学习,接受新事物。诗中的意象给人以美的享受,而讲的道理,又能给人以哲理的启迪。第二首揭示了一个近乎"水到渠成"的哲理。前两句写春水上涨时大船在江上航行的情景,后两句写"春水生"之前,"蒙冲巨舰"搁浅在江边,多少人费力气推也推不动,可当江中春水涨满时,就轻如鸿毛,不费力即可令其"中流自在行"。诗中写的是江上行船,其意在说明做学问和做其他事情一样,初学时需要花大力气,到后来条件成熟了,做起来就会很容易。这两首诗虽是说理,但由于作者从自然界和社会生活中捕捉了形象,让形象本身说话,没有理学家的头巾气,所以被陈衍评为"寓物说理而不腐之作"(《宋诗精华录》),历来受人称道。

林 升

林升,字梦屏,温州平阳(今属浙江)人。约生活于孝宗淳熙(1174—1189)间。善诗文,与叶适有交往。今存诗一首。

题临安邸

山外青山楼外楼,西湖歌舞几时休?
暖风熏得游人醉,直把杭州作汴州。

注释

〔临安〕今浙江杭州,南宋首都。 〔邸(dǐ)〕旅店。 〔熏〕熏陶,侵染。 〔直〕简直。 〔汴州〕即北宋都城汴京,在今河南开封。

解读

据明人田汝成《西湖游览志余》记载,这首诗题写于临安一家旅店的墙壁上。诗对南宋统治者纸醉金迷的偏安生活进行了辛辣的讽刺和无情的揭露,表达了广大人民和爱国志士的无比愤慨。宋孝宗淳熙年间(1174—1189),是宋金两国"议和"之后南北相峙时期,宋高宗南渡后建都临安,至此已将近半个世纪。南宋统治者只图苟安江南,过着醉生梦死的生活,而丝毫没有收复中原之意。此诗即针对这一现实而发。诗从写景入手,开篇即向读者展示了一幅歌舞升平的繁华图。山外有山,楼外有楼,这是从空间上写其广大,使人想象当时临安城景色的秀美和楼台的鳞次栉比。次句从时间上写歌舞之无休止,而以问句出之,显得特别含蓄而有力。它不仅揭露了南宋统治者的享乐腐化,也反映出爱国志士的愤慨,同时,也是对南宋统治者提出忠告:这样下去,迟早是要亡国的。后两句又承上意而下,感叹社会上下文恬武嬉,不思恢复的风气。尤其是结句将杭州与汴州并举,隐含对国势的忧虑和对当局的警告,足以发人深省。全诗写得情景交融,含蕴甚富,感慨极深。

章 甫

章甫,字冠之,自号易足居士,鄱阳(今属江西)人。徙居真州(治今江苏仪征)。曾与张孝祥、陆游等交往。其诗受杜甫、苏轼的影响。有《自鸣集》。

湖 上 吟

谁家短笛吹杨柳?何处扁舟唱采菱?
湖水欲平风作恶,秋云太薄雨无凭。
近人白鹭麾方去,隔岸青山唤不应。
好景满前难着语,夜归茅屋望疏灯。

注释
〔杨柳〕指《折杨柳》的曲子,古乐曲名,内容多表现伤别之情。 〔采菱〕指《采菱曲》,多描写江南水乡的自然风光和采菱妇女的生活。 〔雨无凭〕不可能下雨。无凭,没有根据。 〔近人〕接近、靠近人。 〔麾〕同"挥",驱赶。 〔"隔岸"句〕是说在船上对着隔岸的青山呼唤,却没有一点回声。 〔难着语〕难以用语言文字来形容。 〔疏灯〕疏疏落落的灯火。

解读
这首诗所描写的是诗人客居他乡,秋雨泛舟湖上的见闻与感受,具有较高的审美价值。全诗八句,前六句写泛舟湖上的情景。诗人选取了扁舟、湖水、秋云、白鹭、青山等一连串景物,并以表达乡愁离绪的《杨柳》《采菱》的乐声穿插其中,从而构成一幅有声有色、情景交融的画面。末尾两句写游湖的感受。面对眼前的许多美景,诗人一时难以找到恰当的语言来形容,晚上回到所寄居的茅屋,望着窗外疏疏落落的灯火仍在苦思冥想。"难着语"与"望疏灯"的描写,生动含蓄,韵远情长,给人留有想象的余地。此诗不仅内容丰富,画意鲜明,而且严谨的格律和闲适的情趣和谐统一,具有很强的艺术感染力。

刘 过

刘过(1154—1206),字改之,号龙洲道人,吉州泰和(今属江西)人。平生以功业自诩,力主抗金复国,然屡试不第,流拓江湖,为客以终。与陆游、辛弃疾、陈亮有交往。其词豪放不拘,诗亦有名。有《龙洲集》《龙洲词》。

夜思中原

中原邈邈路何长,文物衣冠天一方。
独有孤臣挥血泪,更无奇杰叫天阊。
关河夜月冰霜重,宫殿春风草木荒。
犹耿孤忠思报主,插天剑气夜光芒。

注释

〔邈(miǎo)邈〕遥远的样子。 〔文物〕指国家的礼乐、典章制度及古代流传下来的器物等。 〔衣冠〕指士绅、世家大族。 〔孤臣〕作者自指。 〔天阊〕天门。阊,即阊阖,传说中的天门,亦指皇宫的正门。 〔关河〕指中原的山河。 〔宫殿〕指北宋汴京的宫殿。 〔耿〕昭明。 〔报主〕报效皇帝。 〔插天剑气〕指宝剑的光芒直冲云天。《太平御览》引《雷焕别传》说:晋代张华夜观天象,见斗牛之间有一股异气,便问雷焕见到没有,雷焕说此谓宝剑之"气"。后来人们便用剑气比喻人的声望或才华。

解读

刘过虽以布衣终身,却一直不忘恢复中原,报效国家。此诗正是表达了他这样一种情怀,是一首感人的爱国诗作。首联紧扣题目中的"思"字,写他怀着沉痛的心情眺望已经沦陷数十年的中原,表达对汴京的怀念。颔联追忆当年自己曾泣血上书,力主北伐;慨叹如今再也没有奇特的豪杰像他那样上书朝廷,陈述恢复方略。颈联宕开一笔,具体描写中原沦陷区的荒凉冷落,而以"夜月""春风"点染,增强了诗的形象性和感染力。末联以抒怀写自己忠心报国之志作结,使全诗悲中见壮。此诗虽为七律,但写来开阖变化,气势酣畅,似乎不受格律的束缚。

姜 夔

姜夔(1155—1221?),字尧章,号白石道人。饶州鄱阳(今属江西)人。一生未仕,往来于鄂、赣、皖、苏、浙间,靠友人接济为生。他是南宋著名的词人,精通音律,能自度曲。诗学黄庭坚、萧德藻,为杨万里所称。又擅书法。有《白石道人歌曲》《白石道人诗集》等。

除夜自石湖归苕溪

细草穿沙雪半销,吴宫烟冷水迢迢。
梅花竹里无人见,一夜吹香过石桥。

黄帽传呼睡不成,投篙细细激流冰。
分明旧泊江南岸,舟尾春风飐客灯。

笠泽茫茫雁影微,玉峰重叠护云衣。
长桥寂寞春寒夜,只有诗人一舸归。

注 释

〔除夜〕除夕,即农历十二月最后一天的晚上。 〔石湖〕在苏州西南吴县与吴江之间,风景优美,范成大晚年退隐于此。
〔苕溪〕指姜夔当时住家的湖州(今属浙江),因境内苕溪得名。
〔吴宫〕指春秋时吴国宫殿的遗址,在苏州附近,太湖之滨。
〔迢迢〕遥远的样子。 〔石桥〕在苏州附近。 〔黄帽〕指船夫。汉代船夫都戴黄帽,号称"黄头郎"。 〔传呼〕行船时互相打招呼。 〔激〕碰击。这句说下篙撑船,竹篙将水面的流冰打成碎块。 〔"舟尾"句〕谓春风把船尾的灯吹得摇摆不定。飐(zhǎn),吹动。 〔笠泽〕太湖的别名。 〔玉峰〕白雪覆盖的山峰。 〔护云衣〕披了白云制作的衣服,即被云气缭绕。
〔长桥〕即垂虹桥,在今苏州吴江,始建于北宋。欧阳修《六一诗话》:"松江新作长桥,制度宏丽,前世所未有。" 〔舸(gě)〕小船。

解读

绍熙二年(1191)冬,姜夔冒雪到苏州石湖拜访范成大,住了一个月,直到除夕之夜才乘船返回湖州。诗人将归途中的所见所感写成十首绝句,这里选录的是组诗中的第一、三、七首。这组诗是姜夔七绝的代表作。第一首写归途即景,反映作者对于石湖的留恋之情。全诗仅二十八个字,却精选了细草、沙岸、残雪、吴宫、烟水、梅花、竹丛、石桥等八种景物,而对主景梅花却以虚笔传神,尤见清幽空灵。第三首写深夜行舟。前二句写舟行所闻,后二句写舟行所见,在这仿佛是旧景依然的夜境中,诗人别有会心地感觉到春意的来临。第七首写夜渡太湖。前二句写望中远景,后二句写近景,辽远、渺茫的山水,寂寞的长桥,除夕的寒夜,诗人扁舟独归,只有天边的孤雁与他彼此映衬,其心境的幽寂索寞于此可见。在这三首诗中,不仅形象地描绘了诗人沿途所见的种种景物,而且还抒写了他对这些景象强烈的感受。诗的构思高妙,画面生动,清新别致,确有无穷韵味。难怪杨万里对这组诗极为称赏,认为"有裁云缝月之妙思,敲金戛玉之奇声"(陈振孙《直斋书录解题》引)。

过　垂　虹

自作新词韵最娇,小红低唱我吹箫。
曲终过尽松陵路,回首烟波十四桥。

注释

〔垂虹〕垂虹桥,又称长桥,在江苏苏州吴江区东。　〔新词〕指作者在范成大家所作的两首咏梅词《暗香》和《疏影》。〔韵最娇〕指词韵声调婉转动听。　〔小红〕范成大赠给作者的歌女。　〔松陵〕即吴江。　〔十四桥〕犹言许多桥。

解读

这首诗是绍熙二年(1191)除夕,作者携小红由石湖范成大家乘船归湖州,路过垂虹桥时写的,与《除夜自石湖归苕溪》是同时之作。据元代陆友仁《砚北杂志》载:"小红,顺阳公(范成大)青衣也,有色艺。顺阳公之请老,姜尧章诣之。一日,授简征新声,尧章制《暗香》《疏影》二曲,公使二妓肄习之,音节清婉。姜尧章归吴兴，公寻以小红赠之。其夕，大雪过垂虹，赋诗曰……"这就是本篇的写作背景。诗写夜间舟行的情景，字里行间流露出诗人难以掩饰的欢乐心情。前两句直叙一路填词赏曲的情况：除夕之夜，诗人带着小红，告别了范成大，在回家的船上，一个唱词，一个吹箫，欢乐无比。后两句曲终回首，不知不觉已过烟波迷蒙的座座小桥，诗人的无限快意完全融汇在这恍如仙境般的画面之中，可谓情与境谐，妙于收束。全诗轻快柔美，情韵悠长，陈衍《宋诗精华录》言其"与词近"，指的便是这一特色。

湖上寓居杂咏

湖上风恬月淡时，卧看云影入玻璃。
轻舟忽向窗边过，摇动青芦一两枝。

苑墙曲曲柳冥冥，人静山空见一灯。
荷叶似云香不断，小船摇曳入西陵。

注释

〔湖上〕指杭州西湖。 〔恬（tián）〕静。 〔玻璃〕形容清澈明净的湖面。古代所谓玻璃乃指玉石之类，非今日人工造的玻璃。南朝梁顾野王《玉篇·玉部》："玻瓈，玉也。"〔苑墙〕湖滨园林的围墙。 〔冥冥〕昏暗。 〔一灯〕据周密《癸辛杂识》

苑墙曲曲柳冥冥，人静山空见一灯。

记载,西湖四圣观前,每至黄昏后,有一灯浮水上,其色青红。〔摇曳(yè)〕摇荡。 〔西陵〕桥名,又名西泠桥,在孤山附近。

解读

这组诗作于宁宗庆元六年(1200),时作者在杭州谋官不得,寓居西湖孤山。原诗共十四首,这里选的第二、九两首,都是以湖景为主,着重写它的幽美与宁静。姜夔写《湖上寓居杂咏》这组诗时,韩侂胄正准备北伐,南宋国力还较强,所以诗人笔下的西湖还是恬静的。第二首写西湖夜景。前两句写诗人在风静月淡的夜晚,从轩窗看玻璃般的湖面上倒映着悠悠云影,境极幽美。后两句写轻舟过窗,摇动芦苇,这是静中之动,愈见其静。第九首也是写湖上夜色,但一二句所突出的是迷离幽杳的景象:苑墙曲曲,柳林幽暗,山空人静,一灯闪烁。三四句写在无边荷丛传来的阵阵幽香中,忽有一只小船摇曳而过,顿时打破了湖面的沉寂。两首诗,或寓静于动,或以动衬静,都在一种空灵澄澈的境界中寄寓了诗人向往自然、追求宁静的心境,令人玩味不尽。

路德章

路德章,约宋宁宗嘉定十三年(1220)前后在世。吕祖谦弟子。生平事迹无考。

盱 眙 旅 舍

道旁草屋两三家,见客擂麻旋点茶。
渐近中原语音好,不知淮水是天涯。

注释

〔盱眙(xū yí)〕县名,今属江苏,在淮河附近,宋金以淮河为界。 〔擂麻〕把芝麻研碎。 〔旋〕立即,马上。 〔点茶〕泡茶。泡茶时放入芝麻是当地人民敬客的习俗。 〔中原〕指淮河以北地区,当时被金人所占领。

解读

这首诗通过赞美淮河边上的风土人情,含蓄地表现出作者对南宋统治者忍辱退让、割地求和的愤懑,抒发了强烈的爱国感情。前二句写眼前所见风土人情。上句"道旁"二字,点出旅舍的位置。草屋而只有两三家,则可知淮河边上人民生活的贫困。然而下句一个"旋"字,显示了这里人民的热情好客。后二句写作者听到接近中原的语音,引起对失陷的北方故土的怀恋和痛惜之情。在这之前的杨万里曾写过《初入淮河四绝句》,其一说:"船离洪泽岸头沙,人到淮河意不佳。何必桑干方是远,中流以北即天涯。"表达的也是同一政治感慨,只不过一是直抒胸臆,一是委婉其辞而已。

叶绍翁

叶绍翁,字嗣宗,号靖逸,处州龙泉(今属浙江)人。约活动于宁宗、理宗时代,曾在朝为官,与真德秀友善。其诗清新隽永,尤以七绝著称。属江湖派诗人。有《清逸小集》《四朝闻见录》。

游园不值

应怜屐齿印苍苔,小扣柴扉久不开。
春色满园关不住,一枝红杏出墙来。

注释

〔不值〕不遇,即没有见到主人。 〔怜〕爱惜。 〔屐(jī)〕木制鞋,鞋底前后有齿以防滑。 〔小扣〕轻轻敲击。 〔柴扉〕柴门。

解读

这首小诗写的是早春景色,但作者善于从寻常景物中发掘出不平凡的哲理,给人以无穷的联想和启迪。诗的前两句,写在早春二月,诗人乘兴游园,却尝了闭门羹。但他一点也没有责怪主人之意,反而在想:也许是主人爱惜这园中苍苔,不忍心让外人带着泥渍的鞋齿印在上面吧?诗的后两句,写诗人在为不能入园而惋惜之际,忽然抬头看见一枝红杏伸出墙头,高傲地迎风摇曳。而这"出墙来"的报春红杏则又是因为"春色满园关不住"越墙而出的。一个"关"字,一个"出"字,从有限中表现出无限,令人顿时感到春意盎然,充满了活力。据钱锺书先生在《宋诗选注》中指出,此二句脱胎于陆游的《马上作》:"杨柳不遮春色断,一枝红杏出墙头。"但叶诗写园的一角,比陆诗取景小而含意深。全诗紧扣题目"游园不值"写来,不仅构思巧妙,曲折而有层次,而且景中寓理,妙趣横生,使人读之像是橄榄含口中,"真味久愈在"(欧阳修《水谷夜行寄圣俞、子美》)。

夜书所见

萧萧梧叶送寒声,江上秋风动客情。
知有儿童挑促织,夜深篱落一灯明。

注释

〔萧萧〕形容风声。 〔"江上"句〕《世说新语·识鉴》载,晋人张翰在洛阳做官,见秋风起,思念家乡吴中美味的莼菜羹和鲈鱼脍,便弃官而归。 〔挑促织〕捉蟋蟀。 〔篱落〕篱笆。〔一灯〕指儿童捉蟋蟀时点的灯。姜夔《齐天乐·蟋蟀》词中有"笑篱落呼灯,世间儿女"之句,写的便是这种景象。

解读

此诗写作者客旅之中夜间所见及由此引起的思乡之情,情景相生,诗味无穷。首句用"萧萧梧叶"和"寒声"来渲染秋夜的清冷,并用一个"送"字,静中显动,十分传神。次句写"江上秋风"触动了诗人的思乡感情。一个"动"字,把情和景巧妙地融合在一起,自然贴切。三四句转写儿童挑灯捉蟋蟀的情景,看似与一二两句不接,实则以乐景写哀情,用的是反衬法。清人陈廷焯评姜夔《齐天乐》咏蟋蟀词说:"以无知儿女之乐,反衬出有心人之苦,最为入妙。"(《白雨斋词话》)移以评此诗亦颇恰切。全诗结构采用了逆入法,先写出所感,再追述所见,三四句之间又采用了倒装的句式,使诗来势突兀,波澜顿起。如果按事情的自然顺序来写,那就平淡寡味了。

徐 玑

徐玑(1162—1214),字文渊,一字致中,号灵渊,永嘉(今浙江温州)人。为官清正,有政绩。诗学晚唐贾岛、姚合体,以清苦为工。与徐照、翁卷、赵师秀并称永嘉四灵。有《二薇堂集》。

新 凉

水满田畴稻叶齐,日光穿树晓烟低。
黄莺也爱新凉好,飞过青山影里啼。

注释

〔田畴(chóu)〕田地。 〔晓烟〕即晨雾。 〔低〕低垂,指雾气即将散去。 〔青山影里〕指阳光照射不到的地方,即山阴。

解读

这首诗描写初秋早晨的山村景物,清新优美,有声有色,宛似一幅生机盎然的水彩画。诗题为"新凉",但诗人并不直接写天气凉爽,而是通过黄莺飞过青山到山阴中去啼鸣,点出"新凉"题意。诗人赋予黄莺以人的感情和人的爱好,实际是他移情于物的一种拟人手法。全诗于清新灵巧中有婉曲之致,给人以轻松活泼之感。

赵师秀

赵师秀(1170—1220),字紫芝,又字灵秀,号天乐,永嘉(今浙江温州)人。宋太祖八世孙。绍熙元年(1190)进士,曾任上元县主簿、筠州推官等职,晚年寓居钱塘。其诗清健流利,专工五律,被推为"四灵"之冠。有《清苑斋诗集》。

雁荡宝冠寺

行向石栏立,清寒不可云。
流来桥下水,半是洞中云。
欲住逢年尽,因吟过夜分。
荡阴当绝顶,一雁未曾闻。

注释

〔雁荡〕山名,在今浙江平阳、乐清境内。 〔宝冠寺〕雁荡山十八古刹之一。 〔"清寒"句〕极言其寒冷。云,说。 〔夜分〕夜半。 〔荡阴〕雁荡山顶的湖。湖终年不涸,秋天常有雁来栖宿。雁荡山之名,亦由此来。

解读

此诗描写雁荡山的奇丽风光,创造出一种孤高幽寂的境界。

首联从"石栏立"落笔,既描绘出环境,又抒写了感受。次联写立石栏所见,妙在通过自己的联想把水与云相联系,借以展现出境的"清寒"和人的高洁,陈衍指出:"三、四句在四灵中,最为掉臂游行之句。"(《宋诗精华录》)第三联写因雁荡山风光之美,使诗人流连忘返,以致生出"欲住"之想和"吟过夜分"之举。末联点出题意。诗人立足"荡阴""绝顶",而"一雁未闻",不能不说是一种遗憾。此诗虽字斟句酌,但近于白描,写得清而不枯,淡而有味,很能体现"四灵"的诗风特色。

约　　客

黄梅时节家家雨,青草池塘处处蛙。
有约不来过夜半,闲敲棋子落灯花。

注释

〔黄梅时节〕春末夏初梅子黄熟的一段时期,我国长江中下游地区连续下雨,即此所谓"黄梅时节",或称"梅雨时节"。〔家家雨〕极言雨水之多。　〔灯花〕油灯的灯芯久燃后结成的花状物。

解读

本篇诗题一作《绝句》,一作《有约》,写的是诗人在夏夜约客下棋,久等不至的心情。诗的开头两句写室外之景,黄梅时节的雨声和青草池塘的蛙声交织成一片,构成一幅有浓郁江南地方风味的夏夜图。这样的夜晚约一位朋友来下棋消闲,真是别有一番情趣。然而"有约不来过夜半",这句切题来写室内,午夜过了,相约的朋友还不见来。末句抓住"敲棋子"和"落灯花"两个典型细节,把诗人主人公因候客不至而产生的烦闷孤独的心情刻画得细致入微。此诗内容虽很平常,但运笔轻灵,句秀意新,所以为后世所称道。钱锺书先生评此诗说:"陈与义《夜雨》'棋局可观浮世理,灯花应为好诗开',就见得拉扯做作,没有这样干净完整。"(《宋诗选注》)

翁 卷

翁卷,字续古,一字灵舒,永嘉(今浙江温州)人。淳熙十年(1183)登乡荐,后入江淮边帅幕,以布衣终。诗学晚唐,以清苦为主,多佳句,为永嘉四灵之一。有《苇碧轩诗集》。

野　　望

一天秋色冷晴湾,无数峰峦远近间。
闲上山来看野水,忽于水底见青山。

注释
〔一天〕满天。　〔晴湾〕晴日之下的水湾。

解读
这首小诗是翁卷在秋日眺望四野时即兴所作。诗中写清秋野外的水光山色,也倾注了作者闲适自在的喜悦情怀。首句点明秋季的特征,"冷"字在这里是使动用法,满天的秋色,使晴日映照下的水湾也生出了寒意。一个"冷"字,实际上已将人的感受移入。次句写远近高低的山峰,用"无数"与上句"一天"相呼应,使诗的境界显得较为阔大。前两句为纵目眺望所见,后两句写俯视。诗人想登山来赏看野水的澄澈,却意外地在水中看到青山的倒影。这两句的诗意很简单,但用一个"闲"字,一个"忽"

字,在描写上却有一波三折之妙。

乡 村 四 月

绿遍山原白满川,子规声里雨如烟。
乡村四月闲人少,才了蚕桑又插田。

注释
〔山原〕山地和平原。 〔白满川〕指河水映着天光,呈现一片白色。 〔子规〕鸟名,即杜鹃。 〔才了〕刚做完。 〔插田〕插秧。

解读
本篇作者一作谢完璧。这是一首农村即景诗,诗中描写了江南初夏时节乡村的风光和农忙的景象,充满着浓烈的生活气息。诗的前两句写景。首句用"绿""白"二字,写出了山川的美丽,且以"遍"和"满"字作程度上的修饰,使境界显得十分广阔。次句从色转到声,而声又和色交织在一起:在如烟似雾的蒙蒙细雨中不时地传来阵阵杜鹃鸟的鸣声。后两句写农事的繁忙:农民们刚刚忙完蚕事,又得冒雨下田插秧。第三句中"乡村四月"四字直接点题,"闲人少"三字与末句中的"才了"和"又"字呼应,勾勒出乡村四月一派农忙的气象,不言"忙"而"忙"意自见。此诗所写的景色和人的活动,都富有生气,有如一幅形象生动的农家图,可以与范成大的《四时田园杂兴》相媲美。

华 岳

华岳,字子西,号翠微,贵池(今属安徽)人。早年为武学生。宁宗开禧元年(1205),上书请诛韩侂胄,遭到迫害,被贬到建宁(今属福建)由地方官管束。韩死,放还。嘉定十年(1217)登武科第一,为殿前司官,后因谋除权相史弥远,下狱杖死。其诗内容充实,风格豪纵。有《翠微南征录》。

骤　雨

牛尾乌云泼浓墨,牛头风雨翻车轴。

怒涛顷刻卷沙滩,十万军声吼鸣瀑。

牧童家住溪西曲,侵早骑牛牧溪北。

慌忙冒雨急渡溪,雨势骤晴山又绿。

注释

〔翻车轴〕车指水车。水车戽水,轴翻水涌,发出声音。这里借以形容风雨之声。　〔瀑〕瀑布。　〔曲〕河湾。　〔侵早〕天刚亮。

解读

这首诗描写农村夏雨的壮观景象,有声有色,富于变化。开头二句写风雨骤至之势，以牛为中心，牛尾上犹翻卷着如浓墨泼洒的乌云，牛头上已是大雨滂沱。牛头至牛尾不过数尺之间，情景却如此不同。作者用"泼浓墨"喻云之色，用"翻车轴"形容风雨之声，既通俗易懂，又恰到好处。三四句进一步描绘雨势之骤：暴雨倾泻，溪水猛涨，汹涌的怒涛顷刻之间淹没了沙滩，山洪滚滚而下，其声犹如十万军马纵横奔驰，又似飞流直泻的瀑布在轰鸣。后四句由牛引出家住"溪西"的牧童，当夏雨来临之际，他正在溪北放牧。从牧地到住地，中间相隔一溪，路不算太远，当牧童"慌忙冒雨"赶回家，正欲渡溪时，谁知已经云去雨收，天"骤晴"，"山又绿"了。全诗紧扣一个"骤"字，写出暴雨来得"骤"，去得也"骤"，画面变化迅疾，节奏急促而有波澜，在艺术构思上很有特色。

田　　家

老农锄水子收禾，老妇攀机女织梭。
苗绢已成空欢喜，纳官还主外无多。

鸡唱三声天欲明，安排饭碗与茶瓶。
良人犹恐催耕早，自扯蓬窗看晓星。

拂晓呼儿去采樵，祝妻早办午炊烧。

日斜枵腹归家看，尚有生枝炙未焦。

注释

〔锄水〕耘田。 〔收禾〕收割禾稻。 〔攀〕牵引。 〔机〕织布机。 〔织梭〕穿梭。梭子来回移动织布。 〔纳官〕指交纳官税。 〔还主〕还地主的地租与高利贷。 〔外〕剩下。〔欲〕将。 〔良人〕古代妇女对丈夫的称呼。 〔扯〕拉开。〔蓬窗〕蓬草编织的窗门，指简陋的窗子。 〔晓星〕凌晨的星星。 〔采樵〕打柴。 〔祝〕通"嘱"，吩咐。 〔枵(xiāo)腹〕空着肚子。 〔炙(zhì)〕烤。

解读

《田家》诗共十首，这里选的是其中的第三、第四、第十首。第三首写田家所受的剥削，第四首写田家的辛苦，第十首写农民生活艰难。这三首诗写得都十分真实生动。第三首写老农。你看他们一家：男耕女织，辛勤劳动，其劳动成果除了"纳官"之外，还要"还主"。一年辛苦到头，结果是"空欢喜""外无多"。诗中写的虽是一家老农，但这种现象在当时封建剥削下却是极为普遍。宋人写这种题材的诗很多，但没有这首诗写得全面。第四首从农妇角度入手，写她已先早早起床，准备好"饭碗与茶瓶"，然后叫醒丈夫，准备出工。后两句写丈夫，因为白天劳累，还想多睡片刻，恐怕妻子催耕过早，便自己拉开窗帘看着天色到底如何。全诗纯用白话，没有雕琢和修辞之句。寥寥数语，将农家妇女及其丈夫在春耕繁忙季节的举动，恰到好处地表现出来；

同时,也表现了农家和谐温馨的家庭生活和夫妻间的真挚感情。写法上可能受了《诗经·郑风·女曰鸡鸣》"女曰'鸡鸣',士曰'昧旦'。子兴视夜,明星有烂"的影响,但各有千秋。第十首写农夫拂晓出工前,就叫儿子去打柴,又吩咐妻子早点做午饭,好让他收工回来吃,可是等到太阳偏西,他饿着肚子回到家时,饭尚未做成,原来儿子砍回来的那些树枝还没烤干,不起火。诗人选取缺柴烧这个侧面,反映农民生活的艰难,既生动,又含蓄。

戴复古

戴复古(1167—1248?),字式之,号石屏,天台黄岩(今浙江台州)人。一生未仕,长期浪游江湖,晚年归隐家乡石屏山。他是江湖诗派中的名家,诗学陆游,亦受晚唐诗风影响,清健轻快。有《石屏诗集》。

夜宿田家

簦笠相随走路歧,一春不换旧征衣。
雨行山崦黄泥坂,夜扣田家白板扉。
身在乱蛙声里睡,身从化蝶梦中归。
乡书十寄九不达,天北天南雁自飞。

注释

〔簦(dēng)笠〕雨伞和草帽。簦,一种有柄的斗笠,类似现在的雨伞。 〔歧〕岔路。 〔征衣〕旅行穿的衣服。 〔崦(yān)〕山间。 〔坂(bǎn)〕山坡。 〔白板扉〕不施油漆的木板门。白板,不施油漆的木板。扉,门扇。 〔"身从"句〕用《庄子·齐物论》庄周梦里化为蝴蝶的典故。

解读

戴复古以布衣终身,曾漫游东南各地,此诗当作于漂泊途中。诗写羁旅之感和思乡之情,反映了一位浪迹江湖的诗人的生活艰辛和凄苦。这是一首七言律诗。前两联写旅行途中的孤寂和困顿。首联写诗人只身一人,四处漂泊,只有草帽和雨伞伴随。"走路歧",是说行踪无定,迷惑了路。"旧征衣",见其风尘仆仆,衣服又旧又脏。次联写诗人顶风冒雨行走在泥泞不堪的山坡上,入夜才投宿到一家农户。后两联转入思乡。"身在乱蛙声里睡"一句过渡,接着"身从"句便借用庄周化蝶的典故,写他在梦中回到了家乡。尾联抒写乡愁,可能是借用杜甫《月夜忆舍弟》中"寄书长不达"的成句,但浑化无迹。全诗运用白描手法,通过叙事写景抒发感情,语言自然流畅,朴素真切。

江阴浮远堂

横冈下瞰大江流,浮远堂前万里愁。

最苦无山遮望眼,淮南极目尽神州。

注释

〔江阴〕今江苏江阴市,北临长江。 〔浮远堂〕在江阴城北君山上,可俯瞰长江,遥望淮水。宋高宗绍兴二十年(1150)修建,堂名取苏轼《同王胜之游蒋山》诗中"江远欲浮天"之意。〔横冈〕东西走向的山冈,指君山。 〔瞰(kàn)〕向下看,俯视。〔淮南〕指长江以北、淮河以南地区。南宋与金和议,以淮河为界。故由长江南岸的江阴北望中原,要从淮南望过去。 〔极

横冈下瞰大江流,浮远堂前万里愁。

目〕尽目力所及远望。　〔神州〕此指中原被金所占地区。

解读

此诗为作者在浮远堂北望中原失地时的感怀之作,写得沉郁悲壮,颇似杜甫的笔法。登上浮远堂,举目北望,勾起了诗人无限的哀愁。俯视大江,滔滔东流,自己的悲愁,恰如奔流万里的江水,所以说"万里愁"。后两句点明"愁"的原因,揭出主题。由于没有青山遮挡,望尽淮南平原,远处就是沦陷于金国的神州故土。中原可望而不可即,使人悲从中来。本篇借高山平川对视觉的作用提供不同条件,来表现作者内心的痛苦,立意颇为巧妙。作者尚有《盱眙北望》一诗:"北望茫茫渺渺间,鸟飞不尽又飞还。难禁满目中原泪,莫上都梁第一山。"与此诗所表达的心情是一致的,只是用语显得更加含蓄一点罢了。

淮 村 兵 后

小桃无主自开花,烟草茫茫带晚鸦。

几处败垣围故井,向来一一是人家。

注释

〔淮村〕淮河边的村庄。　〔兵后〕战乱之后。　〔无主〕没有主人。　〔烟草〕烟雾笼罩的荒草。　〔败垣(yuán)〕毁坏了的矮墙。　〔故井〕废井。　〔向来〕从来,从前。

解 读

南宋时,淮河成了宋、金两国的边境。由于金兵多次南侵,淮河两岸遭到战争的严重破坏,人民群众被迫背井离乡。此诗所写,正是战乱后江淮农村的荒败景象。春天本来是百花齐放、万紫千红的美好季节,可是屡经兵火焚掠后的江淮一带农村,却是这样一幅荒凉惨淡的图景:一株没有主人的小桃树默默地开着花,周围烟草茫茫,在天边的暮色中盘旋着噪晚的乌鸦。过去曾经是物阜民丰、人口聚居的村落,如今只剩下几处败垣废井。诗中写淮村的今昔,构成一幅对比强烈的画面,使人备见其"兵后"的荒凉,作者的爱憎之情和深沉的忧虑,亦自包含其中。

高翥

高翥(1170—1241),字九万,号菊磵,余姚(今属浙江)人。孝宗时著名游士,曾寓居杭州西湖孤山。作诗长于近体,风格清隽,时见匠心。在江湖派里是才情较高的一位。有《信天巢遗稿》《菊磵小集》等。

秋 日

庭草衔秋自短长,悲蛩传响答寒螀。
豆花似解通邻好,引蔓殷勤远过墙。

注释

〔衔秋〕带了秋意,指庭院中的小草开始泛黄。衔,含。〔蛩(qióng)〕蟋蟀。 〔传响〕鸣叫。 〔寒螀(jiāng)〕蝉的一种,形体较小,秋天鸣叫。 〔解〕懂得。 〔邻〕邻居。 〔引蔓〕伸长蔓条。 〔殷勤〕恳切深情。

解读

《秋日》共三首,此篇为第二首。诗写秋日庭院小景,寄托了作者的主观感情。首二句从草黄虫鸣揭示秋日的特点,这与一般咏秋诗没有什么不同。但首句一个"衔"字,次句一个"答"字,便把"庭草"与"秋"光,"悲蛩"与"寒螀"的关系写得十分亲切。

后二句写豆花引蔓过墙,而着以"解通邻好"和"殷勤"字样,更是移情于物,意境新鲜。本诗不仅体物工细,而且颇有情趣。尤其是后两句借越过墙头的豆荚藤蔓,表达了诗人沟通人际友好关系的美好愿望,读来饶有兴味。

杜耒

杜耒(？—1225)，字子野，号小山，盱江(今江西南城)人。曾为淮东安抚制置使许国幕客。理宗宝庆元年(1225)许国为忠义军首领李全所杀，杜耒亦死于乱军之中。诗学永嘉四灵，与赵师秀有交往。今存诗仅数首。

寒 夜

寒夜客来茶当酒，竹炉汤沸火初红。
寻常一样窗前月，才有梅花便不同。

注释

〔竹炉〕一种火炉，外壳用竹子编成，内筑黏土，中间用铁栅隔断作内膛。　〔汤〕此指茶水。　〔才有〕一有，刚有。

解读

此诗写寒夜客人来访，作者选取一些寻常可见的生活小景入诗，读来亲切自然。前二句写寒夜客来，诗人以茶代酒，与客人围在火炉前品茶叙谈，心中非常舒畅。后二句写寒夜之景：窗外明月皎洁，和平常一样，但一有梅花映照便显得不同了。月因梅开更为皎洁，主因客至格外愉悦。此是写梅，也是写客，来客与梅花的高洁写得浑然一体却又不露痕迹，手法是很高妙的。

利 登

利登,字履道,号碧涧,金川(今属四川)人。早经丧乱,流离奔徙,理宗淳祐元年(1241)始举进士,曾任宁都县尉。诗较朴素,入江湖诗派。著有《骳(bèi)稿》。

田家即事

小雨初晴岁事新,一犁江上趁初春。

豆畦种罢无人守,缚得黄茅更似人。

注释

〔岁事〕一年的农事。〔新〕开始。〔豆畦〕种植豆类的田块。〔"缚得"句〕用茅草扎成草人来驱鸟雀。

解读

这是一首描写初春田家小景的诗,题目一作"田家"。诗从"小雨初晴"的天气写起,并点出"岁事新",表明正是春耕的大好时光。次句写农夫"趁初春"到江边犁田耕种的景象,与上句的"岁事新"相照应。后二句说豆子已播种完,但由于无人看守,农夫便扎了个茅草人插在田头,用来吓走啄食的鸟雀。这本是乡间常见的景物,但经诗人略加点染,便构成了一幅色彩鲜明的农村画面,别具一番情趣。

吴惟信

吴惟信,字仲孚,理宗淳祐十年(1250)前后在世。湖州(今属浙江)人。寓居嘉定(今属上海)白鹤村。擅绝句,南宋末年有诗名。有《菊潭诗集》。

苏堤清明即事

梨花风起正清明,游子寻春半出城。
日暮笙歌收拾去,万株杨柳属流莺。

注释

〔苏堤〕杭州西湖上的一道堤,为苏轼知杭州时所筑,故名。〔即事〕有感于眼前的事物。 〔游子〕本指出门远游的人,这里指游春的人。 〔半〕大半,都。 〔笙歌〕泛指奏乐唱歌。笙,一种管乐器。 〔收拾〕收束,散掉。 〔流莺〕飞来飞去的黄莺。

解读

此诗描写清明时节西湖白天和黄昏的不同景色,反映了作者爱好自然清静的情怀。前两句写西湖白天的景象。时值清明时节,梨花雪白,春风拂煦,苏堤景色更为迷人,所以"游子寻春半出城"。"半出城"三字,使人可以想见游春那盛大的场面和热闹的气氛。后两句写到了晚上,游人散尽,笙歌消歇,堤上杨柳依依,大好的春色让飞来飞去的黄莺给独占了。诗人不直说自己对晚景的欣赏,而借万千杨柳归流莺,表达自己的神往之情,颇有意味。

陈 起

陈起,字宗之,号芸居,又自号陈道人,钱塘(今浙江杭州)人。宁宗时中乡贡第一,时称陈解元。开书肆于临安睦亲坊,与江湖派诗人广有交往,曾选刊他们的作品,名曰《江湖集》。宝庆初,因江湖诗祸而遭流配,绍定六年(1233)始得还。能诗。有《芸居乙稿》。

夜 过 西 湖

鹊巢犹挂三更月,渔板惊回一片鸥。
吟得诗成无笔写,蘸他春水画船头。

注释

〔渔板〕渔人夜间捕鱼,以长木叩舷为声,惊鱼入网。又称鸣桹(láng)。 〔一片〕犹言一群。

解读

此诗题曰"夜过西湖",但诗人并非在描写西湖夜景,而是写过西湖时偶然引发的诗兴,"语意殊不尘腐"(韦居安《梅磵诗话》)。首句点题中之"夜",写诗人夜半三更乘船经过西湖,鹊巢枝头仍挂着明月。次句写渔板声声,入眠的鸥鸟被惊飞起,又落回到原处。这两句,一静一动,有声有色。三四句写诗人灵感飞来、诗兴勃发的情状,尤为精彩。因为是"夜过西湖",客途中不备纸笔,故诗已吟成,只得用手指蘸湖水写在船头上。此诗从构思到表达都不落俗套,尤其是末句更是妙手偶得的天生言语。清翁方纲《石洲诗话》评曰:"陈起绝句,如《秋怀》《夜过西湖》之类皆工。"

刘克庄

刘克庄(1187—1269),字潜夫,号后村居士,莆田(今属福建)人,以荫入仕。为建阳知县时,曾因《落梅》诗被谤废官多年。淳祐间赐同进士出身,官至工部尚书,龙图阁学士。卒谥文定。早年受"四灵"影响,宗尚晚唐,后转学陆游,诗多感慨时事之作,为江湖派中成就最高的诗人。有《后村先生大全集》。

北来人二首

试说东都事,添人白发多。
寝园残石马,废殿泣铜驼。
胡运占难久,边情听易讹。
凄凉旧京女,妆髻尚宣和。

十口同离仳,今成独雁飞。
饥锄荒寺菜,贫着陷蕃衣。
甲第歌钟沸,沙场探骑稀。
老身闽地死,不见翠銮归。

注释

〔北来人〕从金占领区逃到南方来的难民。 〔东都〕指北宋都城汴梁。 〔寝园〕即陵园,指北宋诸帝的陵墓,均在今河南巩义。 〔石马〕皇帝陵墓道旁的陈列物。 〔铜驼〕铜铸的骆驼,古代置于宫门之外。《晋书·索靖传》:"靖有先识远量,知天下将乱,指洛阳宫门铜驼叹曰:'会见汝在荆棘中耳。'"后人常用以形容亡国后的残破景象。 〔"胡运"二句〕金人的命运算来不会长久,可是边境上传来的消息多半是谣言。 〔"妆髻"句〕发髻还梳着宣和时代的样式,没有忘掉祖国。宣和,宋徽宗年号(1119—1125)。 〔离仳(pǐ)〕离别。 〔陷蕃衣〕指金人的服装。蕃,通"番"。 〔甲第〕豪门贵族的住宅。 〔探骑〕侦察骑兵。 〔老身〕北来人自指。 〔闽〕福建的简称。 〔翠銮〕皇帝的车驾。

解读

这两首诗大约作于宁宗开禧二年(1206)至理宗端平二年(1234)金亡期间。诗通过"北来人"的诉说,反映了北宋都城汴梁(今河南开封)被占后的残破景况,和人民对南宋朝廷的愤懑与失望。前一首是诗人由听说中的"东都事"所抒发的感慨。"残石马""泣铜驼",突出汴京沦陷后的惨状。"胡运"二句,言"北来人"亲见金国日渐衰微,而南宋统治者只听信边境上的一些传言,认为金兵强大,不谋收复失地。末二句从东都妇女这些年来仍然梳着宣和时代的发式,表示沦陷区人民没有忘掉宋朝。后一首写"北来人"的悲惨经历和南归后对现状的失望之情。一家十口同时逃离北方，如今只剩下他孤身一人，贫苦无依；更为令人痛心的是南宋君臣只顾歌舞宴乐，不问边情，不思北伐，不顾沦陷区人民的死活。结尾二句，与陆游《示儿》"死去元知万事空，但悲不见九州同"的诗意相通，表现了北来人和南宋人民共同的愤恨。两首诗虽记北来人语，但其中寄托着诗人忧国忧民的情怀，写得沉痛郁结，诗风接近杜甫。

戊辰即事

诗人安得有青衫？今岁和戎百万缣。
从此西湖休插柳，剩栽桑树养吴蚕。

注释

〔青衫〕青衣，古代读书人穿的一种衣服。 〔和戎〕指与金人议和。 〔缣(jiān)〕双丝织成的细绢。 〔剩〕多。 〔吴蚕〕即蚕。因吴地(今江苏苏州一带)自古以产蚕丝著名，故称。

解读

"戊辰"是宋宁宗嘉定元年(1208)。在此前两年，宋兵攻金大败，请求讲和。这一年三月，和议告成，宋向金赔偿犒师钱三百万贯，而且从此每年增纳岁币银三十万两，绢三十万匹。这首诗即有感于这丧权辱国的事件而作。这首绝句，写"戊辰和议"之大事，但作者不从正面落笔，大处着墨，而是从侧面落笔，从小处着墨，以小见大，通过自己无衣穿的实例来说明"和戎"政策造成了民穷财尽的恶果。后两句,诗人讽刺道:从此以后,西湖边不要再种柳树了,应多栽些桑树来养蚕,以便向金国缴纳绢匹。诗中对南宋王朝依靠"岁币"求得苟安的妥协投降路线表示强烈的不满,但这种愤激心情是通过委婉含蓄的手法表现出来的,所以不显得直露,读后易激起人们的共鸣。

苦 寒 行

十月边头风色恶,官军身上衣裳薄。
押衣敕使来不来?夜长甲冷睡难着。
长安城中多热官,朱门日高未启关。
重重帏箔施屏山,中酒不知屏外寒。

注 释

〔边头〕边境。 〔风色〕天气。 〔押衣敕(chì)使〕指皇帝派出押送军衣的官员。 〔长安〕汉唐故都,这里借指南宋都城临安。 〔热官〕有权有势的大官。 〔朱门〕红漆的大门,指豪门贵族之家。 〔启关〕抽开门闩,开门。 〔帏箔〕布幕和竹帘。 〔屏山〕屏风。 〔中(zhòng)酒〕醉酒。

解 读

《苦寒行》是乐府旧题,属《相和歌·清调曲》名。曹操有《苦寒行》,"备言冰雪溪谷之苦"(《乐府解题》)。刘克庄此诗乃拟曹操诗而作。诗中描写了边疆战士的苦寒和朝中高官的奢侈享乐，从强烈的对比中表现诗人的爱与憎。这首诗一方面写了边防前线士兵在寒风之中衣被单薄，晚上冻得睡不着觉；另一方面京城的高官们，屋里却挂上了层层暖帘，还有屏风，正忙于饮酒作乐，到太阳高照时还未开门。两相对照，实在太鲜明了。这种苦与乐的对比，充分揭露出统治者和被统治者之间的矛盾，反映了朝中达官不恤边防战士疾苦的现实。在南宋后期的诗坛，能有这样的诗篇，更显得珍贵。

军 中 乐

行营面面设刁斗，帐门深深万人守。
将军贵重不据鞍，夜夜发兵防隘口。
自言虏畏不敢犯，射麋捕鹿来行酒。
更阑酒醒山月落，彩缣百段支女乐。
谁知营中血战人，无钱得合金疮药。

注释

〔行营〕军营。 〔刁斗〕军中打更用的铜器。 〔帐门〕指将军住的中军大帐。 〔据鞍〕这里指骑马作战。 〔隘(ài)口〕险要的关口。 〔麋(mí)〕即麋鹿，又称"四不像"。 〔更阑〕更深夜尽。 〔彩缣(jiān)〕彩色细绢。 〔百段〕百匹。 〔支〕

支付,这里是赏赐的意思。〔女乐〕指歌伎舞女。〔血战人〕指作战负伤的士兵。〔合〕配制。〔金疮药〕医治刀剑创伤的药。

解读

此诗题为"军中乐",实际上是一首讽刺边将腐败的诗,意在暴露南宋统治者文恬武嬉。辛弃疾《美芹十论》第六《屯田》"营幕之间,饱暖有不充,而主将歌舞无休时;锋镝之下,肝脑不敢保,而主将雍容于帐中",是这首诗最好的注脚。诗的前八句围绕一"乐"字展开描写,讽刺之意也随之步步深入。开头四句写军营戒备森严,不惜动用重兵,可是将军根本"不据鞍",防守目的不是为御敌作战,只是为一己安全而设。接着,诗人之笔又深入一层,写出这位将军的虚伪,自我吹嘘敌人害怕不敢来侵犯。其实这是自欺欺人,只不过是为他射猎行酒找借口罢了。然后写夜阑酒醒之后,将军把成百段的彩绸彩缎赏赐给歌舞女子,可见其挥霍无度。末二句突然转到无钱医治伤口的"营中血战人",与将军之乐形成强烈的对比,使我们联想到唐人"战士军前半死生,美人帐下犹歌舞"(高适《燕歌行》)之诗句揭示的残酷现实。此诗感情沉重,笔锋犀利,接近唐人元(稹)、白(居易)、张(籍)、王(建)的新乐府。

落　　梅

一片能教一断肠,可堪平砌更堆墙。

飘如迁客来过岭,坠似骚人去赴湘。

乱点莓苔多莫数,偶粘衣袖久犹香。

东风谬掌花权柄,却忌孤高不主张。

注释

〔一片〕指落梅。 〔平砌〕堆满台阶。 〔迁客〕被贬逐流放的官吏。 〔岭〕五岭。唐代韩愈、宋代苏轼都曾贬官岭南,故云。 〔骚人〕指屈原。屈原被逐后,曾流落沅、湘一带,后来"怀石投汨罗江以死"。以上两句用"迁客""骚人"迁谪放逐的遭遇来比喻"落梅",寓意十分深刻。 〔"乱点"二句〕与陆游《卜算子·咏梅》"零落成泥碾作尘,只有香如故"意同。 〔花权柄〕指花的命运。 〔主张〕主宰之意。不主张即不为梅花做主。

解读

此诗写于嘉定十七年(1224)作者任建阳(今属福建)知县时。这是一首咏物诗,但诗句中的寓意和讽刺是十分明显的。此诗后被言官李知孝等抄录向权相史弥远告密,史认定"东风谬掌花权柄,却忌孤高不主张"二语为"讪谤当国",诗人由此被罢免,闲废十年。后来刘克庄作《病后访梅》诗说:"梦得因桃数左迁,长源为柳忤当权。幸然不识桃并柳,却被梅花累十年。"梅花,是咏物诗中最常见的题材。赞美梅花的皎洁清高,是咏梅诗常见的内容。但刘克庄这首诗却不同于一般以体物为主的咏物诗,而是借梅抒情寓意。诗的首联便描绘了一幅凄凉衰败的落梅景象,流露出作者的感伤之情。颔联借迁客、骚人写梅花的飘落,不仅取喻贴切,而且物中有人,含蕴丰富。颈联赞美梅花虽飘零凋落却不失其高洁,与陆游《卜算子·咏梅》词中的"零落成泥碾作尘,只有香如故"有异曲同工之妙。尾联表面上是为梅花鸣不平,实际上寄托了诗人仕途不遇的感慨,并对当政者有所讥刺。全诗运笔委婉,寄托遥深,为咏物诗的佳作。

方 岳

方岳(1199—1262),字巨山,号秋崖,祁门(今属安徽)人。理宗绍定五年(1232)进士,授淮东安抚司干官。淳祐中,为赵葵参议官,历南康军,知袁州,官至吏部侍郎。先后以忤贾似道、丁大全,被劾罢官。他的诗从江西派入手,后又受杨万里、范成大的影响。有《秋崖先生小稿》。

农 谣

小麦青青大麦黄,护田沙径绕羊肠。
秧畦岸岸水初饱,尘甑家家饭已香。

雨过一村桑柘烟,林梢日暮鸟声妍。
青裙老姥遥相语,今岁春寒蚕未眠。

漠漠余香着草花,森森柔绿长桑麻。
池塘水满蛙成市,门巷春深燕作家。

注释

〔绕羊肠〕形容田间小路狭窄弯曲。 〔秧畦〕秧田。 〔尘甑(zēng)〕指甑子上积满灰尘,意为断炊已久。甑,古代做饭的一种瓦器。《后汉书·独行传》载:范冉(字史云)有气节,家贫,有时绝食,而穷居自若,里巷为之歌曰:"甑中生尘范史云。"〔柘(zhè)〕一种乔木名,叶可喂蚕。 〔妍〕美好。本来是形容颜色、容貌,这里用以形容鸟鸣声悦耳动听。 〔老姥(mǔ)〕老妇。 〔漠漠〕弥漫的样子。 〔蛙成市〕蛙鸣一片,热闹得如同集市。

解读

"农谣"是描写农事的歌谣。这一组诗,由五首七绝组成,每首诗写一景一事,既各自成篇,又依时序展开,从初春写到春末,勾连成一幅完整的农村田园风光图。这里选的是第三、第四、第五首。作者罢职闲居后,关注更多的是田园风光和农家生活,这三首诗写的就是这方面的内容。第三首写收成季节的田园景象和农家的喜悦之情。诗从麦田青黄、秧田水满,联想到麦收饭香,由视觉唤起嗅觉,构思新巧,饶有生趣。第四首写春寒中的农村,有景有情。尤其是后二句在画面上平添"老姥遥相语"一笔,使全诗更富有生活气息。第五首写晚春风光。首二句中的"草花""桑麻",都是农村春日的寻常景物,但在诗人的笔下却是那样的清丽可喜。后二句由田野转到村庄,由静物写到动物,在充满了生机的画卷中透露出诗人对田园生活的热爱。三首诗写的都是乡村的春景,着笔清淡而景象逼真,农村风味很浓。若没有深切的体验显然是写不出来的。这类作品的风格颇近范成大的《四时田园杂兴》。

春 思

春风多可太忙生,长共花边柳外行。
与燕作泥蜂酿蜜,才吹小雨又须晴。

注释

〔多可〕多有许可,犹言什么事都肯干,有宽容、随和的意思。嵇康《与山巨源绝交书》:"足下旁通,多可而少怪。"〔太忙生〕十分忙碌。生,语助词。 〔长共〕常伴,常从。 〔与〕相与。 〔"才吹"句〕意谓刚吹来一阵小雨,又要送走雨云,吹来晴天。须,必须的意思。

解读

此诗题为《春思》,实际写的是对于春风的赞颂。这首诗的旨趣在于一个"忙"字。首句开门见山,说春风很随和,什么事都肯干,因此"太忙"。后三句回映首句,用具体事物说明"春风"忙的结果。它经常和花柳结伴同行,吹开了百花,染绿了柳条;它同燕子一起衔泥筑巢,还帮助蜜蜂采花酿蜜;它刚刚吹来乌云下了一场小雨,又将乌云吹散,带来了蓝蓝的晴天。通篇用拟人的笔法,通过写春风的繁忙,把万物复苏、欣欣向荣的早春景象具体生动地展示出来,使人读来感到风趣活泼,饶有韵致。

严 羽

严羽,字仪卿,一字丹丘,邵武(今属福建)人。一生隐居不仕,自号沧浪逋客。主要活动于理宗朝,与刘克庄同时。论诗推崇盛唐,借禅为喻,强调"妙悟"和"兴趣",反对江湖诗派,为南宋诗论大家。著有《沧浪诗话》《沧浪先生吟卷》。

临川逢郑遐之之云梦

天涯十载无穷恨,老泪灯前语罢垂。
明发又为千里别,相思应尽一生期。
洞庭波浪帆开晚,云梦蒹葭鸟去迟。
世乱音书到何日?关河一望不胜悲。

注释

〔临川〕今江西抚州。 〔郑遐之〕作者的旧友。 〔之〕往。 〔云梦〕大泽名。古云梦泽范围很广,是今湖北东部、湖南北部一带低洼之地的总称。 〔明发〕明朝离去。 〔洞庭〕洞庭湖,在今湖南北部,长江以南。 〔"云梦"句〕《诗经·秦风·蒹葭》:"蒹葭苍苍,白露为霜。所谓伊人,在水一方。"这句化用其语意,表示分手之后,盈盈一水,相望相思。蒹,荻。葭,芦苇。　〔音书〕即书信、音讯。　〔关河〕山河。

解读

原题作"临川逢郑遐之云梦",钱锺书《宋诗选注》谓"疑心漏掉一个'之'字"。郑遐之到湖北去,路过江西,遇见严羽。多年离别,不期而遇,可郑氏第二天又匆匆离去,诗人感慨万端,写下了这首七言律诗。首句写两人分别十年,天各一方,尝尽了人世动乱之苦。一个"恨"字,直接抒情。次句写两人在临川相逢以后,灯前话旧,感慨万千,比之杜甫《赠卫八处士》"人生不相见,动如参与商。今夕复何夕,共此灯烛光",更为凄楚动人。颔联从相逢转向离别,诗意顿起曲折:刚相逢却立刻又要分别,而且这次再别将是永久的分别,今生今世怕不会再有相逢的机会了。着此一笔,虽是为渲染离情而虚设的情景,但语意沉重,令人心酸。颈联写分别之难,突出两人友谊的深厚。"洞庭""云梦",是郑氏欲往之地,此去能否安然归来,难以预料。"鸟去迟"与"帆开晚"相对,暗喻旧友临行时的依依不舍和诗人的送别情怀,显得含蓄有味。尾联二句则把个人的离别之情与那个动乱不定的社会联系起来,使诗歌的意境更为深广。

罗与之

罗与之(1195?—?),字与甫,一字北涯,号雪坡,吉安(今属江西)人。理宗端平(1233—1236)间屡试不第,遂归隐,曾入蜀,游历潇湘、苏、皖等地。晚年潜心于性命之学。在江湖派诗人中,他的诗道学气较浓,而绝句却写得隽永有味。有《雪坡小稿》。

寄 衣 曲

忆郎赴边城,几个秋砧月。
若无鸿雁飞,生离即死别。

此身倘长在,敢恨归无日?
但愿郎防边,似妾缝衣密。

注释

〔秋砧(zhēn)月〕秋天月下捣衣。砧,捣衣用的石板。李白《子夜吴歌·秋歌》:"长安一片月,万户捣衣声。秋风吹不尽,总是玉关情。何日平胡虏,良人罢远征。"此句暗用其意。 〔鸿雁飞〕鸿雁传书,这里指书信往来。 〔敢〕岂敢,怎敢。 〔恨〕怨。

解 读

唐人张籍有《寄衣曲》，写思妇缝衣寄征夫，与此诗内容相似，《乐府诗集》收录《新乐府辞·乐府杂题》。罗与之《寄衣曲》共三首，此选其第一、第三首。"寄衣"是古代诗歌中习见的主题，如李白《子夜吴歌》、杜甫《捣衣》等，便属此类。但以前这类诗中只说妻子寄衣，很少说征夫回信，而罗诗第一首则说，丈夫戍边已经很久，而且不知道什么时候才能回来，如果不是南飞的鸿雁捎来他的音讯，生离不就成了死别？第三首写缝制边衣，转以劝慰之辞，希望丈夫为保卫国家而坚守边防。不难看出，诗中所写的感情虽较为哀怨和愁苦，但其思想境界却是高朗的，充满着爱国之情，这在众多题材相同的作品中是独具光彩的。同时假设、反语和细节描写等艺术手段的运用，又可以看出诗人掌握了比较高明的诗歌技巧。

商　　歌

东风满天地，贫家独无春。
负薪花下过，燕语似讥人。

注 释

〔"贫家"句〕《汉郊祀歌·日出入》："春非我春，秋非我秋。"杜审言《春日京中有怀》："愁思看春不当春。"孟郊《长安羁旅行》："万物皆及时，独余不觉春。"此句由上述诸句化出，表现社会里贫富劳逸的不均等。 〔负薪〕背柴火。 〔讥〕嘲笑。

解读

春秋时,宁戚有自鸣不平的《商歌》二首(《乐府诗集》卷八十三)。"商",是五音中象征萧瑟的秋天的,一般称商歌为悲伤的歌。罗与之也采用这一古老的乐府诗题,来为贫苦人鸣不平,从而反映了社会现实的不合理。原作三首,这是第一首。诗以"东风满天地"开头,写出春意满目,到处鸟语花香,万紫千红。次句笔锋一转,说春光再好,却不为贫苦人所有。这句中的"独"字与上句中的"满"字相对照,寓意颇深。春天,本来应该属于所有的人,可是在诗人所生活的现实中,那些贫苦人却"独无春",言外之意,唯有富人在踏青赏春。后二句写贫家为生计而奔波,虽背负着柴草从花下路过,而无欣赏春色的闲情逸致,听到那燕子的叫声,就觉得它好像和富人们一样在讥笑自己。这一虚拟之笔,正是穷人特殊心理的外射。全诗语言朴素明白,但对比鲜明,用意深刻,字里行间流露出诗人对贫者的深切同情。

谢枋得

谢枋得(1226—1289),字君直,号叠山,信州弋阳(今属江西)人,理宗宝祐四年(1256)进士,曾为考官,以出题忤贾似道,谪居兴国军(今湖北阳新)。宋末以江东提刑、江西招谕使知信州,率兵抗元。兵败,流亡建阳(今属福建),以卖卜教书度日。元人屡次征召,均辞不赴,后被胁迫至大都,绝食而死。门人私谥文节。其诗伤时感旧,沉痛悲凉。有《叠山集》。

武夷山中

十年无梦得还家,独立青峰野水涯。
天地寂寥山雨歇,几生修得到梅花?

注释

〔武夷山〕在福建武夷山市西南,峰峦之胜为福建第一。〔"十年"句〕宋恭帝德祐元年(1275),作者在江西抗元兵败,随后元军攻陷信州,俘获其妻及二子。此后十年,他隐居于武夷山一带,无家可归。 〔涯〕水边。 〔寂寥〕寂寞,寥落。 〔"几生"句〕意谓要有几生几世的修炼,才能达到梅花那样的高洁品格。

天地寂寥山雨歇,几生修得到梅花?

解 读

　　这首诗大约作于元世祖至元二十一年(1284),时作者因抗元兵败,隐身闽中。它反映了宋亡后诗人孤寂凄凉的生活,表现了他不与元朝统治者妥协的坚贞情操。首句点明诗人十年漂泊的处境。"无梦得还家",实际上是已无家可归,他的家人在信州失守时都被元兵掳去。次句中的"青峰野水涯",是眼前之景。"独立"二字,既写出了国破家亡后诗人的孤独、凄凉,又表现出他挺然独立,不仕元朝的高风亮节。第三句借写雨后山间景象,反映抗元斗争失败后的凄凉局面。末句中诗人把山中梅花作为孤高绝俗,不愿与世浮沉的崇高品格的象征,并以此自期自励。此诗托物言志,含蓄深沉,韵味清远,不但在《叠山集》中绝无仅有,即便在宋末诗人中也是很独特的。

许棐

许棐（1195—1245?），字忱夫，号梅屋，海盐（今属浙江）人。嘉熙中，隐居秦溪，于溪南种梅数十株，构屋读书，自号梅屋。其诗多忧国忧民之作，咏物言情绝句亦很有特色。有《梅屋诗稿》等。

秋斋即事

桂香吹过中秋了，菊傍重阳未肯开。
几日铜瓶无可浸，赚他饥蝶入窗来。

注释

〔秋斋〕秋日书斋。 〔桂香〕桂花的香气。 〔铜瓶〕指铜制的花瓶。 〔浸〕润泽。 〔赚〕诓骗之意。

解读

此诗描写秋日房舍小景，借以抒发诗人内心的烦闷无聊与愤愤不平之情。前二句写桂子飘香过后，重阳已近，而菊花却不肯吐绽花朵。面对室外如此清寂的自然环境，诗人胸中感到落寞、无聊。后二句写室内之物，诗人把目光投向了"铜瓶"。这个铜制的花瓶，因无花可插，已空了几日，但仍有余香，于是将那饥不可耐的蝴蝶诱入窗来。这里写的是"饥蝶"，但作者的不平之气已寓其中。全诗写得曲折有致，似淡实浓，颇有味外之旨。

周　密

周密(1232—1298),字公谨,号草窗、四水潜夫、弁阳啸翁等,祖籍济南(今属山东),后流寓吴兴(今浙江湖州)。淳祐中,为义乌知县。宋亡不仕,居杭州。诗词书画皆工,而以词名家。有《草窗韵语》及笔记《武林旧事》《齐东野语》等。

夜　归

夜深归客倚筇行,冷磷依萤聚土塍。
村店月昏泥径滑,竹窗斜漏补衣灯。

注释

〔筇(qióng)〕竹杖。　〔冷磷〕闪着冷光的磷火。磷火,俗称鬼火。　〔塍(chéng)〕田埂。　〔"村店"二句〕化用唐陆龟蒙《钓侣》"归时月堕汀洲暗,认得妻儿结网灯"诗意。

解读

此诗写深夜归家途中所见的情景,颇有柳暗花明之感。首句点题,并勾画出一个拄杖蹒跚而行的归客形象。后三句皆写夜行景色。归客路上的凄清与艰难,到家的企盼与喜悦,均通过景物的描写透露出来。全诗由远及近,移步换景,写得曲折生动,饶有韵致。

文天祥

文天祥(1236—1283),字履善,一字宋端,号文山,吉州庐陵(今江西吉安)人。宋理宗宝祐四年(1256)举进士第一。历官湖南提刑、知赣州。恭帝德祐元年(1275)元兵渡江,文天祥以家产充军资,起兵勤王,次年任右丞相兼枢密使。元军进逼临安时,他出使谈判,被扣留。后脱险南逃,继续抗元,又于祥兴元年(1278)十二月兵败被俘,押至大都(今北京)囚禁近四年,始终不屈,英勇就义。诗作多记生平遭遇,饱含着浓郁的爱国之情。有《文山先生全集》。

扬 子 江

自通州至扬子江口,两潮可到。为避渚沙,及许浦顾诸从行者,故绕去,出北海,然后渡扬子江。

几日随风北海游,回从扬子大江头。

臣心一片磁针石,不指南方不肯休。

注 释

〔扬子江〕长江在今仪征、扬州一带,古称扬子江,因扬子津而得名。 〔两潮〕海水昼涨称潮,夕涨称汐。两潮即两日。〔渚沙〕指附近的小洲和沙滩。当时为元军占领,所以说"为避"。〔许浦〕即浒浦,在今江苏常熟东北的江边。　〔顾〕顾及,考虑到。　〔故〕故意。因恐被元兵发现。　〔北海〕指长江口以北的海域。　〔回〕迂回,绕回。　〔磁针石〕即指南针。〔南方〕指南宋朝廷。

解读

宋恭帝德祐二年(1176)正月,文天祥被任命为右丞相,代表宋廷入元营谈判,被拘北行。后至镇江脱逃,辗转南下再次领导抗元。此诗作于南下途中。诗中以磁石指南为喻,表现了他对祖国的一片忠心。诗前二句叙事,描叙他从元营逃出,为躲避元军追捕,乃绕道北行,在海上漂泊的曲折经历以及终经长江口南归的情景。后二句言志,作者用"磁针石"来比"臣心",表明他不辞千难万险,赶到南方去重新组织力量,抗元复国的决心。此诗比喻形象生动,字里行间表现出诗人坚定不移的爱国主义精神。后来他把德祐元年以后所写的诗汇编为《指南录》和《指南后录》,便是根据本诗的末两句命名的。

过零丁洋

辛苦遭逢起一经,干戈寥落四周星。
山河破碎风飘絮,身世浮沉雨打萍。
惶恐滩头说惶恐,零丁洋里叹零丁。
人生自古谁无死,留取丹心照汗青。

注释

〔零丁洋〕又名伶仃洋。南海零丁山下海面,在今广东珠江口外、中山市南。 〔遭逢〕遭遇到朝廷选拔。 〔起一经〕依靠精通一种经书,通过考试,进入仕途。文天祥于宝祐四年(1256)应科举考试中明经第一,后官至丞相。 〔干戈〕本指兵器,这里代指战争。 〔寥落〕寂寥冷落。 〔四周星〕即四年。诗人从德祐元年(1275)起兵抗元,至此正好四年。 〔"山河"二句〕言国家和个人的命运历尽坎坷,都已难以挽救。 〔惶恐滩〕原名黄公滩,在今江西万安,急流险恶,为赣江十八滩之一。景炎二年(1277),文天祥在江西空坑兵败,曾经惶恐滩退往福建。〔零丁〕孤苦的样子。这时诗人已经被俘,囚禁于元军的战船中,他感叹自己不能和将士共同作战,所以"叹零丁"。 〔留取〕留得。 〔汗青〕指史册。在纸没有发明以前,古人记事用竹简。制竹简时,须用火烤去竹汗(水分),以便于书写和防蛀,故称"汗青"。

解读

端宗景炎三年(1278)十二月,文天祥在广东海丰五坡岭兵败被俘。次年正月,元军渡海攻南宋的最后据点厓山(今广东新会市南海中),文天祥被迫随船同往。时宋将张世杰拥帝昺坚守于此。元将张弘范逼迫文天祥写信招降张世杰,文天祥乃以此诗示之。张弘范见诗中辞义坚决,只得作罢。这是一首以死明志的诗。前六句回顾和总结过去的岁月,诗人把自己由明经而入仕,因"勤王"而浴血奋战,到国破家亡、个人不幸被俘等情事进行了高度的概括,笔势雄健,气象悲凉。尤其是颈联二句巧妙地把地名的指代和情感的形容重叠在一起,对仗工整,语含双关,更是诗史上的妙笔。诗的最后两句"人生自古谁无死,留取丹心照汗青",石破天惊,掷地有声。它以磅礴的气势、高亢的情调,表现了诗人宁死不屈、视死如归的崇高气节。全诗由忆昔到叹今,由追怀到明志,写得慷慨悲壮,感人至深。颇富人生哲理意味的末联尤为人传诵,已成为后世无数爱国志士的座右铭。

金陵驿二首(其一)

草合离宫转夕晖,孤云飘泊复何依!
山河风景元无异,城郭人民半已非。
满地芦花和我老,旧家燕子傍谁飞?
从今别却江南路,化作啼鹃带血归。

注释

〔金陵〕今江苏南京。 〔驿〕即驿站。古代供传递公文的人或来往官员暂住休息、换马的处所。 〔草合〕长满了草。〔离宫〕行宫,皇帝出巡时临时居住的宫殿。南宋初年,宋高宗赵构曾短期留住金陵,建有行宫。 〔转夕晖〕指夕阳的余晖慢慢移转。 〔孤云〕作者自喻。 〔"山河"句〕《世说新语·言语》载,东晋时,一些士大夫曾在建康新亭宴会,周颢叹道:"风景不殊,正自有山河之异。"此句化用其意。元,同"原"。 〔"城郭"句〕暗用汉道士丁令威的典故。《搜神后记》载,丁令威学道成仙后化鹤归辽,从空中下望,说道:"有鸟有鸟丁令威,去家千年今始归,城郭如故人民非。" 〔"满地"句〕化用刘禹锡《西塞山怀古》"金陵王气黯然收……故垒萧萧芦荻秋"句意。和我,同我一起。 〔"旧家"句〕杜甫《归燕》诗:"故巢倘未毁,会傍主人飞!"刘禹锡《乌衣巷》诗:"旧时王谢堂前燕,飞入寻常百姓家。"此句化用杜、刘诗意,言金陵之残破与人事之变化。 〔别却〕离开。 〔路〕原作"日",据钱锺书《宋诗选注》改。 〔啼鹃带血〕传说古代蜀王杜宇,自以为德薄,禅国于人而亡去,死后化为杜鹃,鸣声凄厉,啼至血出乃止。

解读

这是文天祥被俘后,于祥兴二年(1279)押赴元都燕京(今北京),途经金陵时,在驿站里写的一首七律。原诗有二首,此选其一。诗作写国破家亡之痛,充满对祖国的无限热爱和无比忠贞之情。金陵是六朝故都,又是宋朝的陪都,宋高宗曾在此建有行宫。诗的首联即以"离宫"开篇,点出金陵这一地点,并描绘出当年富丽堂皇的行宫如今却野草丛生,到处是一派破败荒凉的景象。"孤云",既是写景,又是自比。国家亡了,诗人自感如一片随风飘浮的孤云,无所依托。这两句在写景中寄寓着深深的亡国之痛。中间两联则一连化用了五个典故,来写黍离之悲和身家之感。这些典故和前人诗句都是暗用,与眼前景物、个人境遇相互融合,十分贴切达意,读来丝毫没有掉书袋的感觉。尾联化用《楚辞·招魂》"魂兮归来哀江南"语意和望帝死后化为杜鹃的传说,表明自己这次被迫告别江南故乡,既无生还之望,但愿死后能化作啼血的杜鹃,魂归本土。这种生死不忘故国之情,对后世一些爱国志士影响很大。明代灭亡时的烈士何腾蛟有首《自悼》诗,就受到这两句诗的引发。

正 气 歌

余囚北庭,坐一土室。室广八尺,深可四寻,单扉低小,白间短窄,污下而幽暗。当此夏日,诸气萃然:雨潦四集,浮动床几,时则为水气;涂泥半朝,蒸沤历澜,时则为土气;乍晴暴热,风道四塞,时则为日气;檐阴薪爨,助长炎虐,时则为火气;仓腐寄顿,陈陈逼人,时则为米气;骈肩杂遝,腥臊污垢,时则为人气;或圊溷,或毁尸,或腐鼠,恶气杂出,时则为秽气。叠是数气,当侵沴,鲜不为厉。而予以孱弱,俯仰其间,于兹二年矣,无恙,是殆有养致然。然尔亦安知所养何哉?孟子曰:"我善养吾浩然之气。"彼气有七,吾气有一,以一敌七,吾何患焉!况浩然者,乃天地之正气也。作《正气歌》一首。

天地有正气,杂然赋流形。
下则为河岳,上则为日星。
于人曰浩然,沛乎塞苍冥。

皇路当清夷，含和吐明庭。
时穷节乃见，一一垂丹青。
在齐太史简，在晋董狐笔，
在秦张良椎，在汉苏武节；
为严将军头，为嵇侍中血，
为张睢阳齿，为颜常山舌；
或为辽东帽，清操厉冰雪；
或为出师表，鬼神泣壮烈；
或为渡江楫，慷慨吞胡羯；
或为击贼笏，逆竖头破裂。
是气所磅礴，凛烈万古存。
当其贯日月，生死安足论！
地维赖以立，天柱赖以尊。
三纲实系命，道义为之根。
嗟予遘阳九，隶也实不力。
楚囚缨其冠，传车送穷北。
鼎镬甘如饴，求之不可得。
阴房阒鬼火，春院闷天黑。
牛骥同一皂，鸡栖凤凰食。
一朝蒙雾露，分作沟中瘠。
如此再寒暑，百沴自辟易。

哀哉沮洳场，为我安乐国。
岂有他谬巧，阴阳不能贼。
顾此耿耿在，仰视浮云白。
悠悠我心悲，苍天曷有极！
哲人日已远，典型在夙昔。
风檐展书读，古道照颜色！

注释

〔北庭〕汉代以匈奴所居之地为北庭，此处指元都燕京。〔寻〕古代长度计量单位，八尺为一寻。 〔扉〕门。 〔白间〕指窗户。何晏《景福殿赋》："皎皎白间。"李善注："白间，青琐之侧，以白涂之，今犹谓之白间。" 〔萃(cuì)然〕聚集的样子。〔雨潦(lǎo)〕雨后积水。 〔时〕此，这。 〔涂泥〕泥泞。 〔半朝(cháo)〕半个屋子。 〔蒸沤(ōu)〕夏天污水蒸发出来的水泡。 〔历澜〕波纹杂乱的样子。 〔爨(cuàn)〕烧火做饭。〔炎虐〕酷热的意思。 〔仓腐〕仓库中腐烂的粮食。《史记·平准书》："太仓之粟，陈陈相因，充溢露积于外，至腐败不可食。"〔寄顿〕存放。 〔骈肩〕肩挨肩。 〔杂逻(tà)〕杂乱无章的样子。 〔囹溷(qīng hùn)〕厕所。 〔叠是数气〕几种气味加在一起。 〔侵沴(lì)〕恶气侵袭。 〔鲜(xiǎn)〕少。 〔沴〕疾病。 〔孱(chán)弱〕虚弱。 〔俯仰其间〕生活在其中。 〔于兹〕到现在。 〔"是殆"句〕这大约是有修养所使然。 〔然尔〕

然而。 〔"我善"句〕语出《孟子·公孙丑上》。浩然之气,正大刚直之气。 〔赋〕赋予,给予。 〔流形〕各种形体,指宇宙间万物。 〔"于人"二句〕《孟子·公孙丑上》:"'敢问何谓浩然之气?'曰:'难言也,其为气也,至大至刚,以直养而无害,则塞于天地之间。'"此处化用其意。沛乎,充满的样子。苍冥,苍天,这里指天地之间。 〔皇路〕国家路数、命运。 〔清夷〕清明太平。 〔含和〕怀着祥和之气。 〔吐〕表露。 〔明庭〕圣明的朝廷。 〔丹青〕本指画像,代指史册。 〔"在齐"句〕《左传·襄公二十五年》载,齐大夫崔杼杀齐庄公后,"太史书曰:'崔杼弑其君。'崔子杀之。其弟嗣书而死者二人,其弟又书,乃舍之。南史氏闻太史尽死,执简以往,闻既书矣,乃还"。简,竹简。 〔"在晋"句〕《左传·宣公二年》载,赵穿杀晋灵公,"太史(董狐)书曰:'赵盾弑其君。'以示于朝。宣子(赵盾)曰:'不然!'对曰:'子为正卿,亡不越境,返不讨贼,非子而谁?'……孔子曰:'董狐,古之良史也,书法不隐。'" 〔"在秦"句〕张良世代在韩做官,韩为秦灭,张良一心要为韩报仇雪恨。当秦始皇东游经过博浪沙时,张良募得力士以一百二十斤铁椎袭击秦皇,误中副车。事见《史记·留侯世家》。 〔苏武节〕汉武帝时,苏武出使匈奴,被扣留,后被流放北海。苏武持汉节牧羊,历十九年,节毛尽脱。(见《汉书·苏武传》) 〔严将军〕指汉末益州牧刘璋的部将严颜。刘璋命严颜守巴郡。张飞攻巴郡,获之,迫降,严曰:"我州但有断头将军,无有降将军也。"张飞感而释之。(见《三国志·蜀书·张飞传》) 〔嵇侍中〕指嵇绍,在晋官侍中。在一次皇室内讧中,嵇绍为保卫晋惠帝,被乱箭射死,血溅到惠帝身上。事后,有人要洗去衣上血迹,惠帝说:"此嵇侍中血,勿去!"(《晋书·嵇绍传》)〔张睢阳〕指张巡。在唐安史之乱时,张巡固守睢阳。《旧唐书·张巡传》:"巡神气慷慨,每与贼战,大呼誓师,眦裂血流,齿牙皆碎。……及城陷,尹子奇谓巡曰:'闻君每战,眦裂,嚼齿皆碎,何至此耶?'巡曰:'吾欲气吞逆贼,但力不遂耳。'子奇以大刀剔巡口,视其齿,存者不过三数。"〔颜常山〕指颜杲卿,为唐常山太守。安禄山发动叛乱后,他起兵抗击,城破被俘,拒绝投降,当面大骂安禄山,被肢解断舌而死。(见《新唐书·颜杲卿传》)〔辽东帽〕东汉末年名士管宁,因避乱,迁居辽东三十余年,"常著皂帽,布襦袴",安贫乐道,屡次拒绝征聘。(见《三国志·魏书·管宁传》)〔清操〕清高的节操。〔出师表〕三国时诸葛亮出师北伐,临行向蜀汉后主刘禅上《出师表》,以表忠心报国之意。 〔渡江楫〕东晋元帝时祖逖率兵北伐,渡江,中流击楫而誓曰:"不能清中原而复济者,有如大江!"(见《晋书·祖逖传》)〔胡羯(jié)〕中国古代北方的少数民族。此处是指后赵的统治者石勒,他是羯族人。 〔击贼笏(hù)〕唐德宗时,朱泚谋反,召段秀实议事,段以笏击泚,中其额,泚流血匍匐而走,段遂被害。(见《旧唐书·段秀实传》)〔逆竖〕叛逆者,此指朱泚。 〔"是气"二句〕谓这种充满宇宙的浩然正气,威严而壮烈,万古长存。 〔"当其"二句〕当这股正气横贯日月时,生和死都置之度外了。安足论,何足论,不足论。〔"地维"二句〕地维、天柱,指天和地。《淮南子·天文训》:"昔共工与颛顼争为帝,怒而触不周之山,天柱折,地维绝。"天柱,撑天之柱。古人认为地是方形,大地的四角为地维。这两句的意思是:天和地都要依靠正气支撑。 〔"三纲"句〕意谓伦理道德也要靠正气来维系。三纲,封建伦理道德中,把君臣、父子、夫妇三种关系称为三纲,即"君为臣纲,父为子纲,夫为妻纲"(见《白虎通义》)。系命,赖以存在。 〔"道义"句〕《孟子·公孙丑上》论浩然之气,说:"其为气也,配义与道,无是馁也。"此用其意。这里说的"道义",即指三纲而言。这句谓道义以正气为其根本。〔遘(gòu)〕遭逢。 〔阳九〕灾荒年景和厄运。道家以天厄为阳九,地亏为百六(见《灵宝天地运度经》)。 〔"隶也"句〕苏轼《庄子祠堂记》云:"楚公子微服出亡,而门者难之,其仆操棰而骂曰:'隶也不力!'门者出之。"此句由此化出。隶,徒隶,这里借指臣下,为作者自谓。 〔楚囚〕《左传·成公九年》:"晋侯观于军府,见钟仪。问之曰:'南冠而絷者,谁也?'有司对曰:'郑人所献楚囚也。'" 〔缨其冠〕意谓戴着南冠。缨,帽带,这里用作动词,意为戴着。这是诗人以楚囚自比,寓不忘故国之意。 〔传车〕驿车。 〔穷北〕荒远的北方。 〔鼎镬(huò)〕烹饪的器具。古代最残酷的刑法,把人放在鼎镬里煮死。 〔饴〕糖浆。〔阴房〕牢狱。 〔阒(qù)〕寂静。 〔闷(bì)〕关闭。 〔"牛骥"二句〕意谓自己被关在牢狱之中,与囚徒杂处。骥,骏马。皂,马槽。鸡栖,鸡窝,指牢狱。 〔"一朝"二句〕意谓一旦为雾露所侵,染病而死,自当成为沟中的枯骨。分(fèn),料想,自应。瘠,枯骨。 〔再寒暑〕过了两年。 〔百沴〕指前各种恶气。

〔辟易〕退辟。 〔沮洳(jù rù)场〕低下潮湿的地方。 〔谬巧〕机巧,诈术。 〔贼〕侵害。 〔耿耿〕光明磊落的样子。这里形容自己的忠心。 〔"仰视"句〕《论语·述而》:"不义而富且贵,于我如浮云。"此句暗用其意,表示决不贪图富贵而投降。〔"悠悠"二句〕意谓自己的悲愁如苍天无穷无尽。《诗经·唐风·鸨羽》:"悠悠苍天,曷其有极。"曷,何。极,尽头。 〔哲人〕指前面列举的古代忠义之士。 〔典型〕楷模,榜样。 〔夙昔〕从前,过去。 〔风檐〕风中的廊檐,此指牢狱。 〔古道〕古代传统的美德。 〔照颜色〕谓照耀在我面前,即激励着自己。

解读

这首诗作于至元十八年(1281)六月,此时文天祥被囚于元大都狱中已有两年。诗序叙述了囚室中污浊的环境有七气,诗人却以浩然之气泰然处之。诗中以历史上为正义而斗争的忠烈们为榜样,表现出自己忠贞不屈的崇高的精神面貌。这是一首五言古体诗,共六十句,三百字,可分作两大段。从"天地有正气"至"道义为之根"是前段,这段的前十句先追寻浩然之气的根源。诗人认为,自然界的一切都存在着"正气",日月山川也都是"正气"的体现。而这种"沛乎塞苍冥"的"浩然之气",在国家民族危急存亡的关键时刻就表现为志士仁人的凛然气节。所以接下去十六句,诗人列举出十二位历史上的"哲人",分别赞颂了他们为祖国、为正义,不畏强暴,视死如归的精神。"是气"以下八句,是由上述历史人物事迹中得出的结论。诗人认为,正气是地维、天柱、三纲和道德、真理的根本。这是对正气的进一步赞叹。

从"嗟予遘阳九"至结尾为后段,诗歌由礼赞古代忠烈而转入自叙,叙述他尽管国亡家破,兵败被俘,因于"污下而幽暗"的"土室"之中,却能经受得住各种各样的严峻考验,战胜一切"邪气",保持人格的完整,即在于有这种"正气"的支持。诗的最后四句,点明作歌主旨。诗人说:古代的贤哲虽然离开我们已经远了,但他们的光辉榜样仍然鼓舞着自己坚强不屈的斗争意志。这就把古人与自己紧相联系,在结构上又与前段所列的那批"一一垂丹青"的英雄人物相呼应,达到了很好的效果。《正气歌》作为文天祥的述志之作,写得淋漓酣畅,大气包举,集中体现了他崇高的民族气节和强烈的爱国主义精神,是一首用生命和热血谱写的"浩然正气"的颂歌,对后代仁人志士产生过巨大影响。

汪元量

汪元量(1241—1330?),字大有,号水云,钱塘(今浙江杭州)人。宋度宗时为宫廷琴师。宋亡,随三宫被掳北上,羁留燕京十余年,其间屡次至狱中探视文天祥,彼此以诗唱和,成为知交。后乞为黄冠(道士)南归,往来于匡庐、彭蠡间,不知所终。其诗多记宋亡之事,情绪悲凉,风格朴素,被誉为"诗史"。有《水云集》《湖山类稿》。

醉 歌

淮襄州郡尽归降,鼙鼓喧天入古杭。
国母已无心听政,书生空有泪成行。

乱点连声杀六更,荧荧庭燎待天明。
侍臣已写归降表,臣妾佥名谢道清。

注释

〔淮襄〕指长江中下游一带地区。淮,淮河。襄,指襄阳。〔归降〕归顺,投降。 〔鼙(pí)鼓〕亦作"鞞鼓",古代军中的战鼓。白居易《长恨歌》有"渔阳鼙鼓动地来"。 〔古杭〕指南宋都城临安。 〔国母〕指宋恭宗的祖母谢太后。 〔书生〕诗人自称。 〔乱点连声〕指打更的梆子声和鼓声短促零乱。〔杀〕同"煞",即收煞、结束之意。 〔六更〕宋代宫中有打六更的制度,打过六更,始开宫门,百官入朝。 〔荧荧(yíng yíng)〕光亮微弱的样子。 〔庭燎〕庭院中照明用的火炬。 〔臣妾〕古时妇女对君上称臣妾。 〔佥〕同"签"。 〔谢道清〕即谢太后。她是宋理宗的皇后,宋恭宗的祖母,当时称太皇太后。由于恭宗年岁尚小,由谢太后主持朝政。在元兵统帅伯颜的威逼下,谢太后却以宋室"国母"之尊向元主上表乞降,自称"臣妾"。

解 读

宋恭帝德祐二年(1276)春,元军兵临杭州城下,腐朽懦弱的南宋小朝廷可耻地决定投降。当时宋恭宗还不满六岁,由祖母谢太后、母亲全太后听政,派大臣向元军统帅伯颜上传国玺和降表。汪元量为此痛心疾首,挥笔写下《醉歌》十首,记录了自己亲眼所见的这一段史事,后人认为"可备野史"(明瞿佑《归田诗话》)。此选其三、其五两首。前首的一二句写宋军的腐败无能、一败涂地和元军直逼临安的威武气势。第三句写"国母"谢太后无心听政,实际含有准备投降之意。末句以"书生"自命,抒发在亡国之际的无奈与痛苦。后首写谢太后在降表上签名。前二句写签署降表前夜宫内的情形:急促、混乱的梆子声和鼓声结束了六更,人们在火把的微亮光中默默地等待着天明。一个"待"字,把谢太后万不得已又诚惶诚恐的心情披露无遗。后二句只陈事实,更无议论。诗人抓住谢太后在归降表上签署"臣妾"之名这一特写镜头,将一代王朝的悲剧推至高潮。而汪元量身为臣子,不为君主尊上避讳,如实在"臣妾"后录下"谢道清"三字,正见出他的悲痛难忍。后来他在《太皇谢太后挽章》中又有"事去千年速,愁来一死迟"之语,更明白地表示了对太后不与国家共存亡的不满。

湖 州 歌

一掬吴山在眼中,楼台累累间青红。
锦帆后夜烟江上,手抱琵琶忆故宫。

北望燕云不尽头,大江东去水悠悠。
夕阳一片寒鸦外,目断东南四百州。

青天淡淡月荒荒,两岸淮田尽战场。
宫女不眠开眼坐,更听人唱《哭襄阳》。

注 释

〔一掬(jū)〕一捧。 〔吴山〕一名胥山,又名城隍山。在杭州西南,春秋时为吴国南界,故名。 〔累累〕一作"叠叠"。〔间(jiàn)〕间隔。 〔锦帆〕隋炀帝游江都时所乘龙舟曾以锦作帆,此指被元军押解北上的宋宫人所乘的船。 〔故宫〕指南宋王朝的宫殿。　〔燕云〕宋曾设燕山府路和云中府路,简称燕云。包括今河北、山西北部地区。　〔不尽头〕望不到尽头。〔目断〕望尽。　〔东南〕一作"东西"。　〔四百州〕指南宋统治下的府、州、军一级行政区域。宋全盛时,号称"八百军州",南渡以后,中原荡覆,减去一半为"四百军州"。此泛指南宋领土。〔淡淡〕暗淡的样子。　〔荒荒〕空旷寒冷的样子。　〔淮田〕淮河流域的田地。　〔《哭襄阳》〕襄阳(在今湖北)是南宋当时长期抵抗元兵的据点,被围多年,而宰相贾似道始终不肯派兵救援。结果襄阳失守,元军得以长驱直入,直逼临安。人民对此事感到非常痛心,故而在民间流传开了《哭襄阳》这支歌曲。

解读

德祐二年(1176)二月,元军统帅伯颜从临安东北的皋亭山进屯湖州(今属浙江),派人到临安向谢太后索取投降的"手诏",并解散南宋政府。三月,元军入临安,宋太后、幼主、宫女、侍臣、乐官等都被押送去大都。汪元量也在被押之列。他以"湖州"为题,记述了此次北迁前后的见闻和感触,被人称为宋亡的"诗史"。《湖州歌》共九十八首,是他集中规模最宏大、描写最具体生动的一组诗。这里仅选其中的第五、第六、第三十八首。组诗的第五首写于作者将离临安北去之时。诗由景起兴,表示对故国故都的眷恋之情。后两句由眼前景,进一步推想旅途生活情况,"忆故宫"与首句"在眼中"相对应,写得更为凄切动人。第六首写于北行途中。诗从"望"字落笔,即景生情,悲怆万分。首句写"北望燕云",前途未卜。次句写回首大江,更加悲伤绝望。第三句写景,化用秦观《满庭芳》词中"斜阳外,寒鸦数点"句意,又增凄凉之色和苍茫之感。末句以"目断"二字,写尽了诗人对故国的依恋之情。第三十八首写舟行淮河的情景。首句写夜空,是仰视所见。青天、明月和平时并没有什么两样,但由于此时诗人的心绪悲凉,所以觉得这天色惨淡,月夜也显得空旷、寒冷。"淡淡""荒荒"叠字的连用,加强了凄凉的气氛。次句从夜空写到地面,是平视所见。"尽战场"三字,语虽拙直,但却勾勒出了淮河流域发生的巨大变化:原先长满庄稼的"两岸淮田",如今全都变成了战场。后两句通过写"宫女"在不眠之夜听到民谣《哭襄阳》的痛苦神情,表达了自己满腔的怨愤不平和亡国的悲哀。作者的《醉歌》组诗里有一首写道:"吕将军在守襄阳,十载襄阳铁脊梁。望断援兵无信息,声声骂杀贾平章。"可与此诗共读。这三首诗都写得哀怨凄绝,感情十分沉痛,是典型的亡国之音。

萧立之

萧立之,一名立等,字斯立,自号冰崖,宁都(今属江西)人。淳祐十年(1250)进士。知南城县,调南昌推官,移辰州通判。宋亡,归隐故乡。工诗,尝为谢枋得所知。有《萧冰崖诗集拾遗》。

第 四 桥

自把孤樽擘蟹斟,荻花洲渚月平林。
一江秋色无人管,柔橹风前语夜深。

注释

〔第四桥〕又名甘泉桥,在今江苏苏州吴江。 〔"自把"句〕《世说新语·任诞》记晋毕卓语:"一手持蟹螯,一手持酒杯,拍浮酒池中,便足了一生。"此句化用其意。擘(bò),掰开。 〔荻〕多年生草本植物,长于水边,状似芦苇。 〔月平林〕月光照着树林。 〔"柔橹"句〕谓夜深江静,万籁俱寂,只有轻柔的橹声,好似在微风中细语低唱。

解读

诗题曰"第四桥",实是写夜泊吴松江第四桥所见的景色和诗人清高自适的情怀。首句暗用晋人毕卓的典故,写自己在船中把酒独酌的情景,乐在其中。二、三两句描绘秋江洲渚的景

一江秋色无人管，柔橹风前语夜深。

色,境界幽洁,情景交融。尤其是"一江秋色无人管"一句,写景之中,寄托了诗人不受拘束的意趣。末句写深夜时的寂静,而以橹声反衬,效果极佳,因而受到钱锺书先生的赞赏,认为这是"想象橹是在咿哑独唱或呢喃自语","这一句把当时的景色都衬出来,不仅是个巧妙的比喻"(《宋诗选注》)。

郑思肖

郑思肖(1241—1318),字忆翁,号所南,自称三外野人,福州连江(今属福建)人。宋末太学生,应博学宏词试。元军南侵,曾上书献抗敌之策,未被采纳。宋亡后,隐居苏州,终身不娶,坐卧必向南,以示不忘故国。善画兰,但不画土,以寓国土沦亡之意。其诗多抒亡国之痛,悲切激愤。有《所南翁一百二十图诗集》《郑所南先生文集》。又有《心史》,或疑为后人伪托。

德祐二年岁旦二首(其二)

有怀长不释,一语一酸辛。
此地暂胡马,终身只宋民。
读书成底事,报国是何人?
耻见干戈里,荒城梅又春。

注释

〔德祐二年〕即 1276 年。德祐,南宋恭帝年号。 〔岁旦〕一岁的开始,即元旦。 〔"有怀"句〕意谓有桩心事一直放不下。 〔此地〕指苏州。 〔胡马〕这里借指元兵。 〔底事〕什么事。 〔干戈〕指战争。 〔荒城〕指残破荒凉的苏州城。

解读

此诗作于宋恭帝德祐二年的元旦。当时他所寄居的苏州已被元兵占领,而南宋京城临安也危在旦夕。面对着风雨飘摇的国势,他满怀郁愤,写下了两首五言律诗。这是其中的第二首。诗篇流露出作者亡国前的痛苦和对国家民族的一片忠心。首联写亡国前的心情,用"一语一酸辛"来表示,感情极为沉痛。次联写自己身处"胡马"践踏之地,而绝不屈膝变节。"终身只宋民"五字,有力地表达出诗人对祖国的一片忠心。着一个"只"字,更见其态度之坚决。颈联说自己读书的目的在于报国,而出以"成底事"的反诘语气,流露出对无人报国的无比愤慨。尾联愧恨自己读了书,但在国家危亡的紧急关头却未能尽到责任,这种陆游式的"位卑未敢忘忧国"的胸怀,具有十分感人的力量。此诗即景抒怀,写得沉痛而哀婉,可以称得上是一部心灵的"痛史"。

寒　菊

花开不并百花丛,独立疏篱趣未穷。

宁可枝头抱香死,何曾吹落北风中。

注释

〔不并〕不合在一处,即远离的意思。　〔疏篱〕稀疏的篱笆。　〔北风〕寒风。此双关语,意指元朝统治者的威逼。

解 读

　　这首诗写于南宋灭亡以后。诗人借咏菊花,赞美菊花的精神,以表现自己忠于故国,绝不向元朝屈服称臣的凛然气节。诗写菊全是为着写人。前二句写菊花不与"百花"为伍而独自开放,虽开在稀疏的篱笆旁边,但意趣无穷。"不并"与"独立"两个词,强调了菊花的傲岸脱俗。后二句写菊花宁可在枝头怀抱着清香而死,也绝不会被凛冽的北风吹落。诗中句句赞美菊花,但诗人又撇开菊花的外表形貌不写,而专从它的性格与精神着笔,用意全在借菊言志,表现自己的情怀。诗人在宋亡后坐卧不向北,画兰不画土,这首诗正是他"宁可玉碎,不作瓦全"的坚贞气节的写照。

林景熙

林景熙(1242—1310),字德旸,号霁山,温州平阳(今属浙江)人。咸淳七年(1271)由太学上舍入仕,为泉州教授,历任礼部架阁,转从政郎。宋亡不仕,隐居乡里,教授生徒,从事著述,名重一时。诗多寄托故国情思,幽怨悲凉。有《林霁山集》。

山窗新糊有故朝封事稿,阅之有感

偶伴孤云宿岭东,四山欲雪地炉红。
何人一纸防秋疏?却与山窗障北风。

注释
〔山窗〕山上人家的窗子。 〔故朝〕过去的朝代,这里指南宋。 〔封事〕古代臣子上书奏机密事,为防泄露,外用封套,故称封事。 〔四山〕周围的山。 〔地炉〕取暖用的火炉。 〔防秋疏〕即题中的"故朝封事稿"。古代秋天草肥时,北方少数民族便会乘机入侵,故每当秋天都须加强防备,称作防秋。疏,奏章。 〔障〕挡。 〔北风〕暗指从北方来的蒙古贵族侵略者。

解读
宋亡之后,诗人即四处流寓。在一次偶然的旅行机会中,他看到故朝的防秋疏,已被用作山村糊窗的纸,不禁感慨万分,悲痛不已,挥笔写下了这首寓意深远的小诗。诗以故朝"防秋疏"沦为糊窗纸一事作烘染,托物言志,借景生情,抒发了诗人心中的亡国之痛和悲愤之情。首句以"伴孤云""宿岭东"点出自己的漂泊不定,暗示国家已亡。次句以"四山欲雪""地炉红"来渲染气候的寒冷,点明时令。前两句写景,是为后面的感慨作铺垫。后两句即景抒情,以"何人"的设问语句领起,以"却与"一句作答,表示满腔的怨愤。"防秋疏"与"障北风"的上下紧密相应,因小见大,语意双关,更使万千感慨尽见于言外。陈衍评此诗说:"前清潘伯寅尚书见卖饼家以宋版书残叶包饼,为之流涕,遇此不更当痛哭乎!"(《宋诗精华录》)

题陆放翁诗卷后

天宝诗人诗有史,杜鹃再拜泪如水。
龟堂一老旗鼓雄,劲气往往摩其垒。
轻裘骏马成都花,冰瓯雪椀建溪茶。
承平麾节半海宇,归来镜曲盟鸥沙。
诗墨淋漓不负酒,但恨未饮月氏首。
床头孤剑空有声,坐看中原落人手。
青山一发愁蒙蒙,干戈况满天南东。
来孙却见九州同,家祭如何告乃翁!

注释

〔天宝诗人〕指杜甫。天宝,唐玄宗年号(742—755)。这一时期,爆发了安史之乱。 〔诗有史〕杜甫的诗深刻地反映了当时现实,人们称为"诗史"。 〔"杜鹃"句〕传说杜鹃为古蜀帝杜宇所化。杜甫《杜鹃》诗:"杜鹃暮春至,哀哀叫其间。我见常再拜,重是古帝魂。" 〔龟堂〕陆游在绍兴故居所建堂名。 〔一老〕指陆游。 〔旗鼓雄〕谓陆游的诗风雄壮,与杜诗相近,旗鼓相当。 〔"劲气"句〕这句说陆游诗的刚劲之气直追杜甫,接近杜诗的成就。摩其垒,接近杜诗的壁垒。摩,接近。 〔"轻裘"句〕写陆游在四川参赞军务时的八年戎马和仕宦生涯。 〔冰瓯(ōu)雪椀(wǎn)〕透明洁白的茶杯。瓯,瓯子,盅。椀,同"碗"。 〔建溪〕在今福建,产名茶。陆游在淳熙年间任提举建溪常平茶盐公事,故诗以建溪茶概括他在福建的生活经历。 〔"承平"句〕这句说陆游在太平的时候,曾经到过许多地方做官,游历了半个中国。承平,太平时候。麾(huī)节,旌旗和符节,可表示官吏身份。半海宇,半个天下。 〔"归来"句〕写陆游晚年隐居生活。镜曲,镜湖的水湾。镜湖,即鉴湖,在今浙江绍兴市南。盟鸥沙,与沙鸥为盟友。 〔月氏(yuè zhī)〕古西域国名。《汉书·匈奴传》载:老上单于杀月氏王,以其头为饮器。此代指金朝皇帝。 〔"床头"句〕陆游《三月十七日夜醉中作》诗:"逆胡未灭心未平,孤剑床头铿有声。"这里反用其意,是说空有杀敌雄心,却已无济于事。 〔青山一发〕指中原。苏轼《澄迈驿通潮阁》有"青山一发是中原"句,形容中原的青山形状远望去像一根头发似的。 〔愁蒙蒙〕笼罩在悲愁的气氛中。

〔"干戈"句〕谓战争已经波及整个东南地区。干戈,古代的兵器,这里引申为战争。 〔"来孙"二句〕陆游《示儿》诗:"死去元知万事空,但悲不见九州同。王师北定中原日,家祭毋忘告乃翁。"此处本于陆游诗而又有所变化,写出了宋亡于元,无可告祭的悲哀。来孙,玄孙之子,此泛指后代子孙。

解 读

这首七言古诗是题写在南宋爱国诗人陆游诗集后面的。诗中将陆游和杜甫相提并论,热情地赞扬了陆游的爱国思想和雄健的诗风,同时也表达了作者自己的爱国情怀。本诗是作者读陆游诗卷后的感想,全篇共十六句,第四句换韵,每韵表达一层意思。开头四句为第一层,写陆游在诗歌发展史上的地位,以杜甫相比,不为无当。杜甫忠君爱国,在天宝时代写了许多反映当时现实的光辉诗篇,被誉为一代诗史,而陆游的诗,正是继承了杜甫的爱国精神。"轻裘"四句为第二层,诗人摄取陆游一生最重要的时期,把他宦游、从戎、退隐等不同生活侧面一一展现在读者眼前,剪裁得当,概括性强。"诗墨"四句为第三层,写陆游报国无门、壮志未酬的终身遗恨,字里行间流露出作者深切的同情和悲愤。最后四句为第四层,就眼前的现实联系陆游《示儿》诗意抒发自己心中的痛苦。比陆游更为不幸的是,林景熙亲眼见到的是南宋的灭亡和元朝的统一。诗以"九州"已同,又何以"告乃翁"作结,"意深而辞婉"(元章祖程《霁山集》注),更加令人悲痛。正如陈衍所评:"事有大谬不然者,乃至于此,哀哉!"(《宋诗精华录》)全诗将叙事与抒情有机地融合在一起,写得雄浑悲壮,是遗民诗中有代表性的作品。

谢 翱

　　谢翱(1249—1295),字皋羽,一字皋父,号晞发子,长溪(今福建霞浦)人,后徙居浦城(今属福建)。咸淳中试进士不第,流落漳、泉二州。元兵南侵,曾率乡兵数百人投文天祥抗元,任咨议参军。宋亡不仕,亡匿浙东。在浦江,与方凤、吴思齐等结月泉吟社。文天祥就义后,曾过严陵,登西台,设文天祥神位,酹奠号泣,作《登西台恸哭记》。卒于杭州。诗风沉郁苍凉,所作多寓家国之恨。有《晞发集》。

西台哭所思

残年哭知己,白日下荒台。
泪落吴江水,随潮到海回。
故衣犹染碧,后土不怜才。
未老山中客,惟应赋八哀。

注释

〔西台〕在今浙江桐庐富春江畔,与东台对峙,相传为东汉隐士严光垂钓之处,故亦称钓台。　〔所思〕即所思念的人,这里指文天祥。　〔残年〕指至元二十七年(1290)岁暮。　〔知己〕指文天祥。　〔荒台〕指西台。　〔吴江〕指富春江,三国时原吴地,故名。　〔故衣〕文天祥在大都被囚三年,临刑时,仍然穿着宋朝的旧衣。　〔染碧〕指染有血迹。《庄子·外物》:"苌弘死于蜀,藏其血,三年而为碧。"此化用其典故。　〔后土〕土地神。《书·武成》:"厎商之罪,告于皇天后土,所过名山大川。"这里是"皇天后土"的略称,指天地。　〔山中客〕作者自指。〔八哀〕杜甫诗篇名,为哀悼王思礼、李光弼等八人而作。这里用以自比,并从而表达其哀思。

解读

此诗作于文天祥遇害后八年,即元世祖至元二十七年。当时谢翱邀友人登西台恸哭,遥祭文天祥,写下此诗,并作《登西台恸哭记》。这首诗是悼念文天祥的。首联点明诗人哭祭的对象、时间和地点。"残""白""荒"三字创造了一种荒凉衰飒的气氛,再加上一个"哭"字,更觉悲从中来。次联进一步写他哭祭时的情形,泪随潮涌,东流复回。这是用夸张之笔,极写自己心情的悲痛。第三联表示对文天祥的追悼。上句写文天祥就义,歌颂他的忠节。下句埋怨皇天"后土",不怜惜爱国英才。尾联言自己虽未衰老,但已归隐山中,只能效杜甫那样,赋诗来悼念英烈,而无法重举义旗,为战友复仇。全诗写得情真意切,平实无华,纯用血泪凝成,与《登西台恸哭记》一样,很能够打动人们的心灵。难怪前人要给以高度的评价:"皋羽之恸西台……如穷冬沍寒,风高气栗,悲噫怒号,万籁杂作,古今之诗莫变于此时,亦莫盛于此时。"(钱谦益《牧斋有学集·胡致果诗序》)

过杭州故宫二首(其一)

禾黍何人为守阍?落花台殿黯销魂。

朝元阁下归来燕,不见前头鹦鹉言。

注释

〔杭州故宫〕指南宋王朝的宫殿。 〔"禾黍(shǔ)"句〕宫殿的废墟上已长满了庄稼,谁还来为宋朝廷看守宫门呢?禾黍,泛指庄稼。阍(hūn),宫门。 〔黯销魂〕即黯然销魂。语出江淹《别赋》,意谓极度悲伤。 〔"朝元"二句〕意谓如今人去殿空,归来的燕子,再也看不到当年在这里学舌的鹦鹉了。朝元阁,本是唐朝宫殿中的阁名,这里用以借指南宋故宫殿阁。前头,指阁前。

解读

谢翱在南宋亡后凭吊杭州故宫废址时,作有《过杭州故宫二首》,这是其中的第一首。此诗通过生动的画面,极写宋亡后故宫的荒凉,抒发了作者的故国黍离之悲。首句中的"禾黍",不仅用《史记·宋微子世家》中"箕子过殷故墟,感宫室毁坏生禾黍,乃作《麦秀》之诗以歌咏之"的典故,而且使人想起《诗经·王风》中的《黍离》篇,《诗序》称周大夫经过西周故都镐京时,看到"宗庙宫室尽为禾黍,闵(悯)周室之颠覆,彷徨不忍去",因而作此诗。诗人用这两个典故来写亡国之恨,颇为贴切而自然。次句用"落花""台殿"写宫内的凄凉。诗人抚今追昔,对景伤怀。"黯销魂"三字,正是他沉痛心情的外露。后两句,从燕子的眼中,进一步描写故宫的寥落和沉寂,加深了诗的意境。诗从多方面渲染,把自己对故国的哀恋深深渗透入景物之中,所以显得特别委婉凄伤,寄托遥深,近于唐代李商隐的咏史之作。

随身读经典

西方名家随笔系列

瓦尔登湖
[美] 亨利·戴维·梭罗 / 著　潘庆舲 / 译

蒙田随笔
[法] 米歇尔·德·蒙田 / 著　朱子仪 / 译

一个孤独漫步者的遐想
[法] 让-雅克·卢梭 / 著　袁筱一 / 译

培根论人生
[英] 弗朗西斯·培根 / 著　张和声　程郁 / 译

中国古典诗词系列

诗经赏读
钱杭 / 编著

唐诗赏读
孙琴安 / 编著

宋诗赏读
赵山林　潘裕民 / 编著

宋词赏读
陈如江 / 编著